永徽迷局

滿碧喬

【下】

高寶書版集團

◆目錄◆

◆目錄◆

第二十七章　紗窗紙透

藍田縣的牢獄位於衙門之後，除了用於關押普通賊盜的牢房外，還有間特殊的鐵門牢房，專門用來羈押十惡不赦之徒。

今日一早，樊寧在擊鼓鳴冤後，被縣丞命人暫且收押在了此處。此時她正靠在小刺兒突楞楞的木柵欄上，望著小小的視窗發怔，神情卻不似旁的囚徒那般，呆滯絕望或憤恨不平，而是充滿了迷濛，臉上還掛著兩團紅暈，可愛又可疑。

現下想起李媛嬡的話，仍覺得不可思議，薛訥他……當真喜歡了自己多年嗎？她怎的一點感覺也沒有，難道是習慣了他的好，所以才這般後知後覺嗎？樊寧素日裡明透的頭腦此時一團糨糊，什麼也想不真切，好似周圍的一切景致都是虛幻，唯有咚咚的心跳聲敲擊著心口，是那般真實。

細細算來，他們相識也有十二載了，這些年的時光猶如彈指一揮，與他初相見好似還是昨天的事。彼時他很瘦，小臉兒秀氣，像個小姑娘，個子也不算高，真的很難想到，他會長成這樣挺拔絕倫的少年，更難想到的，則是他竟喜歡了自己許多年。

這許多年究竟是多久？樊寧想不真切，只記得打從記事起，他看著她的眼神便是那般溫柔。想到這裡，樊寧的小臉兒上難得流露出幾分女兒家的羞赧，但是很快地，她的笑容戛然而止，眼底的困惑更濃——若他的心上人真的是自己，那麼破案之後，他要帶她去見的又是誰呢？

樊寧回過了幾分神，淺淺地嘆了口氣，頭腦終於不再滿是混沌。她撿起茅草，在土渣地面上隨手畫了個平安符出來。

就在這時，牢門處傳來幾聲響動，樊寧微微側過身，逆著光只見一身淺碧官袍的薛訥帶著那陳主簿推開鐵質大門，闊步走了進來。及至近前，兩人四目相對，一個是擔心自責，另一個則是羞赧不安，皆怕眼神暴露太多情緒，不約而同地偏過了頭去。

他們有所不知的是，那陳主簿根本未曾留意到他們小小的異樣，而是在心裡犯嘀咕。雖然他早已看過了通緝令，卻還是沒想到，這紅衣夜叉竟然這麼美，若是夜叉惡鬼都這麼漂亮，誰還會怕夜半更深呢？

「陳主簿，本官問話，你記錄一下。」

被薛訥一叫，陳主簿才轉過神來，打開問案簿，兩手不聽使喚地差點將毛筆掉落在地。

薛訥見他終於準備好了，開口問道：「牢中何人，報上姓名，今年庚歲，家住何處？」

見那陳主簿一直盯著自己，樊寧生怕他聽出自己的聲音與那「寧淳恭」相似，將嗓子捏得尖尖的，慢慢回道：「樊寧，十六又半，家住京畿道藍田縣終南山觀星觀。」

「妳應當知曉，先前妳可是朝廷的通緝對象，來此鳴冤，所為何事？」薛訥大大小小也審了不少案子，但面對自己心尖上的女子，心裡的感受到底截然不同。

她會自首，皆是為了他，想要不將他拖下水，唯有這一招而已。

但如是作為的風險有多大，他比任何人都清楚。方才肥主事已經與他進行了一輪搶人，得虧樊寧聰明，在藍田縣自首，否則他便無法以案發地主官的身分將她扣下，但刑部必定不會善罷甘休，唯有早日破案方能將她救贖。

樊寧邊忖度邊回答，似是在回憶追溯：「那日我奉師父李淳風之命，去弘文館別院取《推背圖》抄本。本是約定好前一日去取的，可那守衛長說抄書的老頭風寒病了，讓我翌日再去。於是翌日傍晚，我按照約定第二次去了別院。

我到的時候，法門寺那起子大禿頭才走，我與那守衛合符後，進了別院大門，那守衛長便說帶我去取書。他走在前，我走在後，誰知才進藏寶閣，我就聞到了一股焦糊味，我就趕忙上至二樓，見那守衛長正將《推背圖》收入囊中，我便拔劍與他相搏，此時火勢越來越大，他趁著濃煙跳窗而逃，這時三樓的大鼎忽然掉落下來，將地板砸穿，整個藏寶閣搖搖欲墜，我也拚盡全力，跳窗離開……」

「主官，那守衛長是死在閣樓裡的，」陳主簿在旁提點道，「怎會跳窗跑了呢？」

「諸事尚無定論，切莫輕易下結論。」薛訥如是說著，又問樊寧道，「本官有一疑惑，雖然火勢很大，但尚未蔓延至三樓，三樓的巨鼎本不當在此時落穿二樓，以妳當時的方位，妳覺得那鼎可是沖著妳去的？」

這個問題薛訥先前沒問過，樊寧回想了好一陣，方回道：「應當不是，雖說它差點砸傷我，但彼時我與那守衛長打鬥，皆在移動之中，算不好那麼準的。」

「那些法門寺的僧人遇害了，死在輞川的一片楓林裡，妳可知道嗎？」

樊寧忙搖頭道：「不知……我與他們不過是打了個照面，其餘的事都不大清楚。」

「妳從別院逃離後為何不報官，一直藏身在何處？」

「我先是想追那守衛長，但我跳窗出來後他便不見了蹤影。我轉而想去附近的武侯鋪，卻見武侯傾巢而出，嘴裡說著要緝拿法辦我……我大略一想，發覺自己是中了旁人的圈套，燒毀別院、偷盜書籍的罪名只怕已經安在我頭上了，我心裡很害怕，就躲了起來。」

「躲在何處，為何此時來投案？」

這個問題十分關鍵，陳主簿皆會記錄在冊，關係到其後薛訥為樊寧申冤的合理之處。但投案之事出得緊急，他兩人還未來得及對過說詞，幸而樊寧極其聰慧，對答如流道：「躲在鬼市後面的深林裡，那是我的好友遁地鼠的家。前兩日刑部去人將鬼市端了，我那些好友都逃了，我無處可去，也不想牽連更多的人，就決定過了正月十五，衙門重新開放時前來投案鳴冤……」

薛訥蹙眉點點頭，對身側的陳主簿道：「記完便先下去吧，本官還有些疑惑要問，怕人多嫌犯有顧忌。」

陳主簿不知這兩人有舊，只想著主官偶時會私下威逼利誘嫌犯，使得他們速速交代，便拱手退了出去。

薛訥立著耳朵，待確定陳主簿走遠了，方蹲下身來，隔著木柵望著樊寧，自責又心疼地問：「妳怎的也不與我說一聲，想讓我擔心死嗎？」

明明是朝夕相處的人，忽然就有些不知當如何面對。樊寧頗為不自在，雙眸淺垂，眼形極其好看，如初放桃瓣，配上不著鉛墨亦如遠山的眉黛，說不出地嫵媚生姿。

「哪裡來得及顧忌那麼多，今日的情勢，要麼你蹲牢獄，要麼我蹲牢獄，再不濟就是兩個一起蹲了。我在藍田自首，你就可以在藍田斷案，總好過被捉去刑部受審。再者說……昨晚我問你時，你不是說已經發現了疑點嗎？」

昨晚薛訥直言不懂「一品誥命夫人」何意，樊寧窘迫不已，便岔話問了案情，薛訥說起方才看案卷和現場遺留的物件時，確實有所收獲，樊寧便記在了心上。

見這丫頭如是相信自己，薛訥笑得寵溺又無奈：「是有疑點，但『行百里者半九十』，這個案子錯綜複雜，線索極多，真假難辨，我若十天、二十天破不了案，妳可要在這裡住好久，又冷又濕的，我怕妳身子受不住。」

「我哪有那麼嬌氣，這裡挺乾淨的，被褥也很舒服，你只管專心做你的事就好。」樊寧說著，起身往床榻上一坐，拍拍身下的被褥，好似真的極其滿足。

淺淺的日光漏進牢房裡，薛訥清晰地看到有揚塵飛起，樊寧是很愛乾淨的，薛訥知道她一定不好受，心疼不已。但除了盡快破案，別無他法，他只能說道：「妳莫急，莫怕，我一定會盡快查明真相，接妳出去。」

「等從這裡出去，我有話想問你。」樊寧整張小臉兒都紅彤彤的，是少女獨有的紅暈，「我是個直接的人，藏不住心事，你是知道的……我只想問，薛郎……會不會也有許多話要跟我說。」

薛訥本不明白樊寧在指什麼，但看她小臉兒鮮妍紅潤，心竟忍不住怦然一躍，自己也紅了臉，喃道：「我要說的話，恐怕比妳想像中多上許多……」

薛訥不知自己是如何與樊寧道的別，整個人遊魂似的飄出了監牢，狂喜與困惑同時將他的大腦占據，他待在背人處，思量著方才樊寧話語中的意思。

她怎會忽然與他說那樣的話，很明顯地別有所指，難道是李媛嬡與她說了什麼嗎？若真如此，是否代表樊寧也心悅於他呢？

薛訥真想即刻策馬去找李媛嬡問個清楚，但案情緊急，他只能暫且壓抑住心思，準備再回案發現場看看。

誰知才走到前堂，就見張順站在那裡，滿臉焦急地問：「薛郎怎的才回來？李司刑帶著一個主事進了東宮，直接向殿下參你知法犯法、包庇凶嫌，今日定要討個說法，殿下讓我來喚你，否則話都要被對方說盡了！」

薛訥隨張順快馬加鞭趕回長安時，已至正午，兩人皆已是饑腸轆轆，卻顧不得進食，匆匆進了東宮。

李乾祐乃是朝中三品大員，李弘為表重視，特在正殿相見。

薛訥匆匆趕來，對李弘大拜禮道：「臣薛慎言見過殿下。」

李弘示意薛訥起身，無奈笑道：「聽聞今晨弘文館別院嫌犯樊寧在藍田投案，本宮甚為欣慰，但是李卿來本宮這裡告狀，參你不肯將嫌犯交予刑部，是在包庇疑犯，擾亂辦案，你可有什麼話說嗎？」

李弘知道薛訥不擅與人爭辯，故而特命張順前去喚他，好與他交代清楚，讓他及早做準備，誰知這麼大半日下來，薛訥還是只說了一句：「臣冤枉……」

若非殿中有旁人，李弘真想好好揶揄他兩下，但如此關鍵要緊的時候，他還這般，真是令李弘好氣又無奈：「如何冤枉？你倒是說說。」

「我大唐律法有規定，十人以下歿，可在屬地辦案，弘文館別院案共歿八人，嫌犯亦是在我藍田投案，故而由臣來偵破，乃是合理合法，不知有何不妥……」

「胡言！單那法門寺的僧人就死了……死了幾個來著？」李乾祐話接得快，反駁之語卻沒準備好，問旁側的高敏道。

薛訥這才發現，跟李乾祐來的主事竟然是高敏。只見高敏拱手一禮，上前兩步道：「共六人，加上弘文館別院事發時歿亡者一共一十四人，我刑部一早便介入了此案之中，此時接手乃情理之中，還請殿下明斷。」

「當初案發時，臣去藍田查案，刑部來的三位主事，便是常主事、肥主事與這位高敏高主事，」薛訥知道高敏與其他刑部主事不同，機敏勤謹，故打起了十二萬分的精神，即便不善說辭，為了樊寧的安危也需得拚盡全力，「彼時臣曾提出，若此案與弘文館別院案有所關聯，則樊寧便不可能是此案的凶嫌，因為那日搜山的武侯根本沒有給她作案的時間，故而臣認定，此案另有凶嫌。彼時臣以如此說法，報予刑部各位，最後是如何定案的，不知高主事是否還記得？」

這問題的答案對自己不利，高敏聳肩一笑，佯裝不記得。

「李司刑與高主事或許不記得，但薛某記得十分清楚，刑部認為，這兩個案子之間或許沒有直接關聯。連法門寺的住持前來認領這幾位大師的遺骸時，刑部亦是如此回答。既然是毫無關聯的兩個案子，為何要將歿亡的人數算在一起？」

「好，」那李乾祐顯然是有兩手準備，見此一番說不通，便換了另一番說辭，「不知太子殿下可有耳聞，薛御史幼時曾在那秘閣局丞李淳風門下贖業，與嫌犯樊寧乃總角之好。眼下賊人已落網，臣恐怕薛御史會情難自持，為嫌犯開脫，故而臣提請將嫌犯送至我刑部大牢中，由藍田縣協理。」

「不可，」薛訥分毫不讓，據理力爭，「眼下案子已有了眉目，只怕要經常提審嫌犯，若是每次都要跑到刑部去，實在太過耽擱時間。臣向殿下保證，必定能在本月底前結案……」

「本月底前？去歲的案子拖到了今年，本官早已無法向天皇、天后與太子殿下交代，薛明府如是說，是想要本官的命嗎？本官今日便要將那嫌犯帶走，請太子殿下秉承國法辦事，還臣等一個公道！」

李乾祐強勢，薛訥亦分毫不退，李弘沉沉一嘆，還沒來得及想好如何從中斡旋，忽聽那高敏笑著和稀泥道：「李司刑消消氣……薛明府案子辦了一半，定是不肯半道撒手的。不妨我們定個期限，方才薛明府也說了，案子已有了眉目，便以三日為期，殿下以為如何？」

「三日為期？這是何意？」李弘不解地問道。

「殿下，臣提議，三日後，將嫌犯帶往京兆府，由薛明府與我刑部官員當庭論辯，若是薛明府能當庭結案便罷，如若不能，便將嫌犯交由我刑部論處，不知殿下以為何如？」

雖然案情有了幾分眉目，但即便不眠不休，也很難在如此短的時間內捋清思路。李弘雖然不會查案，卻也明白這個道理，只覺得這般令薛訥太過為難，他垂著眼簾微蹙眉心，握著桌案上的玉如意，久久沒有回應。

「殿下，臣以為此法合情合理，」李乾祐接口，忽地跪地大拜，語帶哽咽之意，似是受盡了委屈，「老臣官拜兩朝，主理刑部多年，從未遇到過如此棘手之案，若再不破之，實在是辜負天皇、天后與殿下的信任，求殿下憐憫成全！」

這老官竟開始倚老賣老，如是李弘再不答允，便會坐實了偏私薛訥之嫌，於今後越加不利。

薛訥明白李弘的為難，眸中難得有了冷冽決絕之意，上前一步，拱手道：「殿下，臣附議高主事的提議……」

第二十八章　弘文迷案

李乾祐與高敏離開後，薛訥也沒多耽擱，匆匆出了東宮。

李弘站在正殿高臺上，看著薛訥漸行漸遠的背影，對身側的張順道：「怎的忽然起風了，蕭蕭肅肅的，讓人很是不安，不知天氣何時才能晴好起來……」

李弘所說的話雖無一字關乎薛訥，卻又似字字事關薛訥，張順在旁恭敬道：「殿下放心，薛郎雖看起來像個紈褲子弟，卻很有本事，一定能逢凶化吉。」

「你們私底下都這麼評價慎言嗎？」李弘覺得十足有趣，側身問張順道。

張順自覺失言了，忙拱手請罪：「只是私下有時說著玩，請殿下責罰……」

「唉，這有什麼可責罰的。」李弘拍拍張順的肩，示意無妨，「本宮也挺想聽聽，爾等對慎言究竟是什麼看法？他是個沒嘴的葫蘆，只怕沒有他那個弟弟人緣好吧？」

「薛家小郎君是不與我等人相交的，即便迎頭見了面，也是我等抱拳立在旁側，他愛搭不理的。不似薛大郎君，待人和氣。不過薛大郎君長得太俊秀了，方來的許多小侍衛都以為他是那種花天酒地的性子，到了知道他這般老實，反而都覺得意外。」

「慎言的好，不經接觸哪裡懂得，」李弘對薛訥最為瞭解，聽了這話感慨自然更多，視線遠遠地牽絆著東宮道路盡頭那只剩個黑點的人影，低喃道，「希望他一切順遂，早日了卻此事吧。」

薛訥出東宮後，找了個背街無人處，吹響骨哨，不過一炷香的工夫，風影便躍牆而來，沖薛訥一抱拳：「薛郎尋我？」

「你家郡主如何了？」薛訥記掛李媛嬡半夜來報信，恐怕她因自己再受李敬業夫婦責罰。

「沒什麼大事，將軍只數落了郡主兩句，便讓她回去守靈了。」

「那便好，」薛訥鬆了口氣，「今日有要緊事勞煩你，弘文館別院的案子被要求限期三日內偵破，極其緊急，勞煩你幫我傳喚幾個證人來。」

風影一聽，這樣大的案子竟限期三日之內偵破，簡直是刁難，但見薛訥乃是方從東宮出來，想來已是太子從中周旋過的結果，他便不好多說什麼，重重一抱拳，一陣旋風似的頃時不見了蹤影。

薛訥去拴馬處領了坐騎，邊策馬回藍田邊忖度著案子，天黑時終於回到了藍田縣衙。

眾多差役皆已放衙了，那縣丞與主簿卻沒敢走，一直等到薛訥回來，一唱一和道：「明府辛苦了，我等皆不敢擅離職守，下午一直在看卷宗來著。」

「是嗎？兩位可有什麼收穫？」薛訥正理著思路，寄希望於他們果真有所發現。

這兩人立刻面露尷尬之色，打馬虎眼道：「啊……對了，下午時京兆尹派了一位法曹來，幫著明府查案的，正等在官廳裡呢！」

薛訥猜想此人應是李弘命京兆尹派來，特意襄助他的，忙道：「好，本官這就去見，時候不早，兩位家中各有老小，不妨先回吧。」

這兩人明顯鬆了一口氣，腳底抹油很快開溜，再也不見身影。

薛訥無暇理會他們，闊步走進官廳，只見一個身量不高但看起來很精明的年輕法曹站在堂中，他穿著一身藏青色的圓領袍，身挎牛皮小袋，裡面裝著查案的鐵矬、小鑷等物。

薛訥行了個微禮問：「敢問閣下如何稱呼？」

那年輕法曹忙插手揖道：「下官陶沐，請薛明府差遣。」

「你這名字甚好，自帶辟邪，適合做法曹。」薛訥為拉近關係，打趣了一句，而後便引入了正題，「你可看過案卷了沒有？有什麼疑問嗎？」

「已熟讀過了，就等薛明府回來，一道查驗證物。」

「好，辛苦了。事不宜遲，我們現下就往庫房去吧。」薛訥做了個請的手勢，與那陶沐一道向庫房走去。

陶沐果然是個利索勤謹之人，已將證物分門別類碼在三張柳木長桌上，並附上了標識。

薛訥見其中有十數塊大大小小的熔融錫塊，上前拿起細細翻看後問道：「這些是哪裡來的？」

「在藏寶閣的廢墟下面發現的，許是珍藏的錫器。」

陶沐此話不假，藏寶閣中的確有不少錫器，而錫遇火則會熔為液體，故而這些火場中的錫塊都早已熔成攤狀，絲毫看不出其原本的樣子。但薛訥仍覺得有些蹊蹺，問道：「可有弘文館別院的寶冊？」

「主管稍等。」陶沐說著，從一旁自己整理好的卷宗中抽出一冊，捧到薛訥面前攤開。

「再拿紙筆來。」

兩人邊看邊找，寶冊翻完後，薛訥將其中所記載的全部錫器記錄下來。陶沐見薛訥所記並非錫器的名稱，而是重量，不由得恍然大悟道：「薛御史果然好手段。」隨即立刻去庫房裡找桿秤去了。

昨晚薛訥與樊寧說起自己有所收穫，便是因為想通了此計，若他所料想的不錯，這些錫塊會成為他這番猜想的關鍵證明。錫器熔融後即便形狀改變，重量卻不會變，若能將現場收集的所有錫塊逐個秤重，數量相加，再與寶冊所載全部錫器的重量之和做一個對比，便可知道其中是否存在蹊蹺。

兩人挨個將錫器全部秤重後記錄在紙上，陶沐轉身欲走，被薛訥叫住道：「陶法曹做什麼去？」

「去取算盤啊。」

「不必了。」方才薛訥邊記邊心算，早已算出了結果，「你幫我寫上，寶冊所載錫器共八十五斤十三兩二銖，而所有錫塊之和重為八十七斤九兩三銖。」

陶沐見薛訥竟有如此本領，大為驚喜，連連拍手叫好道：「薛御史果真名不虛傳，下官佩服！」

薛訥不習慣被誇，赧然撓頭，隨即又照此法把陶沐收集的所有瓷片逐個秤重，與寶冊上所載瓷器總重做對比，發現竟多了十斤有餘。儘管這樣都測下來早已累得筋疲力盡，但薛訥仍難掩內心的一絲欣喜，方才他秤重時一直在擔心，倘若仵作在現場未能收集齊所有的錫塊和瓷片，導致總重少於記載，他的推論便可能無法佐證，現下卻得到了非常重要的證據。

然而僅有這一個證據，還遠遠不夠。不等陶沐喝完一盞茶，薛訥便又問道：「現場可有留下類似繩索的物件？」

「沒有，但有一塊殘存的木頭上有兩條印子，像是繩子的勒痕。主官，請看。」陶沐湊上前，手中拿著一塊殘破的木條，雖然已過去兩月之餘，薛訥依舊可以聞到一股焦糊味，他提起手中的油燈，照亮那木條，只見陶沐所指的方位有兩條明顯由繩索摩擦遺留下的勒痕，木皮皆被磨得刨花而起。

薛訥眸中閃過一道利光，問道：「此物歸屬何處？」

「根據工部設計別院藏寶閣的工匠所述，是三樓門樓的欄杆。」陶沐回道，「此外，下官還發現，二樓與一樓的天花板似有蹊蹺，請薛明府跟我來看……」

牢獄裡，樊寧窩在硬邦邦的床榻上，輾轉反側，難以入眠。方才聽門口的守衛說，刑部施壓，限期薛訥三日內偵破此案，如若不然，便會將她移交至刑部。

到了這一步，樊寧已經不畏懼生死了，但想到這三日，薛訥定會殫精竭慮，為她拚死，她就忍不住地心疼難受。

從前當真是她太傻，他已如此待她，她竟完全不知他的心意，以後……若還能有以後，她定會加倍好好對他。但退一萬步說，如果真的沒有以後，她這短暫的一生也算是值得了，雖是孤兒，卻有師父的疼愛撫育，也有薛訥的多年相伴，若一定說有什麼遺憾，便是不知父母親族，亦不知當年他們究竟是什麼原因將自己遺棄，如若能與他們相見，哪怕只是遠遠地看上一眼也是好的。

皎潔的月光透過牢房上方的窗柵照在樊寧的臉上，更顯她的神情寂寥落寞。但也不過須臾的工夫，她便閉上雙眸，對月合十，低喃道：「玉清元始天尊、上清靈寶天尊、太清道德天尊，請保佑薛慎言清平安樂、智慧無量……」

忙活了一夜後，薛訥顧不上合眼，先去官廳處理了積攢多日的公務，而後見風影將那幾個遠途的人證帶回來，便開始問案。每人的證詞基本如舊，薛訥道了一聲有勞，便讓陶沐帶他們去用餐，自己則開始走馬探訪其他幾位住得近的人證。

馮二和王五都住在藍田縣東的一個單進小院裡，是同一個院裡的鄰居，家中各有一、兩畝良田，算是不窮不富的尋常人家。是日聽說薛訥要來，他兩人皆攜家帶口，門前迎接。寒暄客套後，兩人將薛訥迎至馮二家的廳堂，其他家眷則都聚在王五家，不打擾他們問案。

落座後，薛訥直奔主題，重複了一遍那日在刑部牢內的發問，過了這樣長一段時間，兩人顯然不再似當初那般緊張，互相之間也多了許多細節佐證。

「案發前一天不是因為田老漢染了風寒嘛，所以才未拿出那《推背圖》的抄本來。當時那小娘子動了氣，劍一橫，怒目一瞪，守衛長便不敢亂說話了。」馮二道。

「我們都覺得可解氣了，平日裡對我們倒是頤指氣使，遇見那七品官的女徒弟卻畏首畏尾，真是笑死個人了。」王五嗤笑回道。

薛訥聽出了幾分別樣意味，問道：「守衛長平日對你們可是比較苛待？」

「何止是苛待，簡直是拿我們當牲口使喚，你看他死了，根本就無人去他府上弔唁。」馮二回道。

薛訥心想，主官嚴厲些多是有的，但這般招人怨恨，甚至死後仍耿耿於懷的實在不多，便又問道：「有何事蹟可以印證嗎？」

「就拿去歲七月的時候說吧，有一次守衛長因為犯事被官府抓去坐了幾天牢，等他出來的時候，他養的狗因為沒人餵餓死了，他就把我們都吊成一排，挨個拿鞭子抽了一遍。」

「是啊，我記得那個沈七被打得最狠，因為狗是養在後院的。但是那狗凶得很，誰餵牠牠便咬誰，我們也嘗試過扔東西給牠吃，可牠根本不理會，自尋死，我們有什麼辦法。」

原來還有這麼一番故事，薛訥尋思片刻，又問起旁的事來：「對了，案發前一段時間，守衛長是否見過什麼人？比如朝中官員，或者西域商賈，或是其他身分來路不明之人。」

「我想想啊……」馮二和王五在殘存的記憶中搜尋著，片刻後都搖了搖頭，「當著我們的面應當沒有見過什麼官員或商賈，不過若是放衙之後，我等便不清楚了。」

薛訥微微頷首，又問：「對了，你既然叫馮二，可是因為家族排行老二嗎？」

誰知馮二咯咯笑了笑，回道：「稟明府，我在家族裡排行老大，馮二並非本名。」

薛訥頗為驚訝道：「哦？那麼王五你也並非是家族排行老五咯？」

「稟明府，正是如此。」

回到縣衙後，薛訥又一頭栽進官廳裡，將今日所有人證的口供謄寫收錄。

時至今日，這個混沌不清的案子終於有了眉目，他現下要做的便是盡一切努力，將它夯實夯死，再也不給刑部任何翻案的機會。

把口供釐清後，亦是第三日清晨，陶沐來官廳尋薛訥，見他仍穿著前日的衣衫，不由得驚詫：「薛明府昨晚還是沒回府嗎？又是不眠不休，身子怎受得住……」

「無妨，現下顧不得梳洗打扮，」薛訥闊步走來，一拍陶沐的大臂，「快跟我去驪山，再不走怕是來不及！」

驪山矗立在長安城與藍田縣之中，扼守著長安通往關內的要道，屬於軍事重地，故而薛訥來探訪此地，還提前派人到兵部開了公驗，方得透過駐山士卒的崗亭。

約莫過了一個多時辰，兩人終於爬到了山頂的道觀。陶沐本以為薛訥是來這山頂之地尋訪什麼高人，可薛訥沒有停住腳步，反而向來時反方向的南麓山下走去。

「主官，主官你這是去哪呀？」陶沐一頭霧水和著汗水，跟在薛訥後面，心想自家主官真不愧是名將之子啊，莫看瘦瘦高高的，兩夜不眠、三日不休，身子竟能吃得消。

南麓比北麓更陡峭，到處是碎石斷崖，一不留神便會跌下山去，淪為崖下白骨。陶沐心提到了嗓子眼，一步也不敢踏錯，卻見薛訥不緊不慢地走在前面，如履平地。

終於，不知道過了多久，兩人來到半腰上的山窩處，環顧四周，滿眼怪石嶙峋，還飄著一股嗆人口鼻的氣味。

陶沐不由得以袖遮面，問身旁的薛訥道：「主官，咱們來這荒郊野外，上不著村、下不著店的，是查什麼呀……」

話音未落，一旁的薛訥猛然回身，將陶沐撲倒在地。陶沐顧不上肩背、屁股等處傳來的劇痛，心中大駭，想著難不成他們家主官有什麼不得了的癖好？可這念頭還未發散，就見自己方才所站之地近旁的怪石罅隙噴出一股滾燙的水流，四下裡立刻被濃濃的霧氣縈繞，那嗆人的氣味也變得更加濃烈了。

待那怪石罅隙不再噴水後，兩人方拍拍塵土，站起身來。

薛訥此時方解釋道：「此乃熱泉，每隔一段時間便會噴出滾燙的水流和蒸氣，今日跋山涉水，便是為了來找它的。方才若不是我將你推開，那熱泉的水氣足以將你的腦袋燒穿，你便是戴著金盔銀甲，也活不成的。」

聽聞薛訥此言，陶沐嚇得出了一身冷汗，連連向薛訥致謝。

薛訥向前一步，視線穿過稀疏叢林，望向南山腳下，但見那已燒作焦墟的弘文館別院堪堪坐落在山腳之下。他偏頭一笑，俊俏的面龐上寫滿難得一見的自信飛揚。

兩人回到縣衙時，已至夜半。今日便是三日之期，薛訥即將與刑部官員展開論辯，還未坐下喝口水，京兆尹便派了屬官，拉著囚車前來藍田。

看到樊寧身戴枷鎖，被牢役推搡帶出，薛訥只覺渾身上下每一寸骨肉都是疼的，但他不敢表現出分毫，甚至連眼睫毛都不敢顫一下，木然地隨著陶沐走至車馬棚處，牽出了自己的坐騎。

只消今日能夠洗清她的冤屈，她便不必再受這些罪了，薛訥如是想著，翻身上了馬，雙手握緊了轡繩。

「主官，你這三日不眠不休的，騎馬怕是有危險，不妨與我一起坐車吧。」陶沐不會騎馬，便坐上了馬車，招呼薛訥道。

「啊，不必了，路上我且想一想案子。」薛訥如是說著，心裡想的卻是如是能離她近一點。待樊寧上了囚車，車隊便即刻開拔，越過驪山，向長安城進發。

天光尚早，初春的夜幕還未完全褪去，朱雀大街上已站滿了夾道圍觀的百姓，甚至還有火場中遇害守衛的親屬，亦站在道兩旁，滿臉恨意，只恨不能親手將樊寧手刃。

樊寧坐在囚車中，閉目冥神，將外面這些嘈雜之聲悉數屏蔽。還記得小時候李淳風常說她性情急躁，動輒讓她打坐清修，現下方知其中深意。人生不如意十之八九，單靠用強無用，需得忍一時之難，方能有「今後」二字可圖。更何況，有他一直陪伴，即便今日這車是開赴刑場，她亦無所畏懼。

終於，車隊行至京兆府衙門正前，樊寧被推去庭後等待受審，薛訥與陶沐則進了衙門正堂。

李乾祐帶著高敏與肥主事先到一步，面對薛訥的行禮，李乾祐與肥主事皆不予理會，以示氣勢，唯有高敏客客氣氣地回了個禮。

未幾，李弘的車駕停在了衙門外，眾人忙出門相迎，跪倒一片。

李弘身著太子弁服，頭配進德冠，親近中帶著威儀，笑對眾人道：「查案拿賊這種事，本宮是外行，今日是來看各位大顯神通的，諸卿定要秉公辦案，切不可結冤案錯案，更不可放過任何一個賊人，爾等可明白嗎？」

眾人連連稱是，京兆尹恭迎李弘進了衙門正堂，李弘坐在了正中席位上，一拍驚堂木，示意眾人可以開始了。

樊寧去了枷鎖，被捆住雙手帶至前堂，跪在李弘面前。

李弘佯作第一次見樊寧，問道：「堂下可是弘文館別院案凶嫌樊寧？妳可知罪？」

樊寧抬起小臉兒，望著李弘，一字一句道：「民女樊寧，弘文館別院案與我並無瓜葛，請殿下明辨是非，還民女一個公道……」

「去歲九月初，妳去弘文館別院取《推背圖》，而後別院燒毀，《推背圖》不翼而飛，經過刑部現場考證，在場並無旁人，故認定妳為凶嫌，對此妳有什麼可說的嗎？」

「民女親眼所見，弘文館別院守衛長乃此案凶嫌，是他放火燒了別院，盜取《推背圖》，民女曾試圖阻止，可惜未果，賊人武功高強，跳窗逃走了……」

話音未落，堂內外便是一片哄笑申斥之聲，圍觀的百姓們皆很憤然，口口相傳著守衛長不過是三腳貓的功夫，哪裡打得過紅衣夜叉。

李弘低頭忖了一瞬，問薛訥道：「薛卿，你是本宮親封的監察御史，一直在主理這個案子，三日前，也曾與李卿立下約定，今日必破案，否則便將此案交由刑部審理，今日你可有何話說嗎？」

「回稟殿下，臣已查明，樊寧所言句句屬實……」

薛訥這話擲地有聲，眨眼的沉默後，人群中迸發出一陣更猛烈的質疑之聲。

李乾祐與肥主事相視一眼，皆發出了兩聲嗤笑。

薛訥不做理會，繼續說道：「起初臣接手此案時，頗感疑慮，此案丟失物品唯有《推背圖》，此書預測我大唐國祚，甚為緊要，可樊寧身為秘閣局丞李淳風之徒，本就是奉師命前往別院取書，可謂唾手可得，為何還要背負殺頭的風險，犯下十惡不赦之罪呢？臣百思不得其解，案情也擱置良久，直至有農人在輞川的楓林間發現了法門寺那些僧人的遺骸。陶沐，帶人證上來。」

不消片刻，陶沐便帶了法門寺住持與守衛王五前來。薛訥繼續說道：「法門寺乃國寺，各位僧眾的衣袍為尊貴的玄黑之色，但為表出家人謙遜之心，根據輩分，每一位在身上不同位置略作撕毀，臣已請住持大師與別院大門守衛王五在京兆府對過口供，結論便是那日在樊寧之前，趕到別院取書的一夥僧眾為假冒，是賊人假扮的。」

「大師、王五，薛卿所言屬實嗎？」李弘問道。

「是，出家人不打妄語，請殿下放心。」法門寺住持回道，那王五亦是點頭如搗蒜。

李弘這便揮揮手，示意將他二人請下，又做了個手勢，示意薛訥繼續。

薛訥繼續說道：「事實便是，賊人打聽出法門寺的僧人們即將前往別院取經書，便在半路截殺，搶奪馬車，並使賊首扮作守衛長模樣，鑽入用來裝運經書的空木箱之中，被順利運入了別院……」

「一派胡言，」李乾祐忍不住罵道，「薛明府是在寫話本嗎？胡言亂語、毫無證據，已經過去這些時日，住持大師被爾等牽著鼻子走，記錯了也未可知，只此一條，根本無法證明什麼。」

「若無證據，薛某今日便不敢在殿下面前說這些話。那日去輞川驗屍，肥主事亦在場，法曹與仵作也記錄得詳細清楚，現場很亂，血跡密布，但這皆是賊人的障眼法，想要掩蓋他們曾經將馬車駕走，擦去法門寺大師們遇害時留下的血跡，事後再用雞血潑上，意圖以假亂真。可馬車輪上、馬車轍印上的血印，皆可證明這馬車確實曾被駕離，放火焚屍則是為了掩蓋這幾位僧人真正的死亡時間。肥主事，薛某說得可對？」

那日那幾具僧人的遺體嚇人得很，肥主事根本沒敢細看，此時無法反駁，又怕說不記得會被李弘認為是不盡責，只能說道：「是了，但這也不能說明……」

「好。」薛訥不理會他的狡辯，繼續說道，「方才樊寧說起那守衛長武功高強，在場諸位、堂外的百姓無不嗤笑。確實，守衛長究竟是何時死的，是本案的另一關鍵。薛某親眼所見，仵作也記錄在冊，守衛長的屍體咽喉處並沒有煙熏的痕跡，這便說明他死在縱火前，而非著火後，根據樊寧的描述，直至進入藏寶閣，守衛長皆無異常，甚至還與她閒話家常，這又是為何？方才薛某已經說過，賊首躲在木箱中，被運進了藏寶閣，而後這些假冒的僧人便開始在二樓拋撒布置崑崙黃與芒硝，但此時出了一個意外，便是那名為龍四的守衛，衝入了閣樓找守衛長，看見了這些假僧人的勾當，但他還未來得及出聲相問，便被人從身後一劍捅死，屍體拖到了一樓木梯之後隱藏，故而他的屍身，嗓中亦沒有煙熏的痕跡。」

說到這裡，方才那些嗤之以鼻之人都安靜了下來，似是隨著薛訥的講述又回到了那一日的別院。

一直默不作聲的高敏終於按捺不住了，先向李弘一禮，繼而問樊寧道：「敢問你與那守衛長進入閣樓，大約相差多久？」

樊寧望了薛訥一眼，照實回道：「我與他之間約莫相差十餘步，那會子我聞到了一股胡餅香，便頓了一瞬。」

高敏點點頭，復望向薛訥：「敢問薛明府，這麼短的時間內，那賊首果真能殺了守衛長且在二樓縱火嗎？」

「守衛長身上雖有一處劍傷，但薛某已請仵作驗過，那並非是他的致命傷，他的致命傷只在於頸後一個極小的針眼。各位估摸都猜到了，守衛長是被毒針所殺，而後那賊首便將他拖拽至樓梯後，為了掩蓋毒針刺殺，在他身上捅了一刀，隨即與龍四的屍首藏在了一起。賊首為了確保樊寧能比守衛長晚這麼一步，乃是利用了她一個小小的愛好。莫看此女身形瘦削，卻愛吃胡餅如命，觀星觀生員後補與附近百姓都知道。便是用這工夫，賊首躥上了二樓，用燧石點燃了內閣間，造成了藏寶閣二層的熊熊大火……」

樊寧臉上一陣紅、一陣白，心想什麼「愛吃胡餅如命」這種平日裡揶揄她的話，薛訥竟也放在檯面上說。果然，李弘望了她一眼，神情似笑非笑的，似是想不明白竟有人因為饞差點丟了腦袋。

肥主事見眾人的思緒皆被薛訥帶跑，不免焦急，發問道：「可燒起來的並非只是二樓，根據馮二供述，整棟樓皆是在此時起的火，敢問那些假僧眾難道還敢將粉末拋撒在外，難道別院的守衛皆是廢人嗎？」

「所謂『天時不如地利，地利不如人和』，這話用在這裡，既恰當也不恰當，煩請殿下與各位移步，來此處看看便知了。」

眾人不明白薛訥葫蘆裡賣的什麼藥，隨他出了大堂，只見陶沐不知何時在京兆府衙門外的空地上紮了個稻草叢，約一丈開外又擺了個炭盆。得到薛訥的首肯後，他用燧石點燃了火盆，不過眨眼的工夫，那稻草叢訇然起火，火苗躥出一人多高來，惹得圍觀百姓驚嘆不已。

薛訥不再賣關子，解釋道：「別院位居驪山腳下，頂頭位置，山脊斷崖下有兩眼間歇溫泉，偶時會散出崑崙黃等物，積年累月，便在這木質的藏寶閣外塗了厚厚的一層，只消裡面起火，外面必燃。薛某所言無一字虛假，待此案完結，可請刑部與京兆府各派官員隨薛某前往取證。」

見圍觀的百姓議論紛紛，李弘擺手示意仍回到廳堂之中。

待李弘坐定，李乾祐迫不及待發難道：「此女既不呆也不傻，又說與守衛長相熟，為何會認不出他來？被旁人假扮了仍不知？」

「守衛長是胡人，賊首亦是胡人，只要體形相近，留著一樣的鬚髮，戴上頭盔，在那樣的熊熊烈火中，只怕他親娘老子都認不出，怎能怪得了旁人？」薛訥不再客氣，直言反駁道，「賊人奸猾，布下瞞天之局，理當怪罪於他，不當怨怪旁人吧。」

「本宮有一疑問，先前看口供，有個叫沈七的孩子，是後院巡視的守衛，他說只看到樊寧一人跳窗而逃，這與樊寧所說自己乃是先看到守衛長跳窗，才跟著跳窗出入極大，薛明府可解出其中關竅了嗎？」

「是。」薛訥沖李弘一抱拳，「臣下起初百思不得其解，直至前幾日在藍田縣衙的庫房中，看到了那巨鼎與現場遺留的一些證物。在別院二樓通往三樓的欄檻上，留有繩索摩擦的痕跡，看起來很新，加之別院每半年皆會重新粉刷補漆，應當正是事發當日留下的。一樓與二樓天花板斷裂的痕跡大體相同，皆是被重物所砸，而非我們認為的，三樓燒塌導致巨鼎陷落。起初臣以為，是那些賊人欲砸死樊寧，所以吊起了大鼎，後來發現，那三足鼎下有許多破碎瓷片，還散落著許多熔融的錫塊。臣覺得蹊蹺，於是便將現場收集的錫塊和瓷片挨個秤重後相加，發現錫的總重量比寶冊所載的別院所有錫器的總和還要多上一斤，而瓷片則要多上十斤左右。樊寧，妳且說，彼時是如何看到那守衛長跳窗的？」

樊寧回想片刻，答道：「彼時我與他交手三兩輪，他忽然砍斷了一旁的書架，濺起了一陣煙塵，朦朧間我看到他攀在窗上，回頭看了我一眼，又揮劍砍了旁側的欄杆，而後躍下了二樓。我才要去追，鼎就落下來了，把二樓砸穿了，我拚命躍過去才跳窗逃了命……」

「關竅便在此處，」薛訥輕輕一笑，掃視眾人道，「昨日薛某與陶沐將那瓷片仔細拼看，發覺原來竟是一面一人多高的瓷板，表面還有一些殘留的錫，原本應是碾磨光滑的一整面。方才臣所說的多出的一斤錫，便是錫鏡表面附著的錫的重量。樊寧跳窗的位置，位於藏寶閣南側，而沈七之所以沒有看到除樊寧以外的人，是因為那賊首乃是從西側窗戶躍下，只是經過錫鏡的反射，看起來像是從南側躍下似的；臨躍下時揮劍，則是為了砍斷綁在窗戶圍欄上的繩索。從三樓墜下的巨鼎，應當就是被這根繩索吊了起來，再沿著樓梯拉到二樓西側的窗邊，緊緊地縛在圍欄上。如此周密籌謀，便是要利用錫鏡造成的錯覺，讓樊寧誤以為凶手是從南側窗戶跳下，再透過那巨鼎砸碎錫鏡，毀滅證據，讓樊寧無法發現自己其實看到的是鏡中像。想要此案能夠實現，需得在別院內有內應，據薛某查證，應當便是那武庫看守張三。是他告知了賊人，法門寺大師們取經書的日期與樊寧前來拿《推背圖》的日子，並將一套守衛長的配件鎧甲給那賊首，才促成了這驚天之案。」

薛訥這話，引得眾人遐思，這般想來，似乎並無破綻了，李弘臉上終於有了真切的笑意，說道：「不承想，此案竟是這般細緻，薛卿真是辛苦了……」

孰料那高敏忽然出聲打斷：「且慢，高某有一疑問，敢問薛明府這些說辭，可有人證、物證嗎？張三認罪了嗎？那所謂賊首可已落網了嗎？」

薛訥一怔，回道：「物證……方才不是已經據實羅列清楚了嗎？」

高敏啞然一笑，回道：「這些物件，只能說此案有可能這般發生，而非一定會這般發生。高某只覺得，薛明府這些推論，皆是基於此女沒有罪過的基礎上，只是為此女脫罪的詭辯，若無人證，根本不能堵泱泱之口。若是高某說，根本不存在什麼賊眾，那些證據皆是巧合，便是此女因為平日裡的口角，嫉恨那守衛長，刻意放火，並燒塌了別院，你又有什麼話好說？」

第二十九章　風雲開闔

這堂中原本就是兩派，方才刑部眾位官員皆不言聲，倒像是薛訥獨自一人斷案，現下高敏站出來，兩方終於有了交鋒之意。徧門週邊觀的近百名百姓像被提起脖頸的鵝似的，脖子伸得老長，扒頭瞧眼望向堂內，等看他兩人辯駁。

高敏一副成竹在胸之態，上前一步，與薛訥相距不盈尺，兩人膚色一黑一白，一個自信飛揚，一個謙遜隨和，彷若水火般毫不相容。

只聽高敏咄咄逼人，向薛訥發難道：「不得不說，高某對薛明府還是十分欽服的，頭腦聰慧，才智過人，竟能透過這些毫不相干的物件聯想出這般匪夷所思的故事。可薛明府的推論中存在一個自相矛盾之處，方才薛明府說，是有人假扮成守衛長，躲在空木箱中，被那群僧人運入了藏寶閣中，那麼試問薛明府，守衛長究竟是何時被替換的呢？」

「自然是在守衛長進入藏寶閣之後，樊寧進入藏寶閣之前。方才薛某已經說過了，他們靠的是樊寧聞到胡餅香氣那短短的一駐步時間，完成了刺毒、捅劍與藏屍……」

似乎就是在等薛訥這話，高敏輕笑一聲，回道：「好，傳馮二和王五上堂。」

話音剛落，馮二和王五就被帶了上來。

高敏問道：「請問法門寺大師們是何時出門的？是在樊寧進入別院之前，還是之後？」

「之前。」兩人異口同聲道。

「其間皆是何人陪同看管？」

「是我們老大。」王五回道。

「好，那麼問題來了，」高敏邊說邊踱步，周旋在眾人之間，「既然守衛長直到樊寧來後才被調換，說明僧人們來時，守衛長尚未被調換，且一直跟著那些僧人們。那麼試問薛明府，那些所謂的假僧人是何時將縱火所需的芒硝、崑崙黃和錫鏡等物從木箱中取出，又是何時將三樓的大銅鼎吊起的呢？」

薛訥一驚，一時語塞，竟回答不上來。先前樊寧說，守衛長在進門時還與她談起昨日之事，他便先入為主，竟沒有發現自己推理中的破綻。

見薛訥緘默不語，高敏哼笑兩聲，對李弘拱手道：「殿下，除此之外，薛明府所言看似言之成理，但其中偶然因素實在太多。單說樊寧來到別院的時間，便是第一個不確定。前日或翌日，早晨或傍晚，除了她自己以外，沒有人能左右。薛明府的推論若要成立，那麼這個假設的凶嫌就必須要提前得知樊寧何時來到弘文館別院，還要讓大師們剛好在樊寧到來之前抵達。試問除了樊寧本人外，何人能夠如此精確地把握？」

「難道你的意思是，截殺法門寺僧眾之人，是樊寧派出的？」李弘問道。

「正是。殿下可能有所不知，此女在鬼市有一眾狐朋狗友，上元節那一晚，臣奉李司刑之命，前往鬼市捉捕此女，親眼見到樊寧率那些烏合之眾與其他幫派互毆。除我之外，還有羽林軍二十位將士，甚至在場的薛明府，皆可以作證。」

「薛卿，確有此事嗎？」李弘問道。

薛訥明知高敏的話中暗藏陷阱，但在此事上他立場微妙，無法否認，只能回道：「是有此事，但這也不能證明……」

「好，既然此女有這些不法之徒的擁護，她完全可以驅使這些人埋伏在輞川截殺法門寺僧眾，再令他們扮作僧人，至別院繼而謀殺假扮守衛長，布置火場，豈不比第三方從中作梗更有說服力？」

堂外圍觀的百姓中已有人開始點頭附和，對於他們而言，什麼毒針、錫鏡皆是話本裡的物件，太過詭奇，彷彿不當是人間所有，而高敏所說的鬼市之流，許多人還都是聽說過的。現場氣氛突轉，使薛訥感到有幾分不妙，然而他還未來得及分辨，樊寧便忍不住開口道：「你們刑部這些狗官才是說書的，我那些朋友要麼比童子還矮，要麼瘦高如竿，唯一一個出過家的還是個瞎子。若是我找這些人來假扮大師，豈不早被守衛揭穿了？」

「正月十五那夜，臣聽聞藍田鬼市有匪眾聚首鬥毆，便借了英國公郡主的兵前往鎮壓，希望不要鬧出什麼大事來。我等親眼所見，乃是對方幫眾綁架人質挑釁於先，高主事卻以『互毆』兩字概括，豈非存心誤導？我大唐律法，明面上雖然不允許這種私市夜市存在，但鬼市從隋末一直延續至我大唐開國，已有近百年，可令一些受過刑牢之人有地謀生，與官府一向相安無事。高主事毫無證據，便料定此案是他們所犯，是否有些有失公允？」薛訥據理力爭，與高敏辯駁。

「薛明府此言差矣，鬼市的不法之徒眾多，為了錢財殺人越貨的亦不在少數。這些人一向不尊王法，以為自己做事神不知、鬼不覺。即便樊寧那幾個朋友長得奇形怪狀也無妨，只消另找幾個身材正常點的就是了。薛御史既然堅持有第三股勢力介入，不妨說說這假設的凶手如何像操縱傀儡一般操縱樊寧的行動吧？」

「薛卿，對高卿所言，你有何見解？」方才聽了薛訥解案，李弘覺得十拿九穩，沒想到高敏抓住了一點破綻，對薛訥強力打擊，這令李弘也少不得心生困惑，更加看不清此案的真相了。

堂外的百姓越聚越多，幾百雙眼皆牢牢盯在薛訥身上，但他彷若在無人曠野，認真梳理著思路，片刻後，他上前回道：「殿下，臣以為，凶手想要做到這一點並不難。無論是樊寧替李局丞取《推背圖》抄本，還是法門寺僧人來取經書，都需事先向弘文館申請，由其同意後，開具官府的公驗，官府再報給別院守衛，屆時才能合符驗證。且弘文館別院寶物眾多，故而對於取寶物的時間，亦有精確到幾時幾刻的安排。因而這一過程中，弘文館本院的人以及別院守衛，都會事先得知二者來到弘文館別院的具體時間。故而第三方凶嫌只需有一名守衛作為內應，便可輕易掌握法門寺僧人與樊寧來取書的時間。」

「高卿，你可同意薛卿所言？」李弘問道。

薛訥所說，俱為事實，故而高敏也無法否認：「薛明府所言不虛。但僅此一條，只能證明有人能夠提前得知二人前來的時間，並不能證明有人能夠左右樊寧的行動。且薛明府所言，相當於直言朝廷命官是同謀，茲事體大，臣沒有實據，不敢如此懷疑。」

「薛卿，你可有實據？」李弘問道。

「回殿下，臣既然敢說這話，自然是有實據的。原本樊寧去弘文館別院取經書的時間，應當是案發前一日。可就是這般蹊蹺，本該在這一天抄寫完的經書，卻十分巧合地因為抄書先生田老漢染了風寒，生生延後了一天。故而樊寧前一日空手而歸，第二天再來時便遇上了別院縱火盜書一事，這正是凶手操縱樊寧行動的證據，弘文館別院守衛馮二、王五等人皆可證明。」

高敏輕笑著，一副不以為然之態道：「區區感染風寒，便可說是證據嗎？薛御史怕是太過草率了吧？說不定若是樊寧前一日來，案發的時間也會提前一日也未可知。」

「染風寒自然誰都可能會染，可如此巧合地染上風寒，難道不是蹊蹺嗎？若真的頭一日來，又如何完成高主事所說的鬼市眾人截殺法門寺僧人之說？」

堂外百姓開始交頭接耳，似乎意見頗不統一。

李弘偏頭思忖，抬手拍了驚堂木：「帶那田老漢上來。」

田老漢在後堂已聽到了薛訥的話，小步匆匆上堂，撲通跪倒，呼天搶地道：「殿下，冤枉哪！那幾日老朽著急抄書，過於疲累，加之天氣陡然轉涼，這才染了風寒。若要因此就被定罪，真是冤枉，冤枉啊！」

田老漢萬分惶恐，連連叩頭，求饒不止。圍觀的百姓們看到這一幕，由不得心生同情，連連指責薛訥信口雌黃，連這麼大年紀的老頭都要汙衊。

「你說你是染了風寒，可有郎中給瞧的方子？」李弘問。

「殿下，老朽只是一介抄書先生，生活窘迫，尋常風寒是瞧不起郎中的啊……」田老漢又叩首道。

薛訥不由得嘆了口氣，若此人真是內應，又怎會輕易承認？然而圍觀百姓聽聞此言，皆感同身受，連連點頭，望向李弘的眼神，都變得有些疏離，似是怨怪他不知民間疾苦，搞得李弘左右為難，不知當不當再審問下去。

高敏趁熱打鐵，又拱手道：「殿下，臣以為，薛明府所說的作案經過聳人聽聞，此案根本不需第三方，也不需要大費周章搞什麼錫鏡之物，皆是由樊寧夥同鬼市那起子不法之徒共同完成的。薛明府杜撰出的所謂賊首，既沒物證，又沒人證，純屬臆測而已。」

「高主事說薛某是聯想編排，難道高主事不是牽強附會嗎？這世上難不成只有樊寧會殺人放火，作案的賊人便不會？高主事說薛某先入為主，以樊寧無罪作為前提，難道高主事不也是先入為主，以樊寧有罪作為前提？何況高主事既然主張樊寧有罪，可能說明樊寧為何要偷她原本就要來取的《推背圖》？」薛訥不善言辭，但為了這案子，再如何也不退縮分毫，與高敏激辯，舌撟不下。

「殺害十數人，放火焚燒弘文館別院，殘害法門寺的大師們，此女罪行駭人聽聞，早已走火入魔，如何能以人倫常理揣測之？聽聞鬼市什麼樣的營生都做，故而臣推斷，此女應是將此書偷出，送去鬼市銷贓了，甚至連秘閣局丞李淳風可能都已死在了此女手下……」

「哈哈哈哈，」跪在廳堂正中的樊寧忽然大笑起來，好似高敏的話十足可樂，「當日我投案，是因為相信大唐尚有一分王法，沒想到皇太子在上，爾等刑部官吏還是如此大放厥詞，若非顧及我師父人在朝堂，我定先殺你們幾個狗官洩憤！」

「殿下，你且看此女何等頑劣！竟咆哮公堂，全然不將皇太子放在眼中……」李乾祐氣惱不已，煽風點火道，「縱不論此女究竟是否認下別院之罪，今日行徑，皆當梟首示眾！」

「『物不平則鳴』，若此女果真不是嫌犯，難道還不許她發聲嗎？」薛訥駁斥李乾祐道，「更何況殿下並沒有說什麼，李司刑這話，真是有些越俎代庖了！」

「談案子便罷了，莫要做無端的揣測。」李弘一副不偏不倚之態，提點高敏，「李局丞乃是我大唐朝廷命官，即便如今行蹤不明，也不當妄議。」

高敏含笑，輕描淡寫地認罪道：「臣失言，請殿下責罰。」

「薛卿啊，」李弘笑著出來打圓場，將兩方的關注點重新引回，「對於高卿方才的論斷，可還有什麼話說嗎？」

「自然是有的，殿下、列位，前兩日薛某與陶沐查看別院遺留下的物品時，發現遺留有兩柄飛刀。」

薛訥說話間，陶沐端著個木盤走入堂來，盤中放著兩柄飛刀，圍觀的百姓有人識得，高聲喊道：「這是射虎刀啊！」

「不錯。」薛訥介面道，「此物為射虎刀，住在山上的百姓多備有此物，以防野獸襲擊。樊寧，此物件可是妳的？」

「是。」樊寧回道，「彼時我與那守衛長交手，他氣力很大，我難以抵擋，趁他不注意飛出袖劍，傷在了他的左臉耳根處。」

陶沐隔著白布拿起那袖劍，展示給眾人：「列位請看，這袖劍的鋒刃上隱隱發綠，應是淬了一些土毒的，這種土毒染上血必會留疤，是為了讓山民警惕曾受過人攻擊的猛獸，特意研製的。」

「臣以為，接下來只消請刑部遍訪京城內的胡人居所，詢問是否有看到與那守衛長身量相仿，且耳根留有此刀所傷的疤痕之人，便可破案。已有了這般證據，難道還不算明證？」薛訥反問道。

「薛明府為了查案，如此勞民傷財，真是豁得出去啊。」高敏哼笑一聲，「此刀究竟有否傷人，皆憑樊寧一人說了算。若是根本未有此事，只是此女為了拿來脫罪，故意留下此物，又當如何？」

「高主事是否沒有旁的證據來反駁了？竟當堂說這種無稽之談？」見高敏開始胡攪蠻纏，薛訥只覺好氣又好笑。

「好了，高主事。」李乾祐出聲道，「你便把最關鍵的人證帶上來吧！」

『最關鍵的人證？』薛訥神情一凜，滿臉疑惑，但見高敏向李弘請示道：「殿下，樊寧雇凶殺人，犯下滔天大罪，確實無誤。臣有關鍵人證欲帶至堂上，請求殿下恩准。」

「准。」

「謝殿下！」高敏抱拳一禮，背手道，「帶人證！」

不一會，六名面目猥瑣的光頭男子被五花大綁地帶了上來，站在一旁的大門守衛馮二和王五等人立即驚呼道：「就是他們！所謂的法門寺僧眾！」

高敏不緊不慢地走到正中，對李弘道：「經過刑部連日來蹲點排查，已將在輞川殺害法門寺大師的一眾賊人捉拿歸案，殿下且聽這些人的證詞。」

眾人的目光都聚集道那夥人身上，但見為首的那個偏頭狠狠瞪了一眼樊寧，高聲道：「就是這個小娘子，是她雇了我們去截殺那些大師，再假扮他們去弘文館別院，好將她縱火所需的物件運進去！」

一時間，堂下眾人譁然。

高敏拊掌幾聲，怒斥樊寧道：「人證、物證俱在，紅衣夜叉，妳還有何話可說？」

原本端然跪著的樊寧霍然站起身來，一腳踹在領頭那廝臉上，竟踹得那壯漢飛出丈遠，她負氣怒罵道：「哪來的下流雜種，我樊寧幾時認得你這腌臢貨！」

「紅衣夜叉發怒了！雇凶殺人，還敢當庭撒潑！」堂下圍觀的百姓無不驚叫，不論手中拿著什麼物件，皆奮力砸向堂中。

場面一度失控，張順等人衝上前，掩護著李弘欲撤離。

李乾祐上前一步攔住了李弘的去路，急道：「殿下，這幾個共犯是我刑部抓到的，是否……」

李弘明白李乾祐的意思，事到如今，他也毫無辦法，只能揮手道：「既是刑部捉到的人，就全帶回刑部衙門去吧。」

春日的雨淅淅瀝瀝的，雖不算大，卻比冬日的雪片更惹人生寒。薛訥牽著馬，穿過人影稀疏的朱雀大街，滿臉的挫敗茫然。

本以為已為她築起了綿亙千里的堤壩，沒承想一朝被人擊潰，卻是如此輕易。高敏抓獲六名嫌犯，皆稱樊寧是主謀，而自己這邊張三與田老漢均矢口否認自己是內應，沈七亦堅稱自己只看到了樊寧，沒有看到什麼假扮的守衛長。

沒有人證，便無法反駁高敏，薛訥無奈太息，輕輕搖了搖頭。高敏的推論絕算不上無懈可擊，只是利用了人心的好惡，設下圈套而已。可惜大唐律法並不只看誰的推論更加完美無缺，還要講求實證，而實證中更以人證為首要。若薛訥想真正為樊寧洗清冤屈，必須為樊寧找到足以證明她清白之人，或是令守衛中的內應自己露出馬腳。

小小的水珠落在薛訥長長的睫上，他的臉色看起來有些蒼白憔悴，不知是因為三日不眠不休的疲憊，還是親眼見樊寧被刑部押走，心痛鬱結。他抬手抹了一把臉，這才發現落雨越來越大，街面上已是空無一人了。

這樣驚天的大案，想在朝夕間扭轉乾坤確實不易，但他永遠不會放棄，一定要將她安好地從那陰暗逼仄的牢獄裡接出來，他還有那麼多的話要對她說，他絕不會就此放手。

薛訥如是想著，翻身上了馬，冒著潑天大雨，向積雨雲籠罩的天幕盡頭駛去。

樊寧本以為進了刑部牢獄後會被嚴刑拷問，誰知從晌午到半夜，她竟未受到任何刑訊，牢頭按照三餐送來的餐食也還不錯，甚至一度讓樊寧懷疑是斷頭飯，一口也不敢用。

夜半時分，她倚在泥糊的牆上聽著隱隱的雨聲，不敢睡得太實。就在這時，牢門發出一陣響動，一陣腳步聲後，高敏與那牢頭寒暄話語傳來，樊寧趕忙提起十二萬分精神，看似毫不在意，實則嚴陣以待。

此地與藍田那牢獄一樣，只關她一個十惡不赦之徒，故而高敏來必是找她的。樊寧閉目冥神，兩隻耳朵卻豎著，只聽高敏闊步走來，站在牢獄門前，似是打量著那已經放冷的飯菜，開口道：「不合口味嗎？聽說妳喜歡胡餅，高某可是專門差人去西市買回來的。」

無事獻殷勤，非奸即盜，樊寧不接他的話，如石像一般端然坐著。高敏也不心急，就這般與她對峙著，不知過了多久，才笑著說了一句：「寧兄平日不挑食，怎的來這裡倒是講究起來了？」

這一句「寧兄」確實令樊寧身子一震，旁人皆看不穿的事，難道高敏一眼就看出來了？他可是有什麼證據，證明她就是「寧淳恭」，抑或只是詐她一下？

高敏揣度出樊寧的心思，笑道：「妳且放心吧，不管妳是不是寧淳恭，高某都沒打算去告發薛明府。我志不在此，這等小事便罷了。」

樊寧冷哼一聲，終於開了口：「是啊，你陷害我為弘文館別院案凶徒，便可以官升五品了，哪裡還需要再給我編排些別的罪名。」

「今日在京兆府多有得罪，」今日還在朝堂高呼「其罪當誅」之人，現下竟拱手向樊寧致歉，態度十分謙恭，「高某乃是受人之托，忠人之事，不得已而為之，希望……安定公主殿下大人不記小人過，原諒我們的掣肘與不得已吧。」

第三十章　偷龍轉鳳

刑部大牢中，樊寧聽了高敏的稱呼，先是一怔，旋即大笑捶地：「若是白日裡你沒有在衙門那般詆毀我，我還能給你畫個符，驅驅你腦子裡的邪祟，現下你還是早點回去，莫走夜路，自求多福吧！」

高敏也不心急，雙手抓著牢獄柵欄，絮絮說道：「我知道殿下一時難以接受，但高某所說之話皆是有真憑實據，不曾有一字妄語。妳就是天皇與天后的長女，十幾年前故去了的安定公主……即便身在宮外，妳應當也聽說了，彼時天后與那王皇后爭鬥激烈，坊間有傳言稱天后為了扳倒王皇后，不惜將不滿周歲的小公主悶死……」

樊寧打了個哈欠，靠著泥土牆，蜷了蜷身子道：「是啊，小公主都已經被悶死了，還說這些做什麼？白日裡你們刑部官員皆說薛明府是寫話本的，我看你們三個才是神志不清吧？我如果真是公主，你還不快放我出去，好酒好菜地招待我，還敢把我關在這？」

「公主莫怪，李司刑命高某這般作為，是有原因的。殿下畢竟是以弘文館別院之凶嫌樊寧的身分被緝拿歸案的，殿下是安定公主這件事，除我與李司刑外，任何人都不知曉。為了公主殿下的安全，也為了公主有朝一日能夠恢復昔日的尊貴，一切還得從長計議。眼下暫且先忍耐幾日，等風頭過去，李司刑便會安排將公主祕密接至府邸，再向天皇稟告。殿下應當知道，如今二聖臨朝，天后權勢日盛，但她的權勢地位，不過皆是仰賴天皇的寵愛。這些年天后不管做什麼，天皇皆不忍苛責。但若天皇知道，他最喜愛的女兒，竟因枕邊人為爭權奪勢陷害假死，流落在外多年，受盡苦楚，妳以為天皇會如何處置？不瞞殿下，高某發覺，除了我們以外，似有旁的勢力也在四處尋找殿下，其中便有天后的心腹，所為何事，殿下細想便知。」

「啊，天后要殺我？不會吧！」樊寧佯裝極度害怕，旋即嗤笑道，「虧你還是個刑部主事，竟連這樣沒頭沒尾、沒根沒據的話也敢說？若真有什麼假死藥，人豈不是想死就死，想活就活，天下早已亂套了，還有什麼王法秩序可言。」

「殿下說得不錯，但凡事總有例外，否則便沒有這史書上記載千年的宮闈祕事了。十六年前的永徽五年，天后還只是昭儀，縱然深得天皇寵愛，但王皇后才是真正的後宮之主。武昭儀為了扳倒王皇后，想出了製造王皇后出於嫉妒悶死殿下的假象。然而，虎毒不食子，武昭儀難以下手，便派人去求能夠讓人假死之藥，得到的便是這冥蓮散。」高敏說著，從袖中掏出一粒藥丸的殘片，將其拋給牢中隨處遊蕩的老鼠，老鼠將藥丸吞下之後，竟立刻四腳朝天，像是死了一般。

「此散之藥效，正是讓活物在幾個時辰內假死。武昭儀得此藥後如獲至寶，算好時辰約王皇后來自己宮中。王皇后來到之後，武昭儀忙躲了起來，王皇后見殿下玉雪可愛，在搖床便逗弄著殿下玩，其後左等右等，不見武昭儀來，便兀自回去了。待王皇后離開，武昭儀將冥蓮散餵給殿下，其後諸事，街頭巷尾所傳已十分清楚，就不需高某多言了。」

樊寧依舊不信，繼續質疑道：「若天后果真未殺安定公主，而是讓安定公主假死，如何能在大理寺瞞天過海？你們整個刑部、大理寺都被天后收買了不成？」

「接下來只是下官的推測，天后既然要布此局，必然要做好萬全準備，因此她一定是托人找了一個差不多大的死嬰，趁著給公主做法事的機會帶進來，再趁沒人時將其與殿下替換，而殿下則被以同樣的方式帶出了宮。不用說，能夠勝任此事的，唯有為公主做法事的秘閣局丞李淳風而已。這麼些年來，殿下與李局丞生活在一起，不就是明證嗎？」

話音剛落，方才被餵藥假死的老鼠，突然如詐屍般重新恢復了生機，吱吱叫了兩聲後，一溜煙躥沒了影兒。面對著眼前無法否認的事實，樊寧開始心生猶疑，難道師父真的隱瞞了自己的身世，多年來將自己放在身邊，只是為了履行與天后的密約，看管住自己嗎？

只消樊寧對此事有了態度，不論氣惱還是歡喜、恐懼、困惑，都比她滿不在乎要強，高敏見目的已達到，不再多作逗留，從袖籠中掏出一卷書：「殿下，這是永徽五年宮中的記檔，『元月十八武昭儀產女，玉雪可愛，上甚愛之，每朝後即刻歸昭儀殿，日夜抱公主於懷……』其後還有關於公主如何發喪、何人做超度等等明證，此物並非高某可以偽造，殿下細看便知。」高敏說罷，將書卷放在地上，轉身出了大牢。

樊寧呆坐片刻，猶豫兩分，終於拿起了那本記檔，她想看的並非其他，而是那句「上甚愛之，每朝後即刻歸昭儀殿，日夜抱公主於懷」。

難道她真的曾經擁有那般深愛她的父母，而非夢中奢求嗎？

大雨下至夜間，轉為纏綿的小雨，雨幕下的長安城比白日更添幾分寧靜、神祕。一駕馬車載著一位傾國佳人，駛向城東的周國公府，雖然戴著面紗，依然能看出她神色惆悵，清亮的眸子綴著愁雲淡雨，與這無端惹人煩悶的雨天相合契。

這幾日間，有消息從神都洛陽傳來，稱天皇不知因什麼事惱了李弘，可能會停了他的監國之權，並將調查李弘之事交給了外姓皇親賀蘭敏之。

賀蘭敏之一向與李弘不睦，這令紅蓮如何能不焦急？她悄悄問了張順，哪知張順也是滿頭霧水，心焦不已，卻毫無門路。

總要先摸清，天皇究竟因為何事氣惱，李弘方能應對，紅蓮別無他法，只能親自登門，意圖套一套賀蘭敏之的話。但她只要想起賀蘭敏之那副噁心的模樣，便是驚怕交加、渾身打戰，她拚命地凝神調息，努力讓自己平靜下來。

還記得前年秋天那個令她恐懼生畏的日子，因為一夥權貴公子的糾纏，逼使教坊媽媽不得不為她安排一場贖身競價，紅蓮苦苦哀求無用，已抱了必死的決心。那夜她穿著最華麗的綢裳，化著時興的妝容，在臺上彈琵琶，懷袖裡卻揣著一把匕首，看著臺下那些喝得爛醉、滿臉色相的公子哥，她篤定那夜便會是自己的死期。

「寧為玉碎，不為瓦全」。一曲終了，她看著那些趨之若鶩、爭先恐後出價之人，目光越加冰冷，誰知此時最遠處的紅綢座上，忽有個眼生的俊逸少年幽幽開口，所出的價，令滿座驚惶。

那少年便是李弘，後來聽他說起，那日是他第一次來平康坊，完全不知眾人在做什麼，只是看到臺上紅蓮茫然無措的模樣，便鬼使神差出了手，也留下了豪擲千金之名。

其後他在平康坊背街清淨的小巷裡，為她置了一處宅子，本是想為她遮風避雨，誰知後來竟成了他的樂土，疲憊之時，只要去那裡聽她清彈一曲，所有的煩惱便都會煙消雲散了。

他們都不知究竟是何時愛上了彼此，或許是第一次在教坊相見時，或許是在其後漫漫歲月的相伴中，雖然誰都沒有言明，卻也都明白對方的心思。

紅蓮曾無比惆悵地想過，若自己出身能好上兩分，抑或李弘不是皇太子，他們是否會有未來，但糾結過後，她更想珍惜眼前相聚的每一瞬。

紅蓮從記憶中緩緩抽離，嘴角帶著一抹甜甜的笑意，周身不再打戰。只要是為了李弘，生死尚且能置之度外，今日之事又算得了什麼。

隨著吁馬聲，馬車緩緩停駐，車夫在廂門外喚道：「姑娘，周國公府到了。」

紅蓮撩開車簾，迤邐下了馬車，撐著傘隨候在廊簷下的管家向內院走去。

紅蓮從沒有去過東宮，見這周國公府如是軒俊壯麗，忍不住生了幾分慨嘆。李弘願意捨棄東宮的富麗華堂，總去那個小院子裡看望她、陪伴她，從來沒有過半分嫌怨，但她依然明白他們之間的差距猶如雲泥之別。

莫說皇親國戚，便是稍有幾個錢財的公子哥，也不過把這些歌舞伎當玩意而已，能得李弘青眼，真不知是多少世修來的福氣了。

才進內院，就聽得一陣絲竹管弦聲。不消說，這位賀蘭大學士無一日不風流，天方擦黑時，就迫不及待命府中歌舞伎添酒獻舞，好不熱鬧。

管家通傳後，打開了偏廳房門，只見賀蘭敏之正坐在廳堂中自斟自飲，看到紅蓮，他即刻站起身，揮揮手示意歌舞聲停，將旁人都遣了出去。

即便戴著面紗，看不清真容，紅蓮的姿貌也遠勝其他庸脂俗粉，賀蘭敏之登時醒了幾分酒，走上前來，笑揖道：「那日爛醉，唐突了姑娘，敏之心中一直不好受，想找姑娘賠罪，可也不知姑娘躲到哪裡去了……」

紅蓮佯作回禮，極其自然地躲開了他伸來的手：「前陣子身體微恙，便沒有出來見人。這一、兩日好了，聽教坊媽媽說大學士來找過我聽曲，便急忙趕來了。」

紅蓮說著，退卻幾步，拿起桌案上樂師的琵琶，坐在胡凳上絮絮彈了起來。

賀蘭敏之也坐回軟座上，撐頭眯眼，好似在細細品鑑：「今日姑娘曲中有幾分惆悵之意，不知所謂何事？若能為姑娘解憂，敏之願為效力。」

紅蓮莞爾，亦真亦假地說道：「小女子知道，大學士如今已是周國公，很受天皇、天后賞識，但小女子所求並非易事，只怕連累了大學士。畢竟這長安城裡貴胄良多，萬一……」

紅蓮肯好聲好氣地這般與他講話，已讓賀蘭敏之歡喜得找不到北，一時得意忘形，拍著胸脯道：「如今這長安城裡，便是我賀蘭敏之說了算，連我那太子表弟，都將要獲罪，哪裡還有什麼我辦不到的事？」

紅蓮心裡一緊，撥弦的手也隨之一滑，但她技藝超群，很快便處理得當，語氣平靜地問道：「太子殿下要獲罪了？這是為何，他監國這幾年來做得不錯，許多百姓都很推崇他……」

賀蘭敏之一向與李弘不睦，若在平時，他恐怕會立即惱了，直斥紅蓮偏心於太子，今日不知怎的，卻一點沒有憤怒之意。他搖了搖手指，大笑起來，接著從懷中掏出一疊卷宗，拍在案上道：「姑娘且自己看，哪裡是敏之吹牛胡言！」

紅蓮接過卷宗一一瀏覽，但見其中一頁上乃是一個名為寧淳恭之人的手實，上面記載了其戶口之所在，以及父母、兄弟、姊妹等；另一頁則是一個魚符的拓片，上面清晰地顯出魚符上刻著的「寧淳恭」與「太子禁衛軍」幾個小字。

賀蘭敏之難掩笑意，貼著紅蓮而立：「經刑部查實，這所謂的寧家，是太子曾經的手下心腹，根本未曾有過一個叫寧淳恭的兒子。這個所謂的寧淳恭，就是那焚毀我大唐弘文館別院的十惡不赦之人！李弘身為監國太子，明知此人是朝廷欽犯，卻對其百般包庇，甚至不惜動用太子職權給她做了個假的手實和魚符，令其得以出入大內，威脅天皇、天后的安危，如今證據確鑿，看我如何不將他拉下馬？」

紅蓮十足意外，她一是實在沒想到，此事事關樊寧；二是沒想到，一向在朝政上步步為營、克己勤謹的李弘竟然會為了幫薛訥查案贏得時間而動用私權，現下還被刑部找到了實據。依《永徽律》有關宮城衛禁之法，此舉已是死罪，即便他的太子身分能讓他免於一死，單憑太子監國知法犯法，便可澈底摧毀二聖和滿朝文武對他的信任，參照前朝被廢太子的遭遇，李弘甚至可能會被貶為庶人。

想到這裡，紅蓮心中五味雜陳，然而她還沒來得及做出任何反應，就被賀蘭敏之一把奪過手中的琵琶，隨手一撇，而後將她攬在懷裡，箍得她動彈不得：「莫說旁的事了，看見姑娘，敏之的魂兒都不見了。今日姑娘可莫要再推搪，否則真是要了敏之的命了……」

說著，賀蘭敏之的大手從紅蓮的鬢前一路掃過了她美豔絕倫的面頰、尖尖的下頜，一路向下，伸向了她胸前的衣襟。紅蓮拚命掙扎，嘴上還不忘勸著：「周國公莫要如此，你可算得上這長安城裡數一數二的風流郎君，若是被人知道對一個小女子用強……」

「對旁人用強，敏之自然是不屑的，」賀蘭敏之手上動作不停，俯身輕輕嗅著紅蓮身上淡淡的香氣，「但只要能得到姑娘，旁人羨慕敏之還來不及，怎會笑話。」

紅蓮躲閃間，賀蘭敏之碰觸到她懷兜中的短刀，不由神色一凜，他一把扯下紅蓮的外裳，短刀應聲而落。賀蘭敏之尚算英俊的面龐漸漸扭曲：「呵……敏之誠心實意待姑娘，姑娘這是何意？既然姑娘想玩點非同尋常的，那敏之便也不客氣了！」

說罷，賀蘭敏之將紅蓮重重按倒在地，紅蓮後腦摔得生疼，眼淚瞬間滾落，瘦弱的雙臂不住推著賀蘭敏之，卻如蚍蜉撼樹，難有作為。

賀蘭敏之冷笑一聲，正要胡為，忽聽門外傳來那老管家的聲音：「郎君、郎君……」

「滾！」

「郎君，出大事了……刑部之人傳了要緊的口信來。」

聽了這話，賀蘭敏之不得不壓著性子站起身，用布條將紅蓮的雙手、雙腳捆在一處，整整衣衫，笑得邪氣非常，抬手掐了掐紅蓮的臉蛋，「姑娘可莫心急，敏之去去就來。」

薛訥才從平陽郡公府拿了幾件衣衫，便被李弘傳到東宮，原以為是有什麼要緊事，誰知一入殿，李弘便命侍婢端來一碗湯藥，薛訥茫然接過，問道：「殿下，這是何意？」

「不是毒酒，是讓你補補身子。」李弘笑道，「本宮可是聽那陶沐說了，你不眠不休，連續三、四日了，這是意欲何為，不想活了？」

「自然不是。」薛訥本想一飲而盡再回話，但這湯藥既苦又燙，薛訥為表恭敬半側著身子，邊喝邊回道，「感覺有負殿下所托，心生慚愧，只想快快結案……」

「也好快快將她從刑部大牢裡接出來，是不是？」李弘不忘逗薛訥，挑眉而笑，旋即又面露憾色，「其實明眼人一聽便知，你的推論比刑部高主事的強上太多，但他十分擅長煽動百姓，你卻太過誠實，加之那些莫名其妙的人證，會被他指鹿為馬、顛倒黑白，也不足為怪了。」

薛訥忽然感覺一陣天旋地轉，他趕忙以手撐著桌案，賠罪道：「臣不知怎的，忽然有些頭暈，殿下面前失儀了……」

「怎可能會不暈，方才你喝那湯藥，是我找御醫專門配的，便是要強制你睡覺休息……張順啊，找個乾淨屋子，讓薛明府休息吧。」

「使不得，」薛訥以手扶額，明明已是頭暈眼花，卻還不肯從命，「慎言是外臣，如何能在東宮歇息……」

「我這裡又沒有女眷，你不在這裡休息，想睡朱雀大街去嗎？」李弘不再聽薛訥分辯，揮揮手示意張順將他帶下。

薛訥卻之不恭，只得一拱手，隨張順走了下去。李弘臨窗看著無星無月的夜幕，心頭驀地湧起了幾分不安，他兀自惶惑，想不清這不安究竟從何而來。

張順忽又匆匆入了書房，他壓低嗓音，聲音裡的幾分顫抖昭示著急迫：「殿下！嶺南急件！」

嶺南本沒有急件，這說法乃是李弘與張順等人約定的暗語，意指自己安插在賀蘭敏之處的心腹所傳來的緊急消息。這麼些年來，為了提防賀蘭敏之攪亂朝局，他在賀蘭敏之近側埋下了內應，此人平時並不負責傳遞任何情報，只一門心思伺候賀蘭敏之，藉以獲得他的信任，唯有發生重大的變故時方會通知自己。

李弘從張順手中接過信箋，將其小心拆解，卻是白紙一張。李弘不慌不忙地從懷中摸出一個小瓷瓶，將其中的液體倒在紙上，字跡開始顯現出來，但見上面草草地寫著八個字——

紅蓮夜困周國公府

李弘這才明白那莫名的牽腸掛肚之感是從何而來，他一改往日的沉定自持，顧不上管什麼宵禁與否，未著外裳便慌張向外趕去。

第三十一章　九宮解殺

雨夜之中，兩隊飛騎鳴鑼開道，引街上寥寥行旅慌忙避讓。李弘策馬揚鞭疾馳在長街上，在他身後，二百禁軍手持火把輕裝快跑緊隨，火速趕往周國公府。

張順僚衛李弘身側，同樣打馬如飛，凝重的神色裡帶了一絲困惑。他跟了李弘許多年，知道他寬仁待下，克制私欲，一心為國，不想今日竟會為紅蓮這般。

是啊，少年人的世界很簡單，只有對家國的擔當，對愛人的守護。張順望著李弘奮力御馬的身影，只覺得這樣的他好似更有人情味，明知此舉不當，卻也願意陪他一起赴險。

風馳電掣般，一眾兵馬直抵光祿坊前，李弘一揮手，二百禁軍徑直衝開了坊牆上的烏頭門，直朝百步開外的周國公府大門奔去。周國公府的侍衛方從值夜的閣室詫異地走出來，還未來得及反應，便被兩名禁軍就地按倒，刀架脖頸，他看不清來者何人，只能聽其威嚴吼道：「監國太子駕到，誰敢擅動！」

偌大的周國公府瞬間便被禁軍圍了個水泄不通，雨夜下，府門前的兩只燈籠火光跳動，猶如幢幢鬼影，滿是說不出的詭譎之感。

「太子殿下駕到，還不快開府門！」張順邊吼邊拍門，震得大門顫顫如山響，然而門內久久無人應聲。

張順望向李弘，只見李弘神色極其難看，重重一頷首，張順這便一招手，兩名身材格外魁梧的禁軍士兵即刻抄起馬背上的破門錘，振臂上前，就要向朱紅色的大門撞去。

就在此時，大門鬼使神差般從內開了一道縫，府中管家虛飄飄的聲音傳來：「不知太子殿下深夜到訪，能否容小人前去通傳……」

李弘再也不能等，撥開張順，上前道：「賀蘭敏之仗勢欺人，強搶民女，罪狀分明，本宮已有實據，爾等速速讓開！」

管家老兒從未見過李弘如此動怒，本能般嚇得後退。

李弘霍地推開門，張順喊了句「快去內宅」，一眾禁軍便快步衝入府中。

衝過二門，才轉過回廊，就見一幕僚似的人物將府中婦孺集中起來，堵在了廊下，擋住了通往賀蘭敏之後院的道路。

雨夜黯淡，李弘看不清此人真容，心急如焚斥道：「大膽！見到本宮竟敢不讓？」

「鄙人是周國公府的門客，只食周國公府之祿，自當只為周國公效力。殿下雖貴為監國太子，深夜強闖朝中從一品大員的府邸，難道不該給個解釋嗎？」

「賀蘭敏之仗勢欺人，強搶民女，罪狀分明，爾等若是不讓，便以同案犯論處！」

那人模樣十分恭謹，嘴上說出的話卻滿是挑釁：「民女？此間根本沒有民女，只有平康坊歌伎紅蓮，且是應周國公之邀主動上門，何來『強搶』一說？殿下身為儲君，為大唐江山日理萬機也罷，竟為了一名不入流的歌妓強闖周國公府，可有想過天皇、天后和滿朝文武會怎樣想？難道就不怕百官彈劾之下，二聖大怒，廢了殿下太子監國之位嗎？」

後院偏廳裡，賀蘭敏之赤著上身，手中拿著短刀，蹲在啜泣不止的紅蓮身側，揩去嘴邊的血跡，氣道：「妳不過就是平康坊的一個歌伎，我今日即便弄死妳，也不會有任何人來問我一句！不過是看妳有幾分姿色，對妳客氣幾分，妳可莫要會錯了意，竟還敢踢踹我！今日我賀蘭敏之要定妳了，不論妳是活是死，今日都別想出我這個門！」

紅蓮美豔絕倫的小臉兒上青一塊、紫一塊，清亮的雙眼腫得像桃兒一樣，楚楚可憐。方才為了不受折辱，她拚死掙扎，與賀蘭敏之相持至今，如今已毫無氣力，只剩下一死了之。一死了之，保全自己的名節，或許還能在李弘心上留下幾分美好。可一旦死了，便無法將消息傳遞給李弘，那麼她來此地的初衷就無法實現了。

原來死竟也是這般奢侈之事，總要留著一條命，才能將賀蘭敏之的圖謀傳達給李弘，紅蓮泣淚如雨，滿臉絕望，慢慢鬆懈了護在身前的手。

賀蘭敏之見紅蓮不再拚死掙扎，興奮得無以復加，將她推倒後又欲造次，便聽得「哐當」一聲巨響，大門飛彈開來，他還未來得及回頭看，便被一個人一腳踢飛出去，騎在身上一頓好打，拳拳毒辣，直至口吐鮮血，昏厥過去。那人方喘著粗氣從賀蘭敏之身上起來，轉身朝紅蓮走去。不是別人，正是李弘。

紅蓮早已嚇傻當場，久久未能回神。李弘見紅蓮衣衫凌亂不堪，裸露在外的雪色肩頸上青一塊、紫一塊，心都要碎了，忙將披風解下，裹在她身上。

待回過神幾分，紅蓮的驚怕委屈等諸般情緒夾雜一起，生怕此事連累李弘，哭求道：「殿下快走……莫要因為我惹禍上身……」

沒想到事已至此，紅蓮第一個想到的卻不是自己，仍舊是他。李弘嘆息一聲，彎身將她抱起，護在懷中：「沒事了，妳不必擔心，有我在，不會有人能傷害妳。」

「殿下……」紅蓮竭力忍著抽噎，指著桌案上的卷宗道，「紅蓮已探得，有人意圖對殿下不利……」

李弘瞬間明白，為何紅蓮會犯險來周國公府，心疼得無以復加：「放心，這裡有張順善後，一切妥當。妳傷得不輕，我先送妳回去。」說罷，李弘抱著紅蓮走出了偏廳。

周國公府的侍衛們此時紛紛趕來，但見李弘在場，禁軍嚴陣以待，即便在自家院內，他們也不敢輕舉妄動，只能眼睜睜看著李弘抱著紅蓮大步走了出去。

回到小院後，李弘去庖廚燒了熱水，端回臥房，供紅蓮擦洗處理傷處。

紅蓮一身的傷，小臂、肩胛處盡是青紫，但她無心顧及自己，拉著李弘的寬袖道：「殿下，賀蘭敏之若是醒了，定會拿今夜之事大做文章，屆時殿下可該如何是好……」

李弘坐在榻邊，握著紅蓮的手，垂頭嘆了又嘆。素日裡，他很喜歡看她的小手，這雙擅彈琵琶的巧手生得很漂亮，蔥管似的，纖細白嫩，淡粉色的指甲乾乾淨淨的，帶著健康的光澤。但今日，她的指甲滲著淤血，指尖上還有幾處傷口。

李弘將她的小手握在自己的掌心裡，無比珍重疼惜地道：「其實這些時日來我一直在想，是時候將我們的事告訴父皇了。以往我之所以顧忌頗多，乃是知道即便貴為太子，亦有諸多的不自由，車載斗量般的禮教王法不得不遵，故而不管我心裡多麼愛重妳，都只能一直隱忍，怕把妳接進宮來反而會妨了妳。身處東宮，如果沒有尊貴的身分，許多事都寸步難行，我是真的怕若將心事剖白，反會更讓妳受委屈，誰知如今卻出了這樣的事……現下細想，宮中即便鉤心鬥角，至少不會讓妳受這般傷害折辱，只是如此一來妳便再也無法離開，妳……妳願意跟著我嗎？」

決策軍國大事時，李弘尚且沒有這般踟躕，此時等待紅蓮的回應，卻是度瞬如年。

紅蓮等待李弘這話已一載有餘，從前她便想，只要能跟李弘在一起，無論什麼名分她都願意，待真的等到這一刻，卻只剩怔怔流淚，不敢答應：「我何其粗鄙之身，怎配侍奉在殿下左右，殿下莫要因我再惹得天皇、天后生氣，今日之事，不妨便說是我約了殿下在先，又去周國公府上，殿下惱了我，這才與周國公發生了誤會……」

「我若真這麼說，豈不是要置妳於死地？」李弘長眉微蹙，下定了決心，「妳的顧慮我知道，但我不會再顧忌了。我會向父皇上一道奏承，講明賀蘭敏之奪我愛伎，欲據為己有，我才入府奪人。為懲戒自己的錯誤，我會請父皇革去我監國之權，以示懲戒。」

紅蓮驚得瞪大了雙眼，急道：「若真因我，殿下被革去監國之權，紅蓮豈不是大唐的罪人……」

「並非是因為妳，」李弘寬解她道，「賀蘭敏之一直在抓我的錯漏，寧淳恭之事，我無以抵賴。此時請求父皇降罪，算是以退為進，只消慎言找出人證，揪出幕後主謀，父皇、母后自然會明白我為什麼這麼做，屆時所有的危機便能迎刃而解了。」

紅蓮似懂非懂地點點頭，小臉兒上的愁楚卻一點也未減少，「對了，殿下，方才……賀蘭敏之的管家中途將他叫了出去，我隱隱約約聽到那管家說，找到了多年前本已去世的安定公主……」

聽聞此言，李弘如聞驚雷，久久不能言聲，待他反應過來，急問紅蓮道：「安定還活著？現在何處？」

「不知……只聽清了這一句，旁的實在分辨不清。」紅蓮搖頭道。

若真如紅蓮所說，那當真是李弘最為擔心之事，不單會離間天皇、天后，甚至可能會牽連出當年「廢王立武」背後的一連串人與事，屆時威脅的可不單是一、兩人，而是整個大唐。

「本宮知道了。」李弘煩悶憂慮，在紅蓮面前卻一點也沒表現出來，只一心惦記著她的傷，「還有哪裡傷著了，我給妳擦一擦。」

「不勞煩殿下了。」紅蓮的話語輕柔溫婉，不再似方才那般打戰，好似已在李弘的陪伴下走出了恐懼害怕，「我想洗個澡，再處理一下傷口。」

李弘未做勉強，幫紅蓮打了滿盆熱水後退出了房間。待李弘離去，紅蓮方徐徐起身，她沒有褪衣裳，整個人栽進了木澡盆裡，在李弘面前強忍的委屈與心酸此時終於迸發，淚如雨下，卻仍舊不敢哭出聲。

門外的雨夜依舊深沉，李弘背靠房門矗立，滿臉自責，心想難道他李弘幾時要靠心愛的女人受盡委屈，才能換得一方安寧了？

正煩悶之際，張順回來了，遠遠一禮。李弘知道他定有要事說，示意他立著不動，自己斂了衣裾，踏著雨水走到了他面前。

「殿下，都處理得當了，寧家本還有個兒子，先前過繼給他表親家去了，我讓那孩子頂了寧淳恭的名。只是……今晚的事，周國公估摸著還是會向天皇、天后告狀。」

「無妨，且讓他告去吧。你再去找一趟御醫，讓他開了慎言一樣的安神藥來，煮一碗給紅蓮姑娘喝下，再揀選兩個穩重可靠的婆婦，來這裡照顧她，現下就去辦吧。」

張順插手一禮，屈身退下，趕回東宮張羅半天，終於選好了人，配好了藥，送到了紅蓮的住處來。

李弘哄紅蓮喝了藥，見她熟睡了，方回東宮去。此時已過夜半，李弘卻毫無睡意，問張順道：「你去看看慎言醒了沒有，本宮有要緊事跟他說，天亮時我得再回紅蓮姑娘那裡。」

「呃，這……可是那疾醫說了，服了那藥至少要睡上三個時辰，薛明府才睡了兩個時辰，恐怕叫不醒……」

李弘心急，卻也別無他法，只能說道：「你去房裡看看，等他一醒，便把他帶過來。」

說罷，李弘轉身走進書房，攤開公文用紙，提筆向天皇寫奏承。與私造魚符相比，爭風吃醋而大打出手之類已算是小事，李弘打算以此為契口，向天皇認罪。

方才那門客要脅他的話，他並非沒有想過，但彼時不知紅蓮安危，即便是碧落黃泉他也會闖，又哪裡顧得上一己榮辱。這一年多來他一直猶豫，不知當不當將紅蓮留在身側，今時今日則不得不下定了決心。否則經此一事，紅蓮只怕難以保住性命，李弘氣憤於賀蘭敏之的無恥，憐惜紅蓮的身世，卻又有些小小的慶幸，自己終於能擁有她，留她在身邊了。

或許他只要更努力一些，更篤定一些，便能給予她幸福。洋洋灑灑數千字一氣呵成，李弘放下毛筆，細讀一遍，確認無誤後，將其攤開放平，等待墨汁乾涸後裝袋戳封。

春日的天越亮越早，還未到雞鳴時分，窗外已有雀鳥啾啾。書房地勢高，李弘臨窗而立，視線越過重重宮闕，望著漸漸甦醒的長安城，說不出迷茫還是惆悵。

四歲被封為皇太子，八歲太子監國，這十餘年來他經過了大大小小不少風浪，卻從來沒覺得像今年這般疲累過。諸事接踵而來，件件都在戳他的心口，尤以今日紅蓮之事最令他神傷。然而，若說何事對他亦對大唐朝政影響最為深遠，則非安定公主案莫屬。

安定公主去世時，李弘不過兩歲，正是咿呀學語的年紀，知道自己有個妹妹，卻沒有什麼真情實感，只極其朦朧地記得自己被痛苦的母親抱在懷中良久，父皇在旁安慰，亦不免垂淚。未過幾日，宮中便做了一場盛大的法事，上至母親，下至宮女，包括李弘在內所有人皆一身縞素，自此後，他便沒有了妹妹，直至數年後太平公主出世。

身為兄長，他當然希望這個一出生便遭遇災厄的胞妹沒有死，但與此同時，他又有些彷徨困惑，難道他的母親，高高在上的天后，當年為了登上后位，當真利用了尚在襁褓中的安定公主，設下了這瞞天過海的迷局嗎？

與其他皇子不同，李弘是天皇與天后的長子，除了君臣外，他們更是最親、最親的一家人。李弘猶記得年幼時，他第一次監國，父皇要帶母后去往東都，再回母后的老家並州文水省親，車鸞才出長安城，李弘便已哭得肝腸寸斷。天皇、天后心疼孩子，商量後決計將李弘一道帶上，一家三口在外遊玩了半年之久，才又回到長安城來。

這是李弘幼時最美好的回憶，與父母的親近也讓他處理起政事時十分自信，即便因為做錯事受到申斥，也能很快調整好心態。

母親雖然嚴格，卻也慈愛，李弘無法想像，她當真會為了后位，將尚在襁褓中的安定公主送出宮闈，讓她漂泊在外多年，受盡民間疾苦。如若此事是真，從今往後他該如何面對母親；如若此事是假，那便意味著有人欲藉此打擊天后，離間她與天皇，那他又當如何處之？李弘感到自己已深深陷入這迷局之中，彷彿落入陷阱中的困獸，環顧四周，皆尋不到出路。

正迷思之際，門外傳來了薛訥的聲音道：「殿下……臣失禮，竟睡了這樣久，請殿下責罰！」

聽聞薛訥到來，李弘猶如找到了開啟重重機關的鑰匙一般，忙應道：「快進來，本宮有要事與你商議！」

薛訥推門而入，休息幾個時辰後，他恢復了幾分精神，依舊是最英俊謙遜的少年，神色卻顯得很焦急，「殿下，臣聽張順大哥說起，賀蘭敏之竟查到了寧淳恭之事，還因此威逼紅蓮姑娘，現下可當如何是好？樊寧性情剛烈，是不會出賣殿下的，只是不知……」

「你莫急，」李弘示意薛訥上前，將桌案上的文書遞與他，「賀蘭敏之會鬧事本就在意料之中，本宮已有對策。」

薛訥接過文書，一目十行掃過，震驚之色更甚：「殿下……要自請革去監國之職？」

「本宮並非草率為之，」李弘示意薛訥落座，兩人便坐在了軟席上，正對著象棋盤。李弘指著棋盤上的將、帥兩枚棋子笑道：「『將』無時無刻不在保全『帥』，但此一次，『帥』只能以退為進。慎言，寧淳恭之事，雖然張順有辦法面上糊弄過去，但天皇、天后明睿，大抵是不會信的。加之今日因為紅蓮，我打了賀蘭敏之，若不放棄監國之權，自請思過，恐怕會受到更重的懲處。」

「殿下的意思，是此事可能會令深藏暗處的敵手放鬆警惕？」

李弘頷首道：「不愧是慎言，一點就透。其實經過這一輪交手，我們非但不是一無所獲，反而已經確定了這幕後主使乃是深涉朝堂的老手。身為監國太子，眼看有這樣一隻暗處操縱朝政的黑手，我絕不能袖手旁觀。這一次，我們定要抓住時機，偵破此案，把這隻黑手徹底斬斷。」

薛訥心裡極不是滋味，覺得李弘是為了幫自己，才落得如此被動境地，眼眶通紅，卻說不出隻言片語來表達自己的愧疚。

李弘起身拍拍他的肩，示意無妨：「本宮可不是為了包庇你，而是相信你，相信你一定能查明真相。只要你破了這個案子，便不算辜負本宮，你可明白嗎？」

「是。」薛訥避席，拱手深揖，「多說無用，臣豁出性命也會將此案辦好，揪出元凶，追回《推背圖》，給殿下一個交代！懇請殿下保重身體，以待來日宏圖大展。」

「放心吧，這點小事，本宮不會因此自怨自艾。」李弘修長的指節駕馭著棋子，「啪」的一聲，直取對側主帥。他抬眼看著薛訥，輕笑著，赤誠又溫和，「弘活了十七年，做了十三年的太子，從無有過悖逆錯漏，今朝兩件，一為愛人，一為知己，永志無悔……慎言，司刑少常伯袁公瑜為人正義，本宮已將那日論辯的記檔給他看過，本宮未提一字，他便主動說起案情中有些物證說不分明，提出要再論辯一次。本宮為你爭取了七日時間，現下還剩六日半，一定要抓緊時間，盡快破案，明白嗎？」

薛訥聽說李弘認自己為知己，感動愧疚諸般情緒湧上心頭，又聽說案子還能有轉圜餘地，心生歡喜：「六日後，臣定然會給高敏幾分顏色看。」

李弘忍不住笑出了聲：「莫說得像是你要打他似的，除此外，本宮還有一樁事要託付於你。紅蓮在賀蘭敏之那裡，聽說已有人找到了永徽五年本應逝世了的安定公主，也就是本宮的妹妹。此事你需祕密查訪，不得令身邊人知曉，無論是真的安定，還是假的贗品，你務必第一時間摸清其背後究竟是何人作祟，若還能將那冒名安定之人帶到本宮這裡來，便再好不過。」

薛訥一聽茲事體大，困惑問道：「賀蘭敏之再不濟也是天后的外甥，一家人的生死榮辱皆是仰賴天后，為何也做這威脅天后之事……」

「人心隔肚皮，莫去揣度那些腌臢貨了。」李弘太息一聲，只覺薛訥口中說出「賀蘭敏之」這四個字，便是髒了他自己，「時辰不早，用了早飯再回藍田吧。」

「多謝殿下，臣還是早些回去查案為上。不過……可否讓臣……」

「不可。」李弘眼皮也不抬，便知道薛訥葫蘆裡揣著什麼藥，「下一次論辯之前，為了避嫌莫要再去見她了。你也別喪氣，等接出牢獄，不又能天天膩在一起了？本宮已托可靠之人對她多加照拂，你且放心。」

沒想到自己的心事這般明顯，薛訥撓撓頭，紅著臉應了一聲，與李弘道了別，轉身匆匆出了東宮，策馬向藍田駛去。

六天又半後，他一定要將她接出刑部大牢，薛訥暗暗發誓，執韁的手握得更緊。他心底的諸般話已經悶了十年有餘，生根發芽，蔚然成蔭，這幾日卻像滾水似的，燙著他的心口，令他再不能等，只想即時即刻全部向她傾訴。

便是天道神祇阻攔，他也要將天捅出個窟窿來，又何懼區區幕後黑手？

第三十二章 衝破迷霧

大雨過後，天氣漸暖，從長安到藍田一路，迎春花開，山間霧氣繚繞，頗有幾分「日暖玉生煙」的意味。

薛訥趕回縣衙已是午後，衙門裡靜悄悄的，人都不知哪裡去了，只有陶沐坐在院裡的石凳上托腮發呆，看到薛訥，他起身拍拍屁股，「主官回來了！」

「人都哪去了？」薛訥四下不見人，滿臉疑惑，「還未到放衙的時候吧。」

「聞聽主官輸了官司，都、都躥回家歇著去了。」這起子人如是明顯地見風使舵，令陶沐很是尷尬，「下官……沒有家眷，無須回家張羅，在此聽憑主官差遣。」

看來樊寧那頓鞭子只管得了他們三兩日，過了時限，便該回爐重造了。若是樊寧在，估摸會讓他們脫了鞋，互相扇臉以示懲戒，觀星觀那些生員候補剛去的時候，便因為懶怠受過這樣的懲戒。

想起樊寧，薛訥唇邊勾起一絲淺笑，滿眼的思念眷戀，但旋即他微微一怔，好似忽然想起了什麼，抬手輕拍陶沐的腦瓜道：「快，快去把別院那幾個守衛喊來，全部帶到後堂去。」

陶沐不知薛訥怎的忽然又要傳那些守衛，經過昨日的庭審後，他們各個覺得自己無罪，只怕不肯好好配合。但既然薛訥有命，陶沐便不推辭，打算便是生拉硬拽也要將他們帶來，拱手一應，快步跑了下去。

不到半個時辰間，所有的守衛都集結到了位，沈七依舊是那般怯怯的，扶著田老漢，馮二、王五神色也算尚好，唯有張三一臉的不耐煩，似是在埋怨薛訥又將他召來，耽誤了他吃酒聽曲的好事。

而薛訥接下來的話，更令眾人瞠目結舌：「勞煩列位，將身上衣褲全部脫去……」

守衛們爆發出一陣嘈雜不悅的議論聲，張三更是直接罵道：「想看人光腚，自己往澡堂子看去，我張三可不奉陪！」說罷搡開陶沐，抬腿要走。

「且慢。」薛訥伸手攔住張三去路，一字一句擲地有聲，「你們以為昨日的論辯，便是最後定案了嗎？六日後，三司會審，司刑太常伯、大理寺卿與御史中丞同在其列，你們的嫌疑並未洗清，若不想當堂脫衣被人看腚，現下便聽從本官的吩咐，否則便以對抗審訊之名，上報京兆府！」

沒想到一輪結束了還有一輪，為了證明自身無罪，馮二與王五爭先恐後脫了衣裳，沈七見狀也趕忙跟上，田老漢身子不牢靠，顫顫巍巍卻也脫得不慢，生怕晚了一步會被認定為對抗審訊，一時間後堂裡腳臭味鋪天蓋地襲來，熏得薛訥一踉蹌，咳喘不止。

怕這些守衛凍著染風寒，陶沐按照薛訥吩咐端了炭盆來，見屋裡臭氣熏天，他忙將木窗全部大開，惹得眾守衛捂胸藏腚，尖叫連連。

薛訥終於喘過了氣，忙道：「各位、各位，縣衙內外目前只有我們幾人，本官速速查罷，大家便也能早點回家了。」

聽了這話，眾人這才站起身來，盡量站好，不做無謂的遮擋。那張三乃是四人中唯一沒有脫的，見大家都已赤誠相見，實在無法，嘆了一口氣，罵了一句娘，也將衣裳脫了下來。

本以為張三會是最臭的一個，薛訥與陶沐皆悄悄後退了一步，不承想他卻是乾乾淨淨的，毫無異味，甚至連花白大腿上的汗毛都理得整整齊齊，只是脫了褻衣，內裡竟穿著個紅兜兜，惹得眾守衛一怔，拍腿大笑，兩瓣屁股跟著顫個不止。

「這馬甲看起來倒是不錯啊，只消穿上它，哨在別院門口，別管什麼紅衣夜叉，就算是天王老子也嚇躥了。」田老漢年紀大資格最老，先開口揶揄道。眾人本止了笑，聽了這話又是一輪捧腹不止。

張三紅著臉怒斥道：「去去去！今年是我本命年，有什麼好笑的！你們本命年不穿紅？你這老頭不穿紅？」

眾人說笑之際，薛訥已繞著他們轉了兩圈，他之所以要讓眾人脫了衣裳，乃是因為那日在弘文館別院的遺留物中發現了不少刑具。想來應是那守衛長設下私刑，加之馮二、王五曾說守衛長無事便抽打他們，薛訥便想是否是有人不堪忍受守衛長的欺凌，這才與外人串通，將守衛長置於死地。

從身上的鞭痕傷疤看來，這四人中王五的傷勢與馮二相差無幾，沈七最重，張三與田老漢幾乎沒有。田老漢年紀大，身子骨不好，抽兩下搞不好就歸西了，守衛長不打他也正常；張三身材魁梧，又與三教九流頗多來往，守衛長必然會忌諱；從沈七這一身上來看，沒被打死已算是命大，那麼他是否會對守衛長懷恨在心，造下此案呢？再聯想起沈七的供詞對樊寧最為不利，薛訥不由得頻頻蹙眉，可沈七幾乎與外界無甚來往，案發後樊寧曾親自去他老家看了他幾日，也不見他有分毫可疑舉動，這究竟又是為何？

折騰一場，看得差不多，人也熏得半死，薛訥揮揮手，道一聲辛苦，便請他們各自穿戴好回家去了。

夜半時分，陶沐埋頭趴在桌案上，睡得鼾聲雷動，薛訥卻仍在看卷宗。他百思不得其解，物證明明已經這般確鑿，為何人證卻一直對不上呢？無論是張三、沈七抑或是他人，都似有嫌疑，卻又縹緲無根，抓不到任何實據。

人情世故，他確實很不擅長，薛訥越想越糊塗，清澈的眼眸凝著霧，迷霧重重中，不知何處才有他想要的答案。就在這時，緊閉的窗忽然大開，一簇強風推著短箭，正正落在桌案上，箭頭由白布包著，顯然是怕傷到他。

薛訥一驚，起身忙趕往窗戶，卻見四下裡只有月影，毫無人氣，根本不像有人來過。

薛訥返身回到桌前，拿起那箭矢，只見其上綁著一方素帕，他忙拆了下來，打開一看，不過毛筆字寫著「煢煢孑立，形影相弔」八個大字，看字跡與那日送往東宮的字帖相同，應是出於李淳風之手。

「李師父……」薛訥口中低低喃著，他猜出先前李淳風給李弘送信，所說的「永徽五年」正是安定公主的生年，而「唯女子與小人難養也」，所指的「小人」、「女子」都是彼時不滿周歲的安定公主，應當是李淳風在提醒李弘，有人欲以安定公主之事向天后發難。

那麼今日這句「煢煢孑立，形影相弔」所指的又是什麼？是進一步指向安定公主案，還是事關眼前的危機呢？

薛訥踩著陶沐打呼嚕的節奏，在房中來回踱步，雖然他不明白李淳風因何躲避起來，但從李淳風給出的暗示來看，這位大唐第一神算子對於天下局勢的掌握，遠遠強於自己，甚至遠遠強於監國太子李弘，那麼他一定知道樊寧身陷刑部大牢，也一定知道自己的掣肘，且這封信並未送到東宮去，所指應當是樊寧之冤。

「煢煢孑立，形影相弔」……薛訥反復咀嚼其中意味，腦中掠過弘文館別院那幾個看守的身影，忽而心靈福至，思緒定格在那一人身上，他拊掌拍拳，上前拽起了睡得迷迷糊糊、口角流涎的陶沐：「快，幫我把弘文館別院建成以來的所有人員表找來。」

陶沐迷迷糊糊起身，一頭夯在了薛訥胸口，撞得薛訥踉蹌兩步，翻過他的身子，指著大門道：「那邊……」

陶沐撓撓頭，清醒了兩分，往官廳外走去，過了小半個時辰，他抱著一疊卷宗回來，與薛訥一道翻看著。

薛訥翻罷了這五年的記檔，起身問道：「怎的只有堪堪五年的檔案，別院不是建了五年又半嗎？」

「還有半年的，應是在弘文館裡，先前賀蘭大學士坐鎮，一直要不出來，這幾日……呃，他不是被太子殿下打傷了嗎？我去要要試試，估摸著有戲。」

五日後的一大早，高敏又來到了刑部大牢，見樊寧正靠在牢門處吃早餐，他就蹲在一旁，恭敬等候。

樊寧也不問他來此何意，隨手夾了塊油糕，扔給角落處的老鼠：「看你蹲在那裡許久了，賞你塊吃的，吃完趕緊滾，別在這惹人煩。」

高敏如何聽不出樊寧是在罵他，也不生氣，揚眉笑道：「高某自知惹人嫌惡，但今日來乃是李司刑體恤殿下久悶此處，不得沐浴，恐怕很不舒服，特意讓高某安排殿下梳洗焚香……」

「我不洗。」樊寧直拒，不留絲毫情面，「你們那個司刑太常伯長得像黃鼠狼似的，一看就不是什麼好貨，還不知浴湯裡給我下什麼迷魂藥呢。」

「李司刑雖然有些像黃鼠狼，但殿下又不是雞，有什麼可怕的呢？明日還有一場三司會審，屆時御史中丞也會來，若他看到殿下蓬頭垢面，來日告知天皇，李司刑與高某豈不是有罪嗎？若說李司刑有什麼私心，便是在於此了。殿下寬宏，且看在我兩人沒有功勞也有苦勞的份上，給我們三分薄面吧。」

樊寧一聽，明日竟還有個三司會審，回轉過身來，問道：「明日是何流程？都有何人在場？」

「除了三司長官外，還有司刑少常伯袁公瑜、薛明府與高某。太子殿下因為愛姬之事，與周國公衝突，被陛下責罰削去監國之權，這幾日尚在閉門思過，當是不會來了。」

「什麼？」樊寧一驚，急道，「太子的愛姬如何？被周國公欺負了？」

「聽說倒是沒有，正欲作祟時太子殿下趕到，將周國公毒打了一頓，至今還下不了榻。雖說確實是周國公有錯在先，但太子殿下下手也確實是重了，他兩個本是表兄弟，讓世人知道，如何看待天家親情？所以不論殿下監國期間做得如何好，天皇也得賞罰分明，不得不申斥了殿下。」

得知紅蓮無事，樊寧高高懸起的心終於放了下來。她低頭思忖，心想這幾日還正發愁如何自救，如何與薛訥通氣，沒想到這麼快就能與他相見。不過在這牢裡待了這些時日，整個人確實髒髒臭臭的，怎好意思與薛訥見面？想到這裡，樊寧桃花眼骨碌一轉，拿喬道：「罷了，雖然你們說的屁話我一個字也不信，但我也不想讓你們為難，便給我安排沐浴吧。」

高敏一應聲，趕忙下去準備，不多時，他左臂上團了個玄黑色的斗篷而返，用鎖鑰打開了牢獄之門。

樊寧接過斗篷穿起，戴上帽子蓋住了眉眼，隨高敏向外走去。

終於得見天日，陽光太過奪目，令樊寧有些不適應，閉目一瞬方睜得開眼，悄然四望，果然見自己真的出了大牢。

那日她被關押至此時，乃是抱著必死的信念，沒想到今日竟如此輕易出來了，輕易到她自己都禁不住開始懷疑，難道她真的是公主？如若不是，那刑部的高官又怎會這般輕易將她這十惡罪徒放出？

出了頭一道門，一架裝飾精巧的馬車停在道旁，供他二人驅使，看樣子應是李乾祐平日出行時的車輦。樊寧隨高敏上車坐定，摘了帽子，長長舒了一口氣。

「殿下，高某帶妳去的是李司刑的私宅。殿下千金貴體，自是要格外尊貴優容，李司刑已將閒散人等悉數驅除，只留了四個近身伺候的丫頭，殿下只管放心。」

樊寧三分真、七分假地問道：「高主事，你口口聲聲喊我『殿下』，好似對我的身分十分肯定，我想問問，這永徽五年裡，收養孩子的又不是只有我師父，為何你就認定我是公主呢？」

高敏粲然一笑，露出一口整齊潔白的牙齒：「現下不論高某說什麼，殿下都是不會相信的。我能說的是，我們找殿下，並非這一、兩年的事，等到水落石出那一日，殿下便會知道，高某為了找妳，費了多少工夫。」

果然，見高敏如此嘴嚴，樊寧「嘁」了一聲，偏頭不再理會他。

高敏依舊笑著，腦中卻想起了數年前，初見樊寧的場景。那是三年前的正月十五，樊寧穿得像個小道士，頂著風寒在終南山腳下，幫李淳風散發天官賜福的符紙，面頰和鼻尖皆凍得通紅，一雙桃花眼滴溜溜地轉，滿是說不出的可愛嬌憨。

那時高敏剛剛確定，她就是他要找的人，他不敢上前去，卻也生生在那裡陪她站了一下午，晚上回家時雙腿凍得僵直，幾乎不能馳馬。

她永遠不會知道，其後漫漫三年間，他時常去觀星觀附近看她，故而那日在輞川，他一眼就識破了「寧淳恭」正是他苦苦尋覓良久的樊寧。

能這般近距離地看著她，簡直如在夢中，但高敏也不敢看得太久，須臾便垂了眼，眸中帶著幾分少年人的悵惘，再也不說話。直至那車夫拉了韁繩駐了馬，他方挑起車簾看向窗外，說道：「殿下，我們到了，準備下車吧。」

同在長安一片天下，一男子自望仙門入城，鬼鬼祟祟向西市走去。

雖說心下有幾分惴惴之感，但更多的是歡喜。經過了小半年時間，從初秋到初春，弘文館別院的案子終於塵埃落定，那女娃娃進了刑部大獄，他也終於能拿到屬於自己的那份酬勞。

想到那筆錢，便好似得到了天下一般暢快，此人走路的腳步不自覺鏗然了幾分，嘴裡哼著樂坊聽來的歌調，雙眼卻不時環顧四周，看看是否有可疑之人跟著自己。

那姓薛的小子實在惹人厭煩，含著金湯匙出生，分毫不懂民間疾苦，四下惹亂。但他也不得不承認，那小子著實聰明非常，竟靠著燒得七零八落的殘墟，推斷出個八九不離十來。

但八九不離十，終究還是差之毫釐，謬以千里。沒有人證，那小子便只能看著那丫頭被押往獨柳下，砍掉她那顆漂亮的腦袋。此人嘖嘖兩聲，邪笑裡帶著兩分可惜的意味。忽然間，他的笑容戛然而止，似是覺察到有個挑擔樵夫模樣之人，已跟了他兩個道口，他趕忙放慢腳步似是在找路，晃晃悠悠地閃入了旁側的小巷裡。

須臾間，那樵夫挑著柴快步走過，一眼也未看他，健步如飛地向售賣薪火的市場趕去。那人這才鬆了口氣，晃晃腦袋，活動活動筋骨，繼續走向西市中約定的地點。

誰知走了百餘丈，他又覺得前面賣胡餅的攤販時不時盯著他瞧，惹得他打起十二萬分的精神，待快到那胡餅攤前，那小販霍地站起身，嚇得他險些拔腿跑，卻聽那小販只是尋常招呼道：「這位客官，遠道而來，來塊胡餅嘗嘗吧？」

「你怎的知道我是打遠道來？」看出攤販並無惡意，此人略鬆了口氣，卻依舊警覺。

「客官穿著竹履，是下雨天用的，我們城裡的地早就乾了，我也是隨口瞎猜。」

是了，為了趕來此處赴約，昨夜下雨時他便出了門，走了大半天的光景，才終於進了長安城。這胡餅味美，從前他根本捨不得買，想到很快便會有花不完的銀錢，此人抖抖摸出錢袋，咬牙道：「給我來一塊。」

那小販忙接了銀錢，用油紙包了一塊焦酥噴香的油餅，遞給了那人。

那人重重咬了一口，舒坦地嘆了一聲，只覺先前那些年受過的苦楚不過是過眼雲煙，此時的歡愉才是人生真諦。

晃晃悠悠間，胡餅已悉數下肚，那人終於來到了約定之地，竟是那薛訥與樊寧來過的西市胡裝店。他四下環顧無人，上前按照約定的節奏敲響了大門。

很快的，內裡傳來了回應，乃是幾下別樣節奏的敲擊，那人再回應幾下，房門終於開了，一個身高九尺的胡人男子招呼他進門來，而後緊閉了房門，低聲問道：「沒被人發覺吧？」

「怎會？我曾經也是弘文館別院的守衛長，哪裡會那麼不小心。」那人說著，伸出了手，賠笑道，「今日，是不是……」

胡人方要回應，就聽一陣敲門聲傳來，驚得這兩人都立起了汗毛，胡人上前問道：「何人！」

「送柴火的，阿娜爾娘子讓我送到此地來。」

胡人不耐煩道：「放門口就行了！」

「可是……」樵夫將柴火撂在門旁，仍不肯走，「銀錢還沒結呢。」

胡人無法，罵了一句娘，示意那人躲藏起來，將房門打開一條縫，才伸了手遞出錢來，便被埋伏在一旁的武侯衝破了大門，不單有方才的樵夫，還有賣胡餅的攤販，薛訥緊隨其後走入店來，看著藏在桌下的內應笑道：「田老漢，幾日不見，別來無恙啊。」

第三十三章　明珠蒙塵

見薛訥帶武侯闖入，那胡人反應極快，登時大喝一聲，將身側的兩個憑几接連抄起，砸向門口，隨後趁眾武侯躲閃之際，立即從窗戶魚躍而出，拚命逃奔。

「快追！」薛訥一聲令下，一隊武侯應聲追了出去。而那田老漢見眾人不防，一改往日病歪歪的模樣，出溜從桌下躥出，企圖逃走，被偽裝作賣胡餅攤販的武侯一把拉住衣襟，反手一扣，重重按在了地下。

「冤枉啊！」田老漢又擺出平素裡那副可憐巴巴的模樣，呼天搶地道，「老朽今日只是來城中辦事的，不知何處吃罪了薛明府，又遭誣陷……」

看到田老漢這副狡賴嘴臉，薛訥難得動了肝火質問道：「田老漢，你以為裝出這副樣子，你與此人的勾當便無人知曉了嗎？那日在縣衙查看傷處時，你看到張三的紅兜兜，張口便稱其為『馬甲』。當時本官便想，你一個教書先生，怎會知道大唐軍中鎧甲的型制。於是本官便查了弘文館別院的記檔。此前本官曾有過疑惑，為何別院守衛之名大都是數字，還一度以為是他們各自在家排行，可當我家訪眾人時，發現並非如此。

別院建造了五年又半，卻只有五年的記檔，本官輾轉求到那半年的記錄，只見其上所述『別院守衛馮二、張三、龍四、王五、田六、沈七』，我才明白，那並非家族排行，而是番號，當時擔任武庫守衛的，正是田六。而任免記錄上，五年半來別院守衛中並無新進或開除人員的記錄，因此田六不可能是別人，只能是你。

想必是你當守衛的那半年裡有過兵器鎧甲遺失，有司雖然沒有查出你監守自盜的證據，但出於謹慎還是將你調離武庫守衛一職，轉做了抄書員，你自知其恥，以年紀大為名，不許他人再叫你田六，藉以掩藏你不甚光彩的過去，也造成了前些時日本官的迷惑。

而方才與你一起那廝，便是別院火場內與樊寧對峙之人，他之所以能夠假扮成守衛長，正是因為有你做內應。你將五年前盜取的、還未來得及銷贓的守衛長鎧甲給了此人，告訴他法門寺眾僧的到訪時間，又佯裝風寒，將交付《推背圖》抄本的時間延後一日，從而給那夥賊人足夠的時間來截殺法門寺眾僧，偽裝現場，再在第二天派人盯梢著觀星觀裡的樊寧，同時命假僧人押車慢行，好讓載著假守衛長的馬車剛好在樊寧之前抵達弘文館別院……本官說的可對嗎？」

田老漢瞪大雙眼，似是沒想到薛訥竟能查得如此細緻入微。正當此時，一武侯推門而入，向薛訥稟道：「薛明府，已經搜過了，沒有發現有《推背圖》，但後院燃盡的火堆中發現一片未燒盡的植鞣革，經比對，與武庫守衛長鎧甲上的圖案一致！」

「人證、物證俱在，田六，你還有何可辯解的？」

田老漢片刻的語塞後，竟哈哈大笑了起來，諷道：「堂堂平陽郡公，檢校安東都護薛仁貴大將軍的長子，不去遼東戰場上殺敵立功，卻專愛查懸案。查懸案不要緊，那麼多王侯將相貪贓枉法你不查，專來欺負我們這些平頭百姓，真是英雄啊，英雄。」

「你監守自盜，裡通外賊，構陷良民，害死八名守衛，還害我大唐多少奇珍異寶付之一炬，罪大惡極。不把你這樣的人除掉，我大唐四境何安？」

「大唐的奇珍異寶？不過是地方官員為了討好你們這些達官貴人的玩物罷了，哪一個不是搜刮盡民脂民膏才得來的不義之財？為了守著這些不屬於自己的東西而喪命，愚昧如此，死了亦有什麼可惜？」田老漢輕蔑笑著，目光從各個武侯身上掃過，極盡鄙夷。

薛訥一向不愛生氣，即便有人當面折辱自己，也很少作色，此時卻罕見地發起火來：「守衛盡忠職守，本是天職，何錯之有？你身為守衛，卻將公產拍賣據為己有，自私至極。上天有好生之德，無論你對朝堂有多麼大的怨憤，皆不該將其發洩到無辜之人的頭上，若是為一己私憤便可奪人性命，與狗彘又有什麼分別？」

「哈哈哈哈……狗彘，說得好啊。」田老漢笑得狷狂，卻也自知理虧，「老朽活了一輩子，什麼也沒得到，拚盡全力也不過搶到幾塊達官貴人吃剩下的骨頭渣子罷了，確實活得如同狗彘一般。想要過得像個人，除非去貪贓枉法。讓活得如同狗彘的我，來理解上天給你們這些達官貴人的『好生之德』，老朽做不到啊……」

「我薛慎言便是死，也絕不會悖逆大唐一瞬。罷了，道不同、不相為謀，我又何必與你費唇舌。」薛訥說得輕描淡寫，對旁側的武侯做了個手勢，兩名武侯便上前來，給田老漢戴上枷鎖，將其架了出去。

薛訥如釋重負，舒了口氣，走至屋外，但見風影與方才參與圍捕的武侯們皆抱拳深揖，不由奇怪。尤其是風影，他左臂尚在流血，連抬起抱拳都十分吃力，只得用右手抓住左手的手腕，做出近似抱拳的姿勢，滿是悔憾，咬牙道：「在下武藝不精，未能擒住此賊，但憑明府責罰！」

「今日能捉到田老漢，便已得償所願，你辛苦了，不必拘禮。」薛訥上前扶起風影，又對周圍武侯道，「風影受傷，爾等為何不速速將他送醫？若是李將軍怪罪下來，讓我如何解釋？」

眾武侯聽令，不敢耽擱，從旁借了擔架，即刻將風影扶上抬了下去。

樊寧的劍法可比肩大唐的軍中將領，風影又是龍虎軍中排名第一的捉生將，能於萬軍之中擒住敵首。他兩人接連落敗，可見此賊武功奇高，當屬西域諸國一等一的高手。這樣的人都參與進了弘文館別院之案，真不知背後還有多大的陰謀。薛訥不覺不寒而慄，但他明白，無論遇到多強大的敵人，他都必須振作起精神，方能守護心愛之人與大唐的江山社稷。

李乾祐的私宅位於道正坊，緊挨著長安東城門，坊內有渠從城外渭河支流引水，穿坊而過，直至東市。樊寧在高敏的引路下走進宅院，才過了二門，高敏便止步不前，只對樊寧做了一個請的手勢。

樊寧也機敏地住了步，似笑非笑道：「怎麼，裡面有什麼機巧？」

高敏呵呵一笑，恭敬中帶著幾分躊躇道：「此門之內是殿下盥沐之所，外臣自然不便入內，臣便在前堂聽差。殿下只管順著這條道往裡走，自然有侍婢接引，殿下若有任何吩咐，只管差遣她們便是。」

「我這麼大人了，洗個澡還要旁人幫忙，豈不要被人笑死？」樊寧乜斜高敏一眼，似是覺得他的話十足可笑。

「殿下此言差矣，即便殿下身分還未明瞭，但尊貴之身不會改變，有人侍奉有何奇怪？若何人敢僭越非禮，可是要殺頭的。」高敏畢恭畢敬回道。

「那你們抓我的時候，怎就不怕僭越非禮呢？」樊寧翻了高敏一眼，跨過門檻向內院走去。高敏未有反駁，只作揖垂首送樊寧入內，直至再也看不見她的身影方休。

轉過長廊，只見四處通衢，樊寧正不知該往何處走，不遠處廊簷下迎面走來兩個十三、四歲的丫頭，她們梳著雙髻，穿著齊胸襦裙，神色是與高敏一樣的恭敬道：「殿下，前面便是溫泉湯池，李司刑特地囑咐我們要好好替殿下沐浴更衣，洗去牢中晦氣。」

在蟑鼠爬行、蠅虱亂飛的牢中待了數日，樊寧正覺頭癢難耐，若能沐浴一番倒當真極好，又見這兩個奴婢誠惶誠恐，想必已知道自己的脾氣秉性，也不多做為難，微一頷首隨她們向後走去。

拐過廊下來到後院，映入眼簾的是一方大型蓄水池，引著清冽的渠水灌注，在微風下粼粼閃著波光。其後一間屋舍，敞著雕有梅蘭竹菊的木質大門，內裡燈火通明，應當正是沐浴之所。

樊寧闊步走進，正對房門處擺著一道丈長的絹繡江山萬里圖屏風，轉過屏風，乃是一池翻著騰騰水氣的溫泉，除此之外別無其他設施，空曠遼闊，惹得樊寧瞠目結舌，心想這三品官私宅沐浴之地，竟與許多四世同堂之家大小相當，真是奢靡。

除去方才那兩名奴婢外，又見兩名婢女候在浴房中，四個人一道替樊寧解下身上的髒衣物，而後便被她差出了門去。霧氣騰騰間，樊寧舉身走向湯池，池臺比地面稍高寸餘，以藍田玉砌成，圍成蓮花形狀，東、西兩個方向皆有臺階通向池中。樊寧立在池邊，用白嫩的玉足輕輕撩水，感覺水溫正好，便款步走下，整個人泡進了湯池裡。

明日便是三司會審之期，也不知薛訥查得如何了，樊寧的小腦袋冒出水面，一頭烏黑長髮順在玲瓏有致的瘦背上，小臉兒微紅，鮮妍如牡丹含露，格外美豔，眉眼間卻點綴著三兩分愁楚。

如果她……真的是安定公主，天后容得下她嗎？明日再見到薛訥，她又當如何是好？若薛訥能為自己平反昭雪，她重獲自由，又該去往何處？如若……如若薛訥喜歡的人真的是她，以她今日的被動局面，是否會連累他，甚至連累遠在遼東的薛仁貴？

院外，方才服侍樊寧脫衣的四名女奴並未如常般守在門口，而是來到二門處，打開了一條門縫。

高敏早已候在那裡，等待她們傳遞消息，聽罷四名婢女的嘀咕後，高敏顯得十分歡喜，眉飛色舞道：「當真？好！妳們快回去吧，本官一定稟明李司刑，讓他重重嘉獎妳們！」

泡了約莫有半個時辰後，樊寧在四名侍女的服侍下淨身、更衣、篦頭、梳妝，她只覺得自己像畫皮仙雕琢的皮影似的，被她們東拉西扯，好一陣子方停了下來。

本以為應當回大牢去了，哪知又被她們引至旁院，越過朱漆大門，只見假山巍峨、湖景俏麗，又有石橋越溪而過，頗有幾分江南小院的秀麗之感。在這八百里秦川的關中要複製此等江南美景，絕非易事。

樊寧忍不住喊了一聲，自言自語道：「李乾祐貪錢了吧？否則怎能這般奢靡？」

樊寧只顧著慨嘆，未察覺自己的肚子一直在嘰裡呱啦叫個不停。旁側的侍婢卻悉數收進耳中，識趣地帶她走入一間屋舍，舍內長案上擺放著各式糕果，琳琅滿目，除了自己平素愛吃的椒麻胡餅外，還有許多從未見過的吃食。

「這邊是殿下最愛吃的胡餅，這邊是李司刑讓奴婢們準備的一些點心，有甜雪、玉露團、水晶糕、見風消、金乳酥、婆羅門輕高麵等……殿下請慢用。」說罷，四名侍女皆退了下去，似是怕樊寧無法盡情食用。

各色甜點陳列在樊寧面前，有的晶瑩剔透，有的潔白如雪，有的香甜如醴酪，有的則散發著烤麥誘人的香氣。樊寧咽咽口水，很想每個都嘗一遍，但她最終低喃了一句：「弱水三千，只取一瓢飲。」掰了一塊胡餅，放入口中，臉上露出些許饜足的笑容。

約莫一刻鐘後，侍女將樊寧引到了前廳，高敏已候在廳中。雖知樊寧模樣出挑，卻從未見她穿過女裝。此時樊寧身披霓裳，仙裙輕擺、襟袖留香，美得不似凡間應有，令高敏呆了好一陣，方躬身揖道：「此處如何？殿下可喜歡？若請殿下暫居此地，是否得宜？」

樊寧一臉滿不在乎，拉過蒲團徑直盤腿一坐：「澡堂子還不錯，院子也挺大的。只是這衣衫著實拘束得很，不如著男裝來得爽利。」說罷，她習慣性地鬆了鬆衣襟領口，拽了拽齊胸襦裙，險些露出纏胸的訶子來。

高敏見此，有些面紅耳赤，忙偏過頭去道：「好、好說，高某一會子便差人送一套錦衫來。」

「還有啊，這院子裡這麼大，居然連個能舞劍的地方都沒有，也沒看哪裡有兵器陳列。若能給我弄個武庫在院子裡，再弄上幾副刀槍劍戟之類的，我便心滿意足了。」

高敏俊朗的面頰上浮現出一絲別有意味的笑意，婉拒道：「殿下要別的也罷了，要兵器，我們可不敢給。殿下武藝高強，若再有趁手的兵器，我們誰能攔得住呢？若是殿下跑了，下官又該怎麼跟天皇交代？」

這廝倒是賊，一眼便看穿了自己的小九九，樊寧哈哈一笑，閉口不再多言。不過高敏的回答印證了她的兩個猜想，即自己如今仍是處於軟禁之中，而要找自己的人，正是當今天皇李治。這也難怪，十餘年前「廢王立武」引得朝野震盪，導火線便是安定公主之死。若是安定公主還活著的消息不脛而走，豈不要說當年廢了王皇后的由頭都是不成立的，事情又該如何收場？

「殿下放心，殿下的安危有我刑部全力保護，斷然不會有差池。殿下若要練武，臣可讓婢女們拿根竹棍來，在後院的樹下比畫比畫，也是一樣的。」

說話間，幾名侍女將真正的早膳送了上來，除卻方才那些糕點外，當中一碗是金燦燦的黃米飯，表面淋著一層肉油臊子，在它旁側則是一枚精美瓷罐，米糕封口，其上放著一顆紅彤彤的櫻桃，用筷子輕輕一撥，便露出香噴噴的蒸羊肉來。

「這是含桃蒸羊糕，這是御黃王母飯。殿下請慢用。」侍女報完菜名，頷首退下。

方才那些糕點也罷了，眼前這些恐怕是這輩子也難見第二次的美味，樊寧見所用的筷子皆是銀質，便將其插入飯食中，過了半晌拔出，不見有變黑、變色，方抱起碗盞，香甜地吃了起來。

高敏坐在旁側品茶，目光卻一瞬也沒有從樊寧身上移開。

待風捲殘雲後，侍女又奉上一盞溫茶道：「殿下請漱口。」

樊寧看了看那杯中茶，乃是上好的山楂水，自己一年也不見得能喝上一次，在此處竟拿來漱口，不由得皺起了眉頭：「沒有涼水嗎？」

「涼水確實沒有，若殿下不嫌棄，用這沏茶的溫水如何？」侍女說著，忙又重拿了空杯，沏上溫水，躬身奉與樊寧。

樊寧這才清了口，如釋重負般悄悄嘆了口氣。

高敏見樊寧如此不習慣，笑著寬解道：「殿下天生麗質，高貴不凡，乃是天皇的心中至寶，只是滄海遺珠了許久，如今珠還合浦，多多適應下就好了。」

「我可不想今後都過得如此拘束，我還要回觀星觀，同我師父待在一起。」提起李淳風，樊寧雙眼骨碌一轉，想看看能否從刑部套些消息出來，「對了，你們刑部可有我師父的行蹤？」

高敏搖頭道：「不知，我們找他也有快半年了，一直沒有李局丞的消息，當初提出要勘正《推背圖》的便是李局丞，其後他又消失不見蹤影，不得不讓人起疑啊。」

「我師父可不是這個案子的凶手，你們懷疑我便罷了，可別把我師父也扯進來！」樊寧立刻反駁道。

「殿下所說，高某自然相信，可是查案總得將來龍去脈悉數查清。此案中只有他一個人行蹤不明，讓人如何能不疑慮懸心？」

「莫說是你，我也找了他半年了。等找到我師父，我就讓他告訴你，我是從哪戶人家抱來的，屆時你和那黃鼠狼怕是要失望咯。」

聽到樊寧叫李乾祐黃鼠狼，高敏憋不住想笑：「殿下不信高某，高某沒話可說，但宮中記檔不會騙人。但凡皇子、公主誕生，宮內省皆有詳細記檔，不僅會記下生辰八字，還會載錄該皇子的詳細相貌特徵，比如胎記之類。若高某在此誆騙殿下，將殿下假作安定公主，又如何能騙得過思女心切的天皇？欺君之罪，可是要殺頭的，高某尚未婚娶，還想多活幾年呢。況且……那日給殿下所看的冥蓮散，能令人假死，但其後數年，對身體多少會有影響，若高某所猜不錯，殿下自小是否有何不足之症？如時常眩暈之類？」

樊寧心頭驀然一揪，正如高某所說，她自小身體很不好，所以小時候才被李淳風迫著練武強身。退一萬步說，自己如若真是被找來冒名頂替安定之人，騙得了一時，也騙不了一世，高敏與李乾祐確實沒有必要冒這個險。樊寧聳聳肩，依舊作一副不信之態，心底的波瀾卻似錢塘江水般洶湧。

「說一千、道一萬，明日的三司會審，才是當務之急。薛明府聰敏，但此案糾纏麻煩，只怕他難以偵破。李司刑已安排好，殿下再也不必回刑部大牢，今後便住在此處，直至與天皇相認……在此高某不得不提醒殿下一句，千萬不要同任何人提起自己的身分，包括薛明府在內。天后的手段何其果決狠辣，殿下應當是有所耳聞的。」

「你總說天后要殺我，可有何證據嗎？」樊寧反問道，「若真如你所說的那樣，天后容我不下，當初又為何要將我交給我師父？殺了何其乾淨，又何必犯這個險。」

「天后的心思，高某不敢妄加揣測，許是虎毒不食子，即便高高在上，也難逃血脈親緣。但彼時懷中嗷嗷待哺的嬰孩，會令天后心軟；長大成人後，可能會威脅她地位甚至生命的殿下，必不會令武后再有分毫惻隱之心。天后能有今日，在朝中經歷了多少血雨腥風，殿下即便再如閒雲野鶴，也應有些耳聞吧？以如今天后之心性手腕，想要下決心殺了殿下並非難事。故而高某斗膽勸諫殿下，絕不可走漏任何風聲，直到面見天皇為止。」高敏說完，後撤半步，叩首向樊寧諫言。

看著言辭誠懇又條條在理的高敏，樊寧也不由得有幾分信了他，可若形勢真如高敏所說，自己又要如何才能渡過此劫？真為薛訥好，恐怕要暫時遠離他才是，他們……是否會就此，漸行漸遠，再也無法回到當初。

樊寧一旦動了這個念頭，便覺得心如刀割，難過得說不出話，只覺自己猶如被一張無形大網捕捉的蝶，又似捲入大海暗流漩渦中的小魚，茫然無措，全然不知要如何才能逃出生天。

第三十四章　三司結案

翌日巳時初刻，三司會審如期而至，司刑太常伯李乾祐與御史中丞、大理寺卿同列席位，坐在三人之後最上席的則是右肅機盧承慶。盧承慶年近耄耋，歷經高祖李淵、太宗李世民和天皇李治三朝，位同宰相，德高望重，深得天皇、天后信任。在李弘不能繼續擔任調停人的情況下，他可謂眾望所歸的人選。

三司長雖同朝為官，平素裡卻也不算關係密切，一陣略帶尷尬的寒暄過後，李乾祐命人將薛訥與高敏請上堂來，準備開始問案。

薛、高兩人與堂外相見，插手互相行禮問好。衙門外圍觀百姓見到他二人，忙對同伴道：「上次就是他兩個，吵得好厲害，今日又有熱鬧看了……」

「我想那個小白臉贏，他比那黑臉的還俊！」

「呵，他可是替那紅衣夜叉脫罪的。」

「天哪，怎的這般沒良心，那還是讓那黑臉小子贏了吧。」

在百姓嘈雜的議論聲中，薛、高兩人各懷心思向衙廳走去，向幾位官員行禮後，分列兩側，等待傳喚嫌犯和人證。

未幾，樊寧在兩名官差的押送下上堂來。都道「一日不見、如隔三秋」，從前不懂，現下才終於明白，那種牽腸掛肚之感是多麼的刻骨銘心。但事情尚未了結，兩人皆不敢造次，相視一眼，便趕忙偏過頭，生怕旁人覺察出自己的異常。

庭上坐在偏左位置，負責主持審理過程的，乃是司刑少常伯袁公瑜，即那日太子李弘口中仗義執言的刑部副主司。其官階雖然在李乾祐之下，但才思敏捷、秉公持正，值得信賴。薛訥不由得佩服李弘安排得體，即便尚在東宮禁足，仍在竭盡所能助自己斷案。

見所有人皆就位，袁公瑜拍了拍驚堂木道：「諸位同僚辛苦，此案及至今日，已遷延數月，七日前，太子殿下於此主持公斷，薛明府與高主事提出了兩個截然相反的論斷。薛明府有物證，高主事則有人證，故而太子殿下要求今日重新論斷，務必人證、物證契合齊全，切不可結冤案錯案，更不可放過一個歹人……薛明府、高主事，你兩個在我等之前調查此案，萬不可辜負二聖與太子殿下的期許，可明白嗎？」

「是。」薛訥與高敏拱手應和。

「好，文書可以開始記檔了。薛明府，聽說你在這七日內，已有了新的收穫，是嗎？」

「正是。」薛訥上前一步，開始己方的陳詞，「自打上次論辯後，下官一直在追查弘文館別院的幾個守衛。因為無論做下此案的是樊寧還是下官所說的賊首，若無內應，則此事必不能成。故而下官與我藍田武侯抓緊核查，於昨日將在西市分贓的田老漢與賊首抓了個現行。賊首武功高強，暫未能將其捉捕歸案，下官已通報刑部與大理寺發出賊首的通緝令，但共犯田老漢對其罪行供認不諱……求請帶田老漢上堂。」

得到袁公瑜的首肯後，兩名武侯將田老漢帶了上來。

袁公瑜一拍驚堂木，朝堂下喝道：「田老漢，你如何參與謀劃弘文館別院縱火案，如實招來！」

經過一天的關押，田老漢整個人蔫了許多，已不復昨日被捕時那般囂張，許是想通了如實招供能求得減刑，他張張口，花白鬍鬚隨之顫顫巍巍，可憐巴巴道：「草民田某，年少時學武從軍，曾在長安城坊間任武侯，因多年前未核查出房遺愛運送入坊間的謀逆兵刃，受到牽連，被撤職收監。有孕在身的妻子聽聞此噩耗，驚懼流產而亡，從那之後，草民便孑然一身，沒有了歸處。後來趕上聖人立天后，大赦天下，方將我案底清除，放了出來。此後田某便一直在藍田縣村學裡教書，窮困潦倒，食不果腹。

五年半前，藍田縣要修建弘文館別院，招募守衛，草民因為有過當武侯的經歷，又能寫一手好字，便被選為武庫守衛。但草民此前生活無著落時欠了村霸的錢，對方得知我成了武庫守衛，就漫天要價。為了還清借款，我實在無法，便偷拿武庫的兵器鎧甲賣錢，又在記錄上做了手腳，將這些兵器鎧甲都報為損壞。後來此事被監理發現，懷疑我監守自盜，卻也拿不出證據，只好將我調離武庫守衛一職，只做尋常的抄書員。」

樊寧沒想到，此事竟是那貌似老實忠厚的田老漢所為，氣不打一處來，只恨不能一腳將他踹死。

感受到旁側樊寧鋒利的目光，田老漢嚇得往旁側挪了兩步，定定神，咽咽口水，繼續說道：「彼時我還藏了一套守衛長的服制，未來得及銷贓，怕被抓住實據，便用木箱封了，挖土埋在了自家後院裡。半年前，有個胡人來家尋草民，說他知道我五年前曾倒賣鎧甲之事，問我可有存貨，並威脅說若不幫他，便要將我殺了……草民實在是憂心害怕，不得已便將五年前私留下的那一套與了他。哪知一步錯，步步錯，就這般被那人牽制，最終……最終釀成了大禍呀！」

田老漢說罷，號啕大哭起來，甚是可憐。前來作證的馮二、王五見此，異常氣憤，出言道：「田六，你顧惜自己的性命害死了那般兄弟不說，案發第二日還騙薛明府說自己得了風寒，從他那裡誆了銀子，全部拿去賭，過後還笑他傻來著，這也是旁人逼你的？」

「竟有這等事？」袁公瑜感慨悲歌之士，聽罷義憤填膺，問薛訥道，「薛明府，你予了這老兒多少銀錢？讓他悉數還你！」

「啊……」薛訥面露尷尬之色，「時日有些久，下官記不真切了。」

看到薛訥這副窘相，樊寧差點憋不住笑，他對於銀錢當真是沒有一點概念，先前在洛陽時便不知當給那些受傷的工匠多少錢去貼補家用。

也是了，這位二品郡公長子，又有京畿官銜，哪裡會在意三、五兩散碎銀錢。御史中丞清清嗓子，將問話轉回案情上來：「田六，那人如何讓你策應，你可是故意將那抄本晚給李淳風的徒弟一日的？」

「那胡人，隔三岔五便讓我抄了檔上的來客預約給他看，直到那日，紅衣……啊不是，這小娘子要來取《推背圖》，他便讓我稱病推脫一日，第二日再把抄本拿出來。其他的事，他、他要殺人放火，草民可是全然不知，那日我很、很早就回家去了……」

「薛明府，」大理寺卿拍著桌案上的卷宗，對薛訥道，「上一次論辯的案卷，本官看過了，薛明府才智過人、思路清晰，今日又有了人證，可謂絕佳……只是先前薛明府的論斷中有一紕漏，便是這守衛長是何時被那賊首調換的？」

「是。」薛訥拱手應道，「上次論辯時，下官受樊寧影響過深，故而先入為主地認定，守衛長被害是發生在樊寧進入藏書閣之前，實則不然。守衛長被調換殺害，乃是發生在假僧眾進藏寶閣之際，凶手以毒針偷襲守衛長。

同為胡人，黏上相似的鬍髮，便是連馮二與王五都分辨不出。而且田六還特意將聽來的、前一日樊寧與守衛長的齟齬告知了那胡人，胡人刻意說與樊寧聽，這便讓與守衛長相識卻不甚熟悉的樊寧也認定他就是守衛長，從而混淆視聽，偷梁換柱……先前刑部的結案陳詞稱是樊寧自己所為，實則紕漏更大。

試想一下，若本案中並不存在一名假扮的守衛長，那些假僧人又是如何在真守衛長在場的情況下布置火場，將芒硝與崑崙黃播撒到藏寶閣各處？更遑論多出來的錫塊與莫名墜落的銅鼎，無一件能解釋得清。」

薛訥的話引起了圍觀人群的竊竊私語，的確，如果此案是樊寧夥同那六名假僧人所為，現場太多的物證與守衛證詞皆會對不上。李乾祐見氣氛對刑部結案陳詞頗為不利，立刻給高敏使了使眼色。

誰料高敏只是認真地聽著薛訥說話，並未有反駁之意。李乾祐無法，只得自己開口道：「樊寧若是主謀，何需什麼銅鼎錫鏡？至於馮二、王五等人也只是看到樊寧與守衛長一道進了藏寶閣一樓的入口，並沒有看到他們一起進入二樓，也許此女是趁著這個空當……」

「李司刑，」薛訥打斷了李乾祐的話，「還不明白嗎？若送走假法門寺僧人，到大門口迎接樊寧的是真守衛長，那麼假僧人根本沒有機會把芒硝和崑崙黃從那運經書的箱子裡取出來。樊寧孑然一身前來，即便能殺了守衛長，又要如何將整棟建築點燃，以至於眾守衛來不及救火，只能眼睜睜看著三層藏寶閣燒塌成灰燼？難不成李司刑真當樊寧是口吐三昧真火的紅衣夜叉嗎？」

這紅衣夜叉旁人叫叫也便算了，聽薛訥這般叫，樊寧莫提多不悅，抬頭嗔了他一眼。

薛訥怎會不明白樊寧的心思，但人在庭審，不能表現得與她過從親近，故而他嘴角兒著淺笑，刻意不與她相視。

「那日你不是說……說驪山頂有熱泉，熱泉偶時會散出崑崙黃等物，積年累月，便在這木質的藏書閣外塗了厚厚的一層，只消裡面起火，外面必燃嗎？」李乾祐仍不甘心，高聲反問道。

薛訥氣定神閒，不慌不忙道：「下官是說過，但那也是必須在藏寶閣二樓、三樓各處皆被撒上芒硝與崑崙黃的情況下才能實現。百聞不如一見，接下來便請諸位親眼看看。陶沐，上模具。」

「是！」陶沐一抱拳，朝庭下招了招手，數名武侯將兩個一模一樣的藏寶閣木質模型抬了上來，並列擺在堂中。

薛訥走到模型面前，解釋道：「此乃根據弘文館別院的建築圖紙復原的藏寶閣模具，其木質與真實藏寶閣所用別無二至。陶沐，在表面撒上崑崙黃吧。」

陶沐從懷中掏出兩個粉包，為了表示公正，交與了在場武侯。武侯將其均勻地塗在模型表面，不偏不倚，不多不少。

「再在其中一個二層、三層加上芒硝與崑崙黃。」陶沐說著，遞上兩個紙包。

武侯透過一根細細的小勺，將黃白粉末各舀一勺，小心翼翼地從模型的窗戶伸入，灑進二樓和三樓對應的位置。

見一切準備妥當，陶沐復拿出兩根細細的線香，點燃交與了薛訥。

薛訥小心接過，對眾人道：「接下來須得有一人配合下官，同時將這藏寶閣模具從內部點燃。既然太常伯李司刑有異議，不妨親手驗證一下，如何？」

李乾祐冷哼一聲，從蒲團上站起，接過了薛訥手中的線香。兩人並排行至模型面前，薛訥道：「下官從一數到三，李司刑便和下官一起將線香伸入這藏寶閣內……一、二、三！」

話音剛落，兩人一齊將線香從模型的窗伸了進去，只聽「轟」的一聲爆響，薛訥一側的藏寶閣模型頃刻被點燃，須臾延燒至整個模型，火苗躥至兩、三倍高。堂下馮二、王五等守衛見此，無不臉色大變，驚呼道：「就是如此！那天藏寶閣燒得極快，若只是尋常縱火不當如此快的，我們當時就覺得實在是蹊蹺得很！」

眾人又看向李乾祐那側，模型竟然仍完好無損，連個煙都沒冒起來。李乾祐自覺汗顏，又使勁往裡捅了捅，可直到線香都捅斷了，也沒有躥起火星，場面無比尷尬。圍觀人群見此，發出了嘈雜的笑聲。

「沒用的，李司刑。當初設計別院時，為了防止木質建築起火，會在其表面打蠟，故而僅憑火石縱火根本無法從內部點燃建築，有了芒硝與崑崙黃則不同。此前下官曾破解龍門業火案，連石窟這樣絕對不可能燃燒之物，其內部灑滿芒硝與崑崙黃都會導致火焰暴起，更何況木製建築。故而若沒有假僧人在建築內部撒上這兩物，是絕不可能在那麼短的時間內點燃藏寶閣的。」

眾人看向李乾祐，只見他雖然氣鼓鼓的，卻也想不出什麼由頭來反駁薛訥，偏頭看向別處，佯裝在思考。

「先前那六名賊人作證，指責此女為本案主犯，又是怎麼回事？」御史中丞問道。

「這些人證紕漏良多，還請將他們帶上來，下官一問便知。」

三司長皆無異議，武侯便將那幾個囟神惡煞的從犯帶了上來，按在堂中跪倒。與上一次不同的是，所有人都被蒙了眼睛，又有武侯從身後緊緊捂住他們的耳朵。

見眾人有疑惑，薛訥解釋道：「上一次庭審過後，袁少常伯特地交代刑部牢頭將他們分開牢房關著，以免他們互相串供。故而從那日到現在，他們之間沒有任何的交流。」

說罷，薛訥指向其中一名人犯，他身後的武侯便鬆開了捂著耳朵的手。

薛訥負手問道：「此女是何時、在何處與你們接頭的？如何指使你們？可有何信物？」

「是……是九月初五，在西市……其他的事記不清了。」

薛訥示意武侯再將他的耳朵捂上，又指向另一個犯人，問了同樣的問題。

「十月下旬……在……在鬼市外面。」

堂外圍觀的人群中爆發出一陣嘈雜的議論聲，方才口中聲聲唾罵的「紅衣夜叉」，此時也變成了「小娘子」，甚至有人開始替樊寧說話：「看面相就是個好孩子，怎可能做出傷天害理的事，擺明是被人陷害了嘛！」

薛訥當堂將假僧人挨個問了一遍，每個人的說辭皆不一樣。李乾祐不免一臉尷尬，其他人則滿面了然，不消說，這些人乃是攀誣樊寧，凶手另有其人。

薛訥看向高敏，今日的高敏一改七天前的咄咄逼人之態，顯得過於沉默，彷彿堂上發生的一切皆與他毫不相干。薛訥朝高敏一禮，語帶戲謔問道：「高主事今日倒像吃了啞巴藥，一言不發。這起子可是你當初所說的關鍵人證，如今又要做何解釋？」

高敏垂眼一笑，一臉無辜道：「高某只不過負責抓人罷了，這些人要指認誰是凶手，與高某何干？難不成薛明府要說，是高某指示了他們攀誣此女不成？」

陶沐一揮手，武侯們便將六名犯人押了下去。大理寺卿與御史中丞低聲商討幾句後，對薛訥道：「薛明府的論證，條理清晰，一目了然，可為我大理寺之典範。只是本官仍有一事不明，既然樊寧並非凶手，那麼真凶究竟是何身分？又為何要如此大費周章，盜走《推背圖》，將弘文館別院付之一炬呢？」

薛訥又轉向正前，面對著主審官道：「此案的真凶正是我先前所提到的，與田老漢一道被抓現行的胡人。由於真凶尚未伏法，究竟為何要盜走《推背圖》、縱火燒館並嫁禍樊寧，下官的確還未查清楚，即便有所揣測，亦不足以作為呈堂證供。所幸的是，關於他的身分，下官已經掌握了些許線索，這也是我等能提前在西市設伏，令田老漢認罪伏法的原因，接下來便請給下官提供線索的這位關鍵人物親自講與諸位。」

薛訥話音剛落，就聽一陣鐵履聲由遠及近而來，只見三名器宇軒昂的龍虎軍將士擁著一位身著颯爽戎裝的少女走了進來。那少女個頭不高，昂首闊步，英姿颯爽，正是李媛嬡。

李媛嬡的到來引起堂上武侯、人證等的一陣驚呼，連三位主審官員都有些意外。而堂下圍觀的百姓方要一睹英國公府郡主的風采，便被一眾武侯上來驅趕：「接下來是祕審，閒雜人等速速退避！」

約莫一炷香的工夫，圍觀百姓便皆被驅趕至京兆府大門之外，庭上只剩下薛訥、樊寧、高敏以及眾位主審官員。一名武侯正要上前帶樊寧下場，卻被高敏阻攔。高敏對其耳語兩句，那武侯便一抱拳，留下樊寧，自己退了下去。

看到李媛嬡到場，樊寧滿臉驚訝，更多的則是赧然羞恥。聽聞前些時日李勣過世，天皇聞之痛哭失聲，更囑咐要優待其家人，這令本就尊貴不凡的李敬業一家更受青眼。如今的李媛嬡猶如高嶺之花，矜貴奪目，而樊寧雖非真凶，卻被羈押在衙門之上，成了人人唾罵的紅衣夜叉。雖然知道李媛嬡是來幫自己的，理應感恩，但樊寧還是忍不住有些不是滋味，加之隱隱聽得有武侯議論，稱若非英國公李勣突然過世，薛訥與李媛嬡今年便會成婚，樊寧更是愁腸百轉，瞬間消沉了起來。

是啊，他們本就是許多人眼中天造地設的一對，樊寧悵然地想，那日說的什麼薛訥從小就喜歡自己，會不會是李媛嬡在有意戲弄啊？畢竟她兩個可是從小到大的冤家，想到這裡，樊寧抬眼沖著薛訥的背影嗔了兩眼，滿是說不出的委屈。

薛訥只顧著為樊寧平冤，哪裡知道這一向大條的丫頭竟也有小女兒胡思亂想的一天，含笑向李媛嫒見禮道：「媛嫒郡主尚在守孝之中，今日能來此處作證，慎言感激不盡。」

李媛嫒輕笑著搖搖手，示意無妨，上前兩步道：「曾祖父常說『忠孝節義』，忠君為先，媛嫒既然知情，哪有不報之理？弘文館別院案發之前，我龍虎軍中便接到線報，稱有一支胡人正祕密潛伏在我長安城，意圖伺機作亂。而為首的，便是一名喚阿史那．波黎的胡人，漢名史元年。此人係漠北阿史那家族一員，是顯慶二年右屯衛將軍蘇定方率部平定的阿史那．賀魯家族的旁系血親。其給自名為『元年』，便是反叛我大唐朝廷，建元新朝之意。當初在漠北軍中時，他曾隨阿史那．賀魯四處征戰，武功在高手如雲的漠北狼衛中亦屬出類拔萃，故而雖然漠北叛軍被剿滅，此人卻率領殘存的一支隊伍逃了出去。為了斬草除根，我曾祖父在世時，命龍虎軍潛伏於西域的線人四處打探此人的下落，這才得知此人已潛入長安城。昨日薛明府帶武侯圍剿之時，我命見過史元年的線人從旁確認過那胡人的長相，絕無差池。」

薛訥附和道：「圍捕時，下官命眾武侯格外留意那胡人耳根處是否有射虎刀的傷疤，發現確有相應的疤痕，與樊寧所述射虎刀中傷的位置一致。這便可證明史元年就是縱火弘文館別院、栽贓樊寧，害八名守衛與六名法門寺僧眾殞命的真正凶手！」

薛訥的聲音迴盪在正堂內，振聾發聵。三位主審官見證據如此確鑿，皆不再有異議。

袁公瑜起身走到右肅機盧承慶的身側，小聲詢問了一句，盧承慶微一頷首，袁公瑜便又回到自己的席位坐下，一拍驚堂木，用洪亮的聲音道：「經三司會審，本案事實清晰、證據確鑿，真凶為胡人史元年，樊寧因冤入獄實屬不該，即刻無罪釋放！」

聽了這句話，樊寧怔怔回過神，呆呆看著正前方那幾個老頭，似是不相信自己的耳朵，直到薛訥轉過身望著她，目光裡寫著歡愉、心疼、如釋重負等諸般情緒，樊寧才大夢方醒，登時紅了眼眶。

這一百餘日，幾起幾落，她終於洗盡了冤屈，不必再過擔驚受怕、躲躲藏藏的日子，樊寧的眼淚驀地蓄上眼眶，不知是哭是笑，整個人可愛又可憐。

兩名武侯上前，為她去了枷鎖，樊寧上前兩步，想向那些秉公執法的老頭們致謝，哪知衙門外忽然傳來一陣騷動，只見人群散開後，一身穿紅衣、手執拂塵的御史在一眾衛兵的簇擁下信步走入，待到堂中，眾人方才看清這御史手中奉著詔書，立即紛紛從座上起身，叩拜於地。

見眾人皆跪，樊寧亦跟著跪了下來，心中犯起了嘀咕：『御史這時候奉旨前來，難道是自己的案子已經上達天聽了？莫不是天皇、天后為了嘉獎薛訥破案有功，要給他封賞？』

御史逕自走過眾人身側，直走到叩拜於地的薛訥面前，展開詔書，高聲道：「宣——監察御史檢校藍田縣令薛訥，私庇嫌犯，偽造手實，於法不容，酌請刑部收監。奉敕依奏。」說罷將詔書合上，遞給了旁邊的高敏。

高敏抬手接過，再拜道：「臣遵旨！」

「什麼？」樊寧與李媛嬡皆驚叫出聲，樊寧甚至不顧禮法，焦急站了起來，對那御史道，「我已是無罪之身，為何薛郎還會因為包庇我而受罰？」

那御史深深看了樊寧一眼，並未追究她咆哮公堂，一揮拂塵轉身而去。那些武侯得令，即便心中不願，也不得不對薛訥做了個請的手勢，將方從樊寧身上解下的枷鎖又戴在了他身上，便要將他帶入後院收監。

「且慢，」樊寧不顧薛訥的眼神勸阻，跨步攔住了武侯的去路，「既是與我相干，便把我也一道收監了吧！」

第三十五章　吳鉤霜雪

不過短短的一瞬間，薛訥思考良多，他顧不上去想樊寧衝動話語背後藏著什麼樣的情愫，只怕她被牽累，朗聲道：「妳我雖相識得早，但薛某斷此案，乃是受太子殿下囑託，與妳並無瓜葛。此案由右肅機與三司長秉公受理，毫無偏頗，妳本就是被冤枉的，不會受薛某之事的影響拖累。妳莫要害怕，別說傻話，早些回家去吧。」說罷，薛訥不再給樊寧反駁的機會，深深望了她一眼，轉身逕自向後堂監牢處走去。

薛訥此舉是為了保護她，樊寧如何會不明白，但他越是義薄雲天，她便越是不能一走了之，想著什麼「安定公主」之事，他還尚不知情，若是在獄中被牽累，豈不連通氣都無法？樊寧心急不已，對那幾個老頭喊道：「既然二聖是因為我才將薛郎關起來的，你們便把我一道抓了吧！省得問話來回跑不及，豈不白白耽誤功夫！」

自古判官審案，唯有喊冤求饒的，從未見過鬧著讓人捉的，三司長官面面相覷，不知當如何收場，倒是一直沉默的高敏開了口：「樊寧，妳可知道，薛明府的罪行一旦坐實，可是要被流放三千里……」

流放之刑於律法上僅次於死刑，乃是極重的刑罰，要遠離故土，被驅使至邊境之地，飽受風霜酷暑摧殘，甚至有人認為不如腦袋落地來得乾淨痛快。可樊寧冷豔絕倫的小臉兒上毫無畏懼之色，反問道：「就算三萬里又如何？請各位官爺開恩，准了民女所求，就將我與薛明府一道收押吧！」

薛訥步入後堂，卻沒有即刻向內庭走去，而是立在廊下聽著前堂的動靜，見跟著自己的兩個武侯面露為難之色，他低聲笑道：「莫擔心，本官不會讓你們為難……」

話音未落，便聽得樊寧那一句「就算三萬里又如何」，薛訥只覺明晰的頭腦轟然一聲，心口突突跳著，眼眶亦不爭氣地紅了。

在觀星觀贖業數年，從懵懂孩提到少年初成，人生明白的第一件大道理，便是自己喜歡樊寧。彼時不過十四五歲，除了隔三岔五趕幾十里的山路去看她，什麼也做不了。故而弘文館別院案突發時，除了茫然憂慮外，薛訥甚至有一絲一縷的欣喜，不為別的，只為這一次他能夠為她拚盡全力，衝破迷霧，還她清白，護她周全。

接手這個案子之初，他便已經想好，只消護好樊寧，不辜負李弘便足矣，至於自己的生死，早已置之度外。今日能為樊寧洗清冤屈，薛訥於願已足，並未企望能得到她的任何回應。

此時此刻，聽到樊寧的話，薛訥說不出地感慨。多少相伴多年的結髮夫妻，尚且做不到心甘情願地同獄坐牢，更莫說流放三千里，去邊地服苦役了。但他怎可能捨得樊寧再受刑牢之苦，正擔心那幾個老頭果真昏了頭，將樊寧再投下獄，李媛嬡的聲音忽然傳來：「妳是不是瘋魔了？薛郎又不曾包庇妳，妳在這裡充什麼豪俠，到底幫他還是害他？此案天皇、天后自有聖斷，輪不到妳充義氣……把她給我拉出去。」

薛訥聽得瞠目結舌，李媛嫒是好意他明白，但要靠那幾個龍虎軍士兵將樊寧拖出去，難道不會打起來嗎？果然，輕微的腳步聲後，傳來樊寧的駁斥聲：「我看誰敢動我……哎，哎，李媛嫒，妳別撓我癢癢，你們放開我，別拽我……」

樊寧的聲音越來越遠，似是被拉下堂去了，薛訥心想這兩個怎的還像小時候一樣，一見面就掐，卻還是透著幾分親近，他無奈一笑，不再耽擱，對那兩個武侯道：「走吧。」

哪知那兩個武侯正掩口葫蘆而笑望著他，薛訥一怔，心想他們只怕以為樊寧與李媛嫒是在爭風吃醋。也是了，一個是堪稱絕色的青梅竹馬，一個是尊貴不凡的國公府千金，不知多少人以為薛訥夾在其中左右逢源。薛訥也無法辯駁，輕嘆一聲，兀自向後院牢房處走去。

樊寧被幾個龍虎軍士兵一路拖拽，直出了京兆府衙門。

李媛嫒緊隨其後，看到陶沐呆愣愣站在門口，不知何去何從，她忍不住嗔道：「薛郎身邊都是什麼人，怎的攤上事便一個個都傻了，你還不快去平陽郡公府報信，再拿些換洗衣裳送來，打點打點獄卒，這點事還要教？」

陶沐大夢初醒般，向李媛嫒拱手致謝，跨上布包，向崇仁坊的方向疾速奔去。

樊寧終於被龍虎營將士放開，疾步上前，又被守衛阻攔，難以再度進入京兆府衙，她急得直跺腳，櫻紅色的髮帶隨風輕擺。

李媛嬡抱臂上前，看著樊寧諷道：「在獄裡還有工夫梳洗打扮？妳也是夠厲害……快別在這點眼了，還嫌圍觀的人不夠多？先跟我上馬車，離開此處再說。」

李媛嬡不知樊寧憋著什麼樣的心事，自然無法理解她此時的焦灼。

樊寧氣得小臉張紅，只想擰她，卻又礙於有事相問，無奈地隨李媛嬡上了馬車。

馬車剛剛起步，樊寧便急不可待地問道：「妳可有那胡人的線索，全部告訴我。」

「妳問這做什麼？」

「此案雖然偵破，但凶嫌還未被捉住，《推背圖》亦還未追回，若是能逮住那廝，追回《推背圖》，豈不更有籌碼來求得天皇、天后寬恕薛郎嗎？」

李媛嬡插著腰，上下睨了樊寧一眼，一副不以為然的模樣道：「我龍虎軍五百精兵滿長安城地抓，尚且未能將其抓捕，就憑妳，妳能行嗎？」

「妳確定你們龍虎軍出的是精兵嗎？不會是燒火的廚子吧？那廝臉上的刀傷還是我弄出來的，你們五百精兵連個屁也沒摟到，妳說憑我有什麼不可？」

樊寧這話倒是真的，龍虎軍先後出動了五百餘人，愣是沒抓到那胡人的一根毛，唯有樊寧用射虎刀傷了他幾分。李媛嬡的氣焰如她的個頭般矮了三分，嘴上卻不肯服輸：「總之……妳問我沒用，此案如今是我阿爺在全權負責，事關大唐安危，個中細節我也不清楚。不過有一點妳可以放心，待我阿爺捉到那廝，一定會向二聖求情，救出薛郎的。」

樊寧乜斜了李媛嬡一眼，沒有再接腔，心裡想著萬不能因為自己牽連了薛訥。

轉過兩個路口，馬車駛至崇仁坊外，樊寧撩開車簾看了看，開口請辭：「就送到這吧，前面有驛站，我正好去借匹馬。」

「妳要去何處？回觀星觀嗎？」

樊寧點頭應道：「刑部的封條應當已經可以拆了，近半年時間過去了，觀裡不知亂成什麼樣，我回去打掃打掃，等師父回來。」

李媛嫒點了點頭，從身後拿出一個大包袱，還有樊寧隨身佩戴的易劍，遞給樊寧道：「這是從藍田縣衙那裡取回來的。這兩把劍看起來太像竹棍，險些被那裡的衙役給扔掉。對了，妳那裡銀錢還夠嗎？可需要我……」

「多謝妳的好意，不必了。」樊寧接過包袱和自己的愛劍，一拍心口處，開元通寶與銀子碰撞的金屬音響個不停，「薛郎把他的錢袋子給我了，估摸夠花好一陣。」

李媛嫒翻了個白眼，不知該氣還是該笑：「我怎的也算是妳兩個的恩人吧？妳好歹也收斂幾分，誰愛聽這個。」

樊寧這才發現自己像是在炫耀似的，桃花靨比平時更紅，磕巴道：「哎，我不是那個意思……」

「行了，」李媛嫒到底不是計較的人，命車夫停了車，叮囑道，「時辰不早了，妳還要趕路，早點回去吧。」

樊寧本還想問李媛嫒，那日說薛訥喜歡她到底是真是假，但轉念一想，這種事哪有問旁人的道理，便只點頭一應，掀開簾帳彎身下了車去。

長安城正值初春時間，柳樹抽著嫩芽，一派盎然生意。樊寧背著包袱、仗著劍，漫步走在長街上，細細想來，已經許久未有過這樣的日子，不畏懼抓捕，沒有泰山壓頂般的冤屈，能夠以真面目示人。但心尖上仍有一塊隱隱的痛，勾連著薛訥的安危，讓她的心情始終如大雨初歇的夜，無法真正晴朗起來。

方行至驛站外，忽而聽到一陣打馬聲，樊寧回頭一看，只見竟是高敏追了上來。匆匆下馬間，他差點被馬鐙絆摔，險些摔了個跟頭，急道：「殿下怎的自己走了，讓高某好找……」

「陰魂不散。」樊寧小聲嘀咕，冷臉問道，「找我何事？不會還要把我帶回去吧？」

「殿下欲往何處？」高敏避忌著行人，低聲問道，「觀星觀應當還未解封，李局丞不在，殿下一個人不安全，那日的私宅便是給殿下住的，殿下……」

「你怎麼知道我師父不在？興許這會他已經坐在觀裡等我了呢。」樊寧轉身進了驛站的馬棚，掰開馬嘴看看牙口，揀選了一匹自己喜歡的，付錢後牽了出來，見高敏仍步步緊跟著，樊寧只覺得好笑，「高主事，我有一事不明，今日在衙門時，你是不是已經知道，天皇要將薛郎下獄，所以才一言不發，就等著看他的好戲啊？」

高敏一愣，十足十委屈道：「殿下這是哪裡的話？高某只是覺得薛明府證據確鑿，確實難以辯駁罷了。否則為何黃……啊不是，李司刑一直在反駁？總不成殿下以為聖人將旨意告知了高某這個刑部六品小官，卻沒有告知三品大員李司刑吧？」

樊寧聳聳肩，示意無所謂，又道：「總之，你們若敢委屈了薛郎，我即便豁出命去不要，也要讓你們加倍償還，你們好自為之吧。」

「這點事哪消殿下吩咐，薛明府的父親是二品郡公，他自己又是朝廷命官，即便下了獄，也沒人敢怠慢。只是殿下回觀星觀，實在是危……」

「你明白就好。」樊寧打斷了高敏的話，不再理會他，翻身上馬，一陣風似的向終南山方向奔去。

這幾日來，李弘居於東宮，不必再處理政事，每日看看書、練練射術，倒是數年未有過的輕鬆自在。

是日天還未亮，他便醒了過來，梳洗後在書房中來回踱步，手中半卷著書，卻一字也看不進去，略顯心焦地等待著京兆府傳來消息。

薛訥的能力，他十分篤信，但刑部那廝胡攪蠻纏的本事也不可小覷。這樣焦灼的等待中，春陽一點點攀升至頭頂，又逐漸偏西，東宮長長甬道上終於傳來了張順的腳步聲，他氣喘吁吁地對李弘道：「殿、殿下……薛明府，贏了……」

「本宮便知道。」李弘萬般歡愉，用書卷一敲手，笑得十分燦爛，「此一番人證、物證俱全，那些小老兒無話可說了吧？」

「是……可是……」張順欲言又止，「聖人忽然降罪，薛明府他……被下獄了……」

「什麼？」李弘震驚非常，臉上的笑容瞬間垮了，兩步上前，全然不能相信張順的話，

「父皇下令，將慎言下獄了？罪名是什麼？」

「說是『私庇嫌犯，偽造手實』，殿下……此事會不會牽連殿下啊？」

李弘蹙著入鬢長眉，呆立著，有如一尊華美的雕像，徐徐說道：「此事別有蹊蹺，本宮與父皇書信往來走的是加急密函，往復來回還要四、五日，那御史從洛陽到長安，快馬加鞭也要七、八日左右。也就是說，這旨意至少是七、八日前下的，早在那時，便有人向父皇告發了慎言，且應當掌握了一些實據。現下慎言在刑部，卷宗應當也過去了，你去找一趟袁公瑜，問問看究竟是何人在暗中告發？幾號開始庭審？」

張順沖李弘一抱拳，匆匆又出了東宮。李弘回到書房，站在書架旁，看著琳琅滿目的書籍，卻沒有一本能真正入眼。

從長安到終南山這一路說近不近，說遠也絕不算遠，但樊寧還是足足走了三、四個時辰，當天色黑透、明月高懸之時，才回到了觀星觀。原本期待著自己回到觀裡時，會看到觀門已開，那個熟悉的白鬍子老頭已經坐在樹下一邊自弈一邊笑嘻嘻地等著她，現在看到門上依舊掛著大鎖，貼著封條，樊寧不由得長嘆一聲。

她用劍劈開了鎖，拆了刑部的封條，推開大門，牽馬走入，頂著月色摸進庖廚，找出火石生了爐，點燃了院裡的小油燈。

半年無人打理，素來乾淨的庭院亂糟糟的，枯黃的落葉被秋雨冬雪洗滌後，潰爛成泥，散發出奇異的氣息。樊寧從玉皇殿後拿出大笤帚，清掃了好一陣，才將它們搓成一堆，她倚在掃帚上，方略略鬆了口氣，又看到古槐下那圍棋盤斜落，棋子散了一地，趕忙前去撿拾。

「知其白，守其黑，為天下式。為天下式，常德不忒，復歸於無極……」樊寧撿起一顆顆棋子，想起李淳風的話，眼淚竟忍不住奪眶而出，滴在了濕漉漉的泥地上。

「師父，」樊寧低低喃了一聲，「就算是你怕，也該回家了啊。」

收拾罷庭院後，樊寧又回到臥房，將床鋪掛起，用竹尺好一陣拍打，卻仍撣不盡這半年來被子吃的灰。樊寧氣得直想笑，心想今夜不妨先湊合下，橫豎比牢裡乾淨許多。她鋪好床榻，按滅油燈，和衣而臥，卻一點睡意也無。

一直渴慕沉冤得雪，重獲自由這一日，但真到這一日，卻分毫沒有她想像中的輕鬆歡愉。師父依舊下落不明，薛訥亦受到牽連入獄，若知道如此，她寧願坐穿牢底的是自己。再加上高敏與那黃鼠狼碎嘴叨叨什麼「安定公主」之事，樊寧只覺腦袋脹疼，似乎要炸了。正胡思亂想之際，樊寧的小耳朵警覺一顫，她即刻合眼，佯裝睡著了。幾乎同時，屋頂上傳來輕微挪動磚瓦的聲音，隨著「砰」的一聲，一顆煙丸從房頂落下，滾到樊寧身側，開始釋放令人昏迷的異香。

樊寧屏息凝神，佯裝是熟睡中翻了個身，突然甩手向屋頂處飛出袖劍，只聽「啊」的一聲慘叫，一黑衣人如同滾動的圓木般順著傾斜的房頂滾下，「咚」的一聲沉沉落在了地上。

說時遲，那時快，短暫的靜默後，箭雨破門襲來。樊寧悄無聲息地躲在了木几之下，用手不規則地捶打幾下床板，發出一聲慘叫，彷彿中箭倒地了一般。

聽到這聲音，外面的箭雨稍歇。樊寧悄然起身，迅速從隔間裡拿出一條薄毯塞入自己的被窩裡，做成有人蒙頭而睡的樣子，隨後她退到一旁暗影中的屏風後蹲下，繼續靜靜等待。未幾，屋頂上又傳來細碎的瓦礫之聲，隨著磚瓦的挪動，一縷月光漏入房中，樊寧隱隱見一方弩機亦從小洞探出頭來，只聽「嗖嗖」兩聲，一排箭矢便牢牢釘在了被窩上。

對方的目的無疑是要自己的命，樊寧的心提到了嗓子眼，不知對方接下來還會有何舉動。

突然間，身側的門扉被猛力推開，一黑衣壯漢手握障刀衝入房來。趁著那人欲上前查看被褥之際，樊寧猶如幽冥般從後方現身，抬手猛力一擊此人的後頸，那人還來不及驚呼，便直挺挺一栽。樊寧如旋風般，從他手中奪下障刀，轉身迴旋一劈，便令那刺客血濺當場。

「怎麼樣？她到底死了沒有？」

聽到門外的呼喊聲，樊寧抬腳勾起地上的被褥，回身一旋裹在身上，魚躍衝破門扉，來到院中。

見是樊寧衝了出來，潑天箭雨再度來襲。樊寧將手裡的被褥舞動成旋風狀，竟化骨煉鋼般將四方箭雨擋了下來，微微一抖，乒鈴乓啷地落在了地上。

看著箭雨的密集程度，觀外至少埋伏著三十名弓弩手。看來對方明白，短兵相接難以占到便宜，便設下這萬箭齊發的埋伏圈，想要遠距離射殺自己。樊寧雖惱，腳下的步子卻毫不慌亂，銀蛇般左躲右閃，毫髮無損，漸漸靠近了觀門。

此處有茅簷遮擋，箭矢難以射入，樊寧方欲鬆口氣，忽有一排四名黑衣刀客從天而降，擋住了她的去路。

樊寧一揩鼻尖，戲謔笑道：「怎麼？放冷箭不成，改用人牆了？」

四人不與她多話，迅速掏出兵器，黑布一揭，竟是四柄丈長的陌刀，不待樊寧擺出架勢，便徑直向她劈掃過來。樊寧手中的障刀僅長尺餘，只能略做抵擋，根本無法傷及對方，見冷白的刀刃近在咫尺，她不得不如靈巧的猿猴般以手撐地，向後翻騰躲過一劫。

那四人分毫不給樊寧喘息的機會，立即持刀追了上來。樊寧知道這樣躲下去不是辦法，但方才已經用了右手的袖劍，僅剩左手一柄，不到萬不得已不能使用。

略微思忖了一瞬，樊寧便有了成算，只見她刻意在左躲右擋中逐漸調整著自己與四名刀客的相對位置，待最左側一柄刀揮過去之後，她突然偏身，衝上前去，一把抓住了那刀客的手腕。近旁兩人見此，不約而同冲出，用手中的刀劈向樊寧。

樊寧絕豔的小臉兒閃過一絲冷笑，突然鬆了手，向後一閃，只聽一聲金屬撞擊的巨響，三把陌刀撞在一起，震得那三個人都脫了手，噹啷啷幾聲掉落在地。

那三人還想去撿，樊寧怎會再給他們機會，一個箭步衝上前去，撿起一把陌刀，單膝跪地，雙手擎刀劈過，瞬間將此三人擊殺。

「真是個趁手的玩意。」冰冷的刀鋒反照出樊寧冷峻的面龐，她傾世的美中帶著三分邪氣，揮刀指向僅剩的那名黑衣刀客。

那黑衣刀客明顯慌了神，隨意舞了幾下，顫著腿轉身而逃，樊寧緊追不捨，逾牆直追出了院外，方揮刀一掃，將那廝砍斷了腿。

那廝慘叫不止，卻還摸著刀柄欲行刺，樊寧跨步上前扼住那人脖頸，喝道：「說！是誰派你們來的？不說我便將你的眼挖出來，讓你生不如死！」

哪知那人忽然口吐血沫，一翻白眼竟死了過去，樊寧這才發現他竟在牙槽藏了毒丸。此時又有箭矢射來，樊寧沒有時間再耽擱，朝那人腰間摸了摸，摸出了一個魚符，光線太暗，樊寧看不清其上刻的字，便暫時收入懷中，丟下陌刀，順著小路向山下奔去。

第三十六章　同氣連枝

雖說長安的買賣多集中在東、西兩市，但市井民生，還是多要仰賴流動在各個坊間的攤販。是日一早，武侯才打開平康坊的坊門，小商小販們便蜂擁而入，挑擔吆喝著，售賣著早餐的雜粥與餺飥。

平陽郡公府的後廚亦開始準備一天的飯食，管家劉玉背著手，來此處耀武揚威一番後，掀開了小灶上的籠屜，端出了一碗燕窩，放進食籃裡，邁著四方步，哼著小曲，走向前院薛楚玉的園舍，準備進行今日的例行馬屁。

昨日薛訥被投下獄之事傳來，薛楚玉開懷不已，卻不敢聲張，強忍著歡愉，險些要憋出病。劉玉一早趕過去，便是要與他額手相慶，享受屬於他們的勝利。

哪知薛楚玉頂著兩個炭色的黑眼圈，坐在房中長吁短嘆。

劉玉十分驚詫，放下食籃，躬身問道：「郎君何事不悅？」

薛楚玉眉眼間幾分閃爍，透著一股心虛：「昨夜見母親在房中垂淚，似是因為兄長，若是她知道，是我將兄長窩藏嫌犯之事告到了刑部……」

薛楚玉越說聲音越小，似是極其憂心。劉玉沒想到他這般沒擔當，內心鄙夷，嘴上卻仍十分恭謹，諂媚笑道：「郎君真是多慮了，大郎君窩藏嫌犯是事實，有那麼多人證、物證，即便郎君不告發他，也有旁人告發。若是夫人知道，是郎君當機立斷，大義滅親揭發了大郎君，使得整個平陽郡公府倖免於難，一定會萬般欣慰，又怎會因此惱了郎君？更何況，家公與夫人最寵愛的就是郎君你，怎會因為那不受寵愛的大郎君之事而苛責？夫人垂淚，不過是一時嚇著了，實在是與郎君不相干呢！」

劉玉的寬慰果然奏效，薛楚玉瞬間放鬆了心神，神采奕奕拿過食籃，端出燕窩喜滋滋地品了起來。「對了，先前說過，告發兄長的人證，除了我與那刑部肥主事外，還有個女的，是何人來著？」

打從李弘自請撤去監國之職，於東宮閉門思過，紅蓮便沒有再與他見面。

若是從前，只怕要飽受相思苦煎熬，但如今的紅蓮自顧不暇，本以為那日被賀蘭敏之欺辱的恐懼傷痛會隨著光景流失，漸漸消弭，孰知卻像沉屙頑疾般，越演越烈，揮之不去。

白日裡還好，一到夜裡，她便覺得四處是賀蘭敏之的影子，充耳是他的獰笑，又驚又怕，難以入眠，即便睡著了，一有風吹草動也會動輒驚醒。這樣日復一日間，嬌花似的小人兒憔悴損，鬆了金釵，減了玉肌，我見猶憐。

是日清早，天色濛濛亮了，她方有了睡意，才合上眼，便聽有人大力拍門，驚得她騰地坐起，蜷縮在榻上，瘦削的身子抖個不住。

「娘子，奴婢去看看是何人造次？」李弘派來的女官年歲不小了，卻很是警醒，去庖廚抄了根擀麵杖，徐徐靠向大門。

紅蓮將小腦袋蜷在被窩中，顫抖個不住，須臾間，她聽到大門開了，那女官似是在攔著什麼人，不住道：「哎、哎，你是何人？你這般私闖民宅，可是要坐牢的！」

紅蓮以為賀蘭敏之又尋上了門來，嚇得幾乎要驚厥之際，聽得一個略帶委屈的女聲道：「紅蓮姐姐，是我……」

紅蓮分辨出樊寧的聲音，略略一怔，下榻打開了房門。

樊寧渾身髒兮兮，一臉疲色地站在門外，昨夜她與眾多刺客纏鬥，冷冽攝人，毫無懼色，現下看到紅蓮，卻小嘴一撇，幾乎要哭出來。

昨日聽說樊寧已無罪釋放，紅蓮滿心歡喜，但此時映入眼簾的是個髒如泥猴的小人，衣衫上還有刀箭飛掠的痕跡，她不免心驚，急聲問道：「怎麼弄的？我聽張順大哥說，妳不是回藍田去了嗎？」

樊寧撫著下頜，啞著嗓子道：「說來話長，能否先給我口水喝？我半夜從山上走下來，已經快斷氣了。」

紅蓮忙讓樊寧進了自己房間，請那女官去做些簡單的飯菜，再多燒些熱水來。樊寧豪飲了一壺茶，吃了些湯餅，沐浴換了衣裳後，一夜未眠的疲憊湧來，她與紅蓮一道躺在榻上，還未說幾句話，便齊齊沉入了夢鄉。

再度醒來時已是午後，紅蓮也難得睡了個好覺，撐起小腦袋，側身問樊寧道：「妳到底是與誰打架了？可是村裡的惡霸欺負妳？」

對於樊寧而言，這世上除了李淳風與薛訥外，紅蓮便是與她最親近之人，但安定公主之事說出來聳人聽聞，臊人面皮，實在是難以啟齒，她腦袋搖得像個撥浪鼓，先剖白再解釋道：「我可沒存著什麼攀龍附鳳的念想，這件事出了以後，我也覺得像挨了個炸天雷……就是，前些時日我在獄中時，刑部有個叫高敏的主事，忽然說，說我是安、安定公主……」

「安定公主……」紅蓮口中喃喃著，思緒難免又被勾連回到人在周國公府上那一日，賀蘭敏之被管家叫出，所說的就是安定公主之事。彼時紅蓮隱隱聽得他們說起「刑部」、「羈押」等詞，難道所說的正是樊寧嗎？

可這世上，真的會有這樣多的湊巧嗎？安定公主不單活著，還堪堪就在自己眼皮子底下晃悠，紅蓮不知這姓高的主事是何來頭，擔心他在誆騙利用樊寧，問道：「他既然這般說，可有何實據嗎？總不會只因為妳是永徽五年出生，又被人收養吧？」

「言之鑿鑿的，還賭上了自己的身家性命。」樊寧依葫蘆畫瓢，將高敏說與自己的話轉述給了紅蓮。

紅蓮聽後，心口突突地跳個不住，說不出地緊張擔憂，又問道：「妳身上的傷是怎的回事，昨日才從刑部出來，便有人對妳不利嗎？」

樊寧從內兜裡摸出魚符，遞給紅蓮道：「昨晚我前腳才回觀星觀，便有刺客追來了，約莫三十來個人，出手狠絕，招招皆是來要命的，我好不容易才逃出來，從一個刺客身上搜到了這個。」

紅蓮接過魚符上下翻看，覺得十分眼熟，卻想不起在何處見過，她左思右想，與樊寧商量道：「寧兒，先前太子殿下也在查訪此事，妳若是信得過他，或許可以讓他保護妳。若是有疑慮信不過，可以先住在我這裡，我不會與殿下說的……」

紅蓮果真是體貼的姑娘，知道樊寧可能會因此事避忌武后與李弘母子，即便與李弘相悅，也沒有分毫要逼迫為難樊寧的意思。

樊寧心下感動，更有幾分猶疑，從昨夜到現在，她一直在思量那些刺客的身分，那些人的一招一式不像野路子，不知是何來頭。她也曾懷疑，是否是李乾祐或者高敏派人前來，為了逼迫她靠近他們。可刑部沒有官兵，上次在鬼市外剿匪時，高敏帶的三十名弓弩手，還是李乾祐向羽林軍借來的。再者那些刺客所下的皆是死手，自己費了九牛二虎之力才勉強活了下來，而李乾祐和高敏應當還想靠她升官發財，並未想置她於死地……難道說，當真是武后想要將她滅口，這才派了人來嗎？

若真如此，她似乎確實不該向太子李弘求助，而是應當去找李乾祐和高敏，讓他們將自己交給天皇，藉以保全小命。樊寧望著紅蓮，說不出地躑躅猶豫，她忽然一愣，想起李淳風曾說不知自己生月，只知她與紅蓮皆是永徽五年出生，若真如此，為何李淳風讓她從小便稱紅蓮為「姐姐」？師父他當真是知道自己生辰的吧，如今看來，高敏所說極有可能是真的，說不準那小老頭的失蹤亦與此事有關。

小時候常聽師父與前來問道之人談及「命」與「運」，她從來不信，今時今日卻明白，許多事雖與自己休戚相關，卻並非自己可以選擇，譬如出身，譬如親緣，皆是由天註定。這潦潦草草的一輩子，或是大富大貴，或是窮遏困頓，皆逃不開天命安排，雖然安定公主之事於她猶如當頭棒喝，她卻也不得不承受此事帶來的一切後果。

從前總覺得自己微不足道，不過是終南山觀星觀裡不知天高地厚的小丫頭，沒想到竟有牽著大唐社稷國祚的一天。去尋高敏，似是能有一線生機，但若是落在天后手中，可能真的是難保小命了。樊寧自嘲一笑，想起自己曾那般渴望得知自己親生父母的消息，如今看來，還不如不知道。

樊寧嘆了口氣，卻怎麼也嘆不盡心口擁堵的塊壘，投奔高敏，還是相信李弘，她自己難以做出判定。但她記得李淳風對李弘的激賞，知道薛訥對他的忠誠不二，亦清楚紅蓮對他的情深幾許，她願意相信他們的眼光，終於下定決心道：「我想見太子殿下，紅蓮姐姐可否幫我安排？」

初入牢獄這一夜，薛訥坐臥不適，難以入眠，索性不睡了，撿了根茅草，乘著月色在地上寫寫畫畫，竟是難得的閒適自在。

打從接了弘文館別院的案子起，他的腦袋裡就沒裝過旁的事，現下陡然輕鬆，想起那本《括地志》還放在城門局，尚未看完，心裡說不出地癢癢。

只恨陶沐這渾小子什麼也不懂，只給自己拿了換洗的衣裳，一本書也沒帶，他也只能靠腦中殘留的記憶，去復刻書中的大好河山，加以回味了。

不知不覺間，天已大亮，薛訥卻仍沉浸在自己的世界裡，分毫不知疲倦，甚至連牢門響動都沒有聽見，直到有個鬚髮花白的獄卒隔著欄障喚道：「薛明府，有個女子來刑部給你鳴冤，李司刑喚你到官廳去……」

薛訥一怔，輕呼一聲「糟了」，心想怕不是樊寧昨日被李媛嬡撓了出去，今日又來，急匆匆隨獄卒走去，誰知到了官廳，看到的卻不是樊寧，他瞠目結舌，半晌才知道喊人：「母親……」

柳夫人身著正二品誥命夫人官服，身配朝珠，站在堂中央，見薛訥並無受刑的跡象，她神情舒緩了兩分，轉向李乾祐道：「李司刑，我夫遠在遼東，小兒無人教導，不懂規矩，好涉懸案，誰知竟惹禍上身，令天皇動怒，實在是不當。但諸事皆為誤會，還望李司刑秉公向天皇呈報，早日放過我兒吧。」

「夫人說這話，倒像是指責下官刻意刁難令郎一般。」李乾祐嘴上笑著，話語卻很堅持，「此案並非下官所定，而是天皇聖斷，想來應當證據確鑿，下官有幾個膽子，又敢質疑當今聖上？」

「聖人如此裁定，自有道理，身為臣妻不敢妄議。只是我兒查明懸案，便是沒有功勞，也應當有苦勞吧。我夫不在京中，許多話無法遞到御前，李司刑一直負責此案，若能為我兒美言幾句，我們夫婦會永志感恩李司刑……」柳夫人說著，示意旁側的隨從，薛旺趕忙有眼色地奉上一枚精美木盒，柳夫人又道，「這是我夫托人帶回來的高麗參，頂尖的幾支，自是奉與了二聖，這兩支亦是難得的佳品。李司刑查案辛苦，留下補補身子，熬湯可是極好的。」

李乾祐明白此物的貴重，登時有了笑臉，接過說道：「哎呀，何須夫人如此破費……莫說下官與薛將軍同朝為官，便是慎言這孩子，我也是喜歡得緊。何況他破了這弘文館別院大案，乃奇功一件，自當據實向二聖稟告。」

「本夫人還帶了些物件，想要交與我兒，不知……」

「呵呵，」李乾祐十分和藹地望向薛訥，「為了查明此案，慎言估摸許久沒有回家了吧？下官這便不打擾，夫人可與令郎好好說說話，只是……切莫太久。下官就在門外，若是有事，隨時吩咐便是了。」說罷，李乾祐闊步走了出去，站在官廳外來回晃悠。

薛訥不承想柳夫人會來看望他，更不想她會為了自己向李乾祐求情，當下震驚又惶惑，拱手賠禮道：「都是慎言之過……」

柳夫人看了薛訥一眼，長嘆一聲，又不知自己為何嗟嘆，從薛旺手裡拿過一只布包遞與他：「不知該與你送些什麼，娘還記得，你小時候時常一個人躲在角落裡看書，一看便是一整日。牢中的日子難熬，希望這幾本書能讓你好過幾分吧。昨晚娘已經差人給你爹送了信，讓他送信往洛陽去，向天皇認罪求情……天還涼，你要顧惜好身子，莫要熱了冷了皆不知，只知道看書想事，在此處病了可沒那麼方便。每隔三、五日，我會讓薛旺來此處看你，缺什麼、少什麼，你都及時與他說。為娘……不會讓你久待的，你且放心。」

上一次聽母親說這麼多話還是小時候，薛訥怔怔點點頭，接過包袱打開一看，果然都是自己從前愛看的書，心裡忽然有了幾分暖意。

細想來，先前他怨母親不知自己不能吃薑，可他也不知母親究竟愛吃什麼菜，亦不似薛楚玉那般乖覺討好，懂得去體貼父母親的心思。薛訥看著仍在絮絮叮囑的柳夫人，一句「多謝母親」哽在喉頭，直至柳夫人帶著薛旺離開也沒能說出口。

但薛訥不知道的是，柳夫人也有一句話悶在心裡，沒能對他說出口，便是「懲惡揚善，激濁揚清，這個案子你破得好」。

天微亮，一輛載著蔬菜瓜果的推車從北面小門駛入東宮，卻沒有推向庖廚食倉，而是去到了宜春北苑。

張順正等在苑門處，待推車的內衛抱拳離開後，他上前悄聲對那兩只大大的菜筐道：「兩位姑娘可以出來了。」

話音才落，樊寧便「噌」的一聲從筐裡鑽了出來，她甩甩頭，拍掉身上的菜葉子，即刻去接旁邊的紅蓮。

張順見兩人相攙下了車，低聲拱手道：「昨晚殿下接到紅蓮姑娘的書信，一宿也沒合眼，茲事體大，勞煩兩位一定慢慢說與殿下……殿下人在院裡，且隨我來吧。」

第三十七章 誰寄錦書

攤上這樣的事，何止李弘難以接受，樊寧更是不安，跟在紅蓮身後，腳下步子越來越碎，越來越慢。

天知道，她當真是沒有任何攀龍附鳳的念頭，她自小性子散漫，跟李淳風一樣，閒雲野鶴慣了，受不得分毫管束，從不愛往高門大戶攀扯，李弘更是她唯一打過交道的皇親國戚。對於這位年少有為的監國太子，她的印象便是平易近人，公允有謀斷，是薛訥的知己摯友，與紅蓮極其般配，除此之外，再無其他。一朝竟說他們是一母同胞的親生兄妹，樊寧震驚之餘更生出些許抵觸，甚至打起了退堂鼓。

本以為無父無母無親人已是世間最慘，不承想還有這不如沒有的情況。從前覺得自己是無根的浮萍，如今倒希望這大半年來的經歷皆是一場夢，一覺醒來，自己仍在觀星觀小榻上，推門而出、伸個懶腰，轉身便能看見師父坐在老槐樹下下棋，庖廚裡的滾水又快燒乾了，那小老頭卻渾然不知。每隔三兩日，夕陽掛在樹梢時，薛訥便會策馬從長安城趕來，與她閒話這幾日的見聞。他不善言辭，她卻常常聽得入迷，咯咯笑著，小臉兒上帶著少女的紅暈。

若是能回到那時，該有多好，那些曾經以為平平無奇的日子，竟是回不去的美好。如若師父沒有失蹤，如若薛訥沒有下獄，或許她眼下也不會這般茫然。

走在前面的紅蓮察覺出樊寧的遲疑，回身拉住了她的小手。樊寧一怔，抬起眼，見紅蓮正望著自己，笑得十分溫柔，寒涼的心終於有了幾分暖意，回握住紅蓮的手，與她相攜進了宜春院正房。

李弘身著燕居常服，正在調煮清茶，看到紅蓮與樊寧，他輕笑著放下碗盞，招呼道：「先坐吧。」

看似一如往常，但紅蓮還是捕捉到李弘笑容中不易察覺的幾分惶惑。雖說他一直在暗中調查安定公主之事，也曾擔心自己與紅蓮的關係，但在他心底，一直更傾向於有人刻意陷害武后。

或許在旁人看來，母后威嚴、鐵腕，有些不近人情，但對於李弘而言，她永遠是自己最親近的人，會用慈愛目光望著他，讚許他的每一次進步。

若是安定公主還活著，當初「廢王立武」的由頭便也不存在，武后不是名正言順的後宮之主，他也不是名正言順的嫡長子，再嘔心瀝血，也擔不起「監國太子」這四個字。一旦東窗事發，朝堂上還不知會掀起怎樣的驚濤駭浪。

樊寧不知李弘的心事，呆呆坐在他對側的蒲團上，抿抿櫻唇，下定決心道：「殿下……若為大唐安定，你要我去死也沒有關係，只是……能否將薛郎放出來，莫要讓他被我牽連……」

「誰，」李弘全然沒想到，樊寧會以此話作為開場白，調侃中裹挾著心酸，「旁的人家認親總要哭一鼻子，妳怎的一上來就說要去死？先不說這些了，那姓高的究竟與妳說了什麼，妳一五一十告訴本宮，本宮自當護妳周全。」

樊寧定定神，將自己入刑部監牢後，高敏說的話全部轉述給了李弘，連那吃了藥死了又活的老鼠也沒有放過。

李弘本是三分信，七分不信，聽完卻打了個顛倒，竟也信了七、八分。他看著眼前的樊寧，親切裡帶著幾絲惶然，好一陣子沒說話。某種微妙的氣氛在房中漫散開，像銅壺中的茶香似的，看不見、摸不著，卻無處不在。

「殿下，」一直未作聲的紅蓮開了口，柔聲對李弘道，「那位姓高的主事既然說，記檔上有關於安定公主的體貌特徵，為何不與寧兒對照一下？」

「有些特徵小孩子會有，但她如今已經十五、六歲了，倘若有何變化也未可知……」

樊寧被此事攪得心浮氣躁，擼起袖管道：「那……滴血認親如何？」說著，她低頭沖著右手食指咬了一口，登時滲出血來。

李弘忙抬手制止猶未來得及，惹得他無奈又好笑：「那都是坊間唬人的，根本沒什麼用。」

紅蓮拿出隨身的絲帕，快步上前要為樊寧止血，卻見她抬眼一笑，滿不在乎道：「沒事，已經快癒合了……」

李弘眉心一跳，萌生一個念頭：若這樊寧當真是安定，是他同父同母的親妹妹，只怕他要心疼死，無法想像，她飄零在外的這些年吃過多少苦，受過多少罪。

樊寧見李弘眉頭緊鎖看著自己，以為是方才的行為太過無狀驚到了他，笑得極其尷尬。

李弘將心思藏得極好，不動聲色轉言道：「無妨，本宮有一疑問，可能會有些唐突，事關皇家血脈，還望妳多多包涵……妳從小到大，身上可有何胎記？」

樊寧偏頭想了想，回道：「不記事時候有沒有我不知道，但如今是沒有的。」

李弘頓了一瞬，點點頭，方要再開口，卻聽張順在外喚道：「殿下，安排去給薛郎送餐飯衣衫的內侍到了。」

「讓他在偏廳稍坐，」李弘朗聲回應，復對紅蓮與樊寧說，「本宮尋了個機會，可以給慎言送書信。樊寧，妳若有話，本宮可以命人一道捎了去。」

聽說能與薛訥帶話，樊寧一掃愁容，眸子陡地亮了起來，像是春日裡的明湖般明媚耀眼，但她旋即又起了躕躕，吭吭哧哧，好一陣沒說出個所以然。

「罷了，旁屋裡有筆墨紙硯，妳寫下來與他便是了。」

樊寧赧然插手一禮，飛也似的出了屋去。

紅蓮見樊寧走遠了，這才輕問道：「殿下，寧兒她，真的會是安定公主嗎？」

李弘沒有回答，而是探出骨節分明的手，將紅蓮拉至身前，紅蓮含羞依著他坐下，垂眼不敢與李弘相視，只聽他說道：「聽女官來報，妳這些時日總休息不好，給妳配的藥怎的也不肯吃呢？」

「吃著藥，心裡的害怕並不會走。」紅蓮看似柔弱如水，說出的話卻有風骨，「現下這樣，雖然難熬，但一旦熬過去，我便不會再怕他了……」

李弘聽了這話，更是愧疚又心疼：「這幾日閉門思過，忍著沒去看妳，是怕有人再嚼舌根，激怒父皇、母后。等到這陣風頭過去，便都會好起來了。我在東宮諸官中挑了個最可信的，作為妳的娘家，等今年父皇誕節過了，我便接妳進東宮，先封作五品承徽，待他日有節慶再進封就是了。」

李弘所說之事，紅蓮心嚮往之，卻一直強迫自己不去奢望。她定定神，不自然地轉了話題：「殿下方才問寧兒胎記之事，應是與公主有關吧，寧兒沒有，是否可以排除了她了？」

李弘以為紅蓮是害羞了，未多做猜想，回道：「永徽五年宮中的記檔，現下應當唯有洛陽紫微宮中還有一套，究竟如何記載，我也沒有見到過。況且小孩子的胎記，長大後淡了沒了皆有可能，這種事怕也不好拿來做明證。我唯一知道的是，永徽五年，安定過世那幾日，曾出入宮禁的外臣唯有李淳風李局丞。而那樊寧，長得又跟魏國夫人確實相像，還有我的胞妹太平，雖然還太小，但能看出來，她們眉眼之間更為相似。更要緊的是，樊寧太像母后了……」

「想來寧兒既像魏國夫人，又像太平公主殿下，自然應當很像天后吧。」紅蓮越加擔心樊寧，回答李弘時略略失神。

「我說的不是容貌，說實話，我並不知道母親年輕時候是何等模樣……」李弘正說著，樊寧與沖沖跑了進來，他趕忙住了口，拿起桌案上的一塊紗絹遞給樊寧，「一道拿去，給那內侍吧。」

樊寧返身回去，將東西交給了內侍，又回到了房來。很顯然，與薛訥寫了信後，她的心情明媚了許多。只見她盤腿坐下，費勁從懷兜裡摸出魚符，遞給了李弘：「殿下，前日夜裡我方回到觀星觀，便有三、四十個刺客從天而降，又是催眠香，又是弓弩手的，招招都是索我性命的。我……我出於正當的防衛，殺、殺了幾個，這種情況……不當給我定罪吧？」

李弘本是存了心，要唬一唬樊寧，好將她留在自己控制的範圍中，但看到她緊張地摩挲著戎衣，頗為驚惶，他便一點也提不起氣來，無奈道：「昨日蓮兒傳信與本宮，本宮便差人去看了，除了地上還有些許血跡外，一點打鬥的跡象也無，更莫提什麼屍體，顯然是被收斂走了，妳不必太……」

李弘說著，目光觸及樊寧遞來的魚符，竟神色一震，吃了啞藥似的，登時失了言語。做了多年監國太子，李弘自詡城府深，喜怒不形於色，此時卻有些沒控制住，俊俏的面龐頗有層次地轉了三、四個顏色，從灰白到漲紅再到烏青，昭示著他複雜的心情。

樊寧自然敏銳地捕捉到李弘不自在的神色，偏頭探問道：「殿下認得這魚符，是嗎？」

李弘知道方才未能控制好表情，現下若再強辯解釋，只能失去樊寧的信任，便照實說道：「若是本宮沒有看錯，這是右衛將軍軍營的符節。」

「右衛將軍？」樊寧口中低喃，腦中驀地掠過一個身著華服霓裳的女人。

那女人與自己有著相似的眉眼，目光卻沒有那般清澈，刻意用眉黛加重吊梢，使得眼神越加冷冽，嫵媚的面龐煞白，豐腴精巧的唇卻是殷紅的，雖然極美，卻也極其疏離冷漠。

是武后嗎？樊寧忍不住微微打抖，難道武后……當真是她的母親，十幾年的時間過去，她後悔當初未能斬草除根，特命右衛將軍武三思派人，將樊寧暗殺於觀星觀。

普天之下，一聲「母親」，一聲「娘」，何處不是最美好親切的稱呼，於樊寧而言，卻是永遠觸不到的鏡花水月。今日豁出命想要去觸及，碰到的卻是百尺寒冰。

心底的寒意似要將她吞噬，忽然有個瘦弱的手臂勾住了樊寧的身子，她本能地一震，抬起眼，只見紅蓮不知何時從李弘身側挪到了她的身旁，緊緊圈著她，輕輕喃道：「我在，殿下也在，光天化日的，莫要擔心……」

樊寧理不清自己的情緒，卻沒忍住哭出了聲。

周圍很安靜，唯有她的抽噎聲顯得那般嘈雜，連李弘鏗然的話語都被打斷得支離破碎：「是了，不論如何，我都不會讓妳無辜受牽連。」

過了好一陣子，樊寧的情緒終於逐漸平息，李弘這便又說道：「來到東宮，妳可以安心了。這幾日妳先以女官的身分留下來，不要回觀星觀了。」

「多謝殿下，可是，薛郎他……」

「本宮已傳召了司刑少常伯袁公瑜，等他來先問問情況。雖不比你們兩個情深義重，但本宮也一向認慎言是知己，絕不會不管他的，妳且放心。掌司女官已經準備好了，妳現下便跟張順去找她吧，換換衣裳梳洗一番，方像個樣子。」

樊寧如何聽不出李弘刻意咬著那「情深義重」四個字，臉上一陣紅、一陣白，張了張嘴，不知該說什麼，只能腳底抹油即刻開溜。

門扉開了又合，帶來幢幢的光影，不算刺眼，卻還是令房中人感覺有些眼暈。

紅蓮挽起廣袖，在李弘快要煮乾的茶壺中加了兩瓢清水，只聽滋的一聲，房中騰起了淡淡的綠煙，裹挾著茶香，略略帶了幾絲清苦。

「殿下，右衛將軍還在洛陽吧？若是得知刺殺寧兒沒有成功，會不會……」

樊寧離開後，李弘沒有再隱藏自己的情緒，扶額一臉疲色。先前雖然聽樊寧轉述了高敏的諸多話，他卻始終不相信母后會要殺樊寧。或許……或許當年出於宮中形勢緊迫，母后不得不讓安定假死，並施計將那小小的嬰孩送出了宮去，她也因此獲益，扳倒了王皇后，順利登上了后位。後宮波詭雲譎，歷朝歷代皆不太平，母后許是有自己的苦衷，他無法質疑揣度，但今時今日，她當真會為了自己的地位，悄悄派武三思殺了樊寧滅口嗎？

李弘沉默了好一陣，方調整好情緒：「樊寧若是安定，則不當死；若不是安定，則更不當死，我不會讓她有事的。袁公瑜來了，我去前殿見他，問一問慎言的事。妳在此處等我吧，許多天沒見了，等我忙完就回來陪妳。方才我已讓張順備下妳愛吃的東西，待會子送過來，妳隨便吃些，若是累了，可以在榻上睡一會兒。」

紅蓮本想著送了樊寧來，便即刻回去，不給李弘添麻煩，但多日不見，思念早已成疾，又哪裡走得開。她含笑頷首，起身送李弘往前殿去。

東宮的一磚一瓦，都極其精緻美觀，李弘走出三、五步，回身一笑，沖紅蓮擺擺手，示意晨起還涼，讓她快些回去。紅蓮嬌笑著，令一草一木都增了顏色，她知道自己貪戀此處風景，在意的卻不是富貴榮華，而是視線盡頭牽絆著的那個少年。

前日張順來府上拜訪，袁公瑜便知道是為了薛訥，今日一早來，見李弘坐定了，就急急回道：「殿下，昨日下午巡查牢房時，臣特意去看望了薛明府，薛明府一切皆好，榻上擺滿了各色書籍，看得很入迷。聽說是柳夫人一早來送的，還打點了李司刑，殿下可以放心。」

「哦？」李弘一挑眉，有些難以置信，「柳夫人想起還有這麼個兒子了？」

薛楚玉張揚，時常將父母偏疼自己掛在嘴邊，故而京中的達官貴人無不知曉。袁公瑜聽出李弘在為薛訥鳴不平，笑道：「這父母偏心常有，但手心、手背皆是肉，遇到事，柳夫人又怎會不心疼薛明府？論年紀閱歷，薛明府還是個孩子，柳夫人自然會為他打點的。殿下尚未為人父母，待有了子嗣便會知道，天下的父母，無有不愛子女的，又怎捨得他受一點委屈？」

李弘一怔，又想起那母后、樊寧與那魚符，心裡莫名地煩躁，他強行轉了心思，問袁公瑜道：「本宮讓袁卿暗查，究竟是何人告發了慎言，可有結果了嗎？」

「回殿下，這種檢舉揭發包庇之案，至少要有三個人證，方可認定下獄。臣已查明，檢舉薛明府包庇樊寧的，分別是肥主事、西市皮貨店主阿娜爾與薛明府的胞弟薛楚玉……」

「薛楚玉？」李弘沒想到，這廝竟也參與進了此事之中，冷笑一聲，「柳夫人怕是不知道她這寶貝幼子幹的好事吧？張順可在？」

張順一直候在殿外，等聽李弘吩咐，即刻推門走了進來。

李弘命道：「今日之內，你要將薛楚玉誣告慎言之事，傳到柳夫人耳中去，務必神不知、鬼不覺，明白嗎？」

「殿下放心，今晚就讓薛家小郎君挨他娘的窩心腳。」張順抱拳一禮，即刻退下布置去了。

張順這話雖然粗糙，但也很是解氣，李弘忍不住輕笑一聲，又問袁公瑜道：「依照《永徽律》，可有辦法將慎言從牢裡撈出來？」

「倒也不難，除去那皮貨店主阿娜爾外，不論是薛楚玉還是肥主事，都不曾親眼見到樊寧，只是見他在上元節那日帶著一個佩戴儺面的少女四處看燈。至於那個名叫阿娜爾的胡人女子，與弘文館別院案凶嫌史元年有瓜葛，史元年與田老漢接頭的宅院，地契便在她名下。雖然她來刑部解釋，稱史元年不過是賃了她的房舍，但作為此案凶嫌的關聯人士，只消捅破了這層關係，她的證詞便也很難作數了。」

「這倒是妙計。本宮不便出面，有勞袁卿上一道奏承與父皇，說明一下情由。另外，這件事不能這麼算了，慎言費力破獲大案，未有封賞，竟鋃鐺入獄，我天家威嚴何存？世間公理何在？薛楚玉為了一己之利，悖逆親兄，若不加以懲處，焉知他日不敢賣國？至於肥主事，嫉賢妒能，不單是個庸人，更是個壞胚。」

「殿下的意思臣已明白，定會給殿下一個交代。不過，公文送往洛陽，來回也要十五、六日，在此期間，怕是要委屈薛明府了。」

平日裡李弘找機會就撮合薛訥與樊寧，希望摯友能夠如願以償，但自打知道樊寧可能是自己的親妹妹，便哪裡都看他不順，總覺得這小子欠磋磨，擺手道：「無妨，多關他兩日，也是個歷練……賊首史元年可有線索？此一番被他逃脫，他日定還會興風作浪，務必盡快將其緝拿。如若不然，慎言這案子也算白破了，刑部上下務必將此案放在第一位。除此事外，本宮還想與你打聽一下，那個名為高敏的主事，究竟是何等來頭？」

刑部大牢本就不見天日，打從住進來後，薛訥終日看書，手不釋卷，三餐亦不規律，更是不知今夕是何夕了。

晌午時，薛府又差人送了東西來，那獄卒拿了薛旺的打點，自然上心，用裝著不值錢綠蟻酒的銅壺敲敲牢獄的柵欄，喊道：「府裡送了新做的胡餅，說是薛明府最愛吃的，快趁熱用了吧！」

薛訥的思緒正在書中漫遊，不知到了哪去，聽到「胡餅」兩字，卻驀地回過神，俊俏的面龐上終於有了表情。

柳夫人一直看不上這些坊間小吃，怕不乾淨，府中不許做，他也很少吃，唯有樊寧愛胡餅如命。難道說，今日薛旺送來的飯食中，有關於樊寧的消息？

薛訥探身拽過食籃，焦急打開，只見其中除了胡餅外，還放著蒸糕、糖梨、芥藍、涼拌三絲等吃食，並沒見到什麼書信。但薛訥仍不放棄，將墊在胡餅與蒸糕下面的紗布抽出來，但見上面果然有兩張寫著字，看這字跡，分別出自李弘與樊寧之手。他想也不想，便先拉過樊寧所寫的那一張，只見開篇揮毫潑墨三個大字，直抒胸臆——汝甚蠢。

薛訥一怔，旋即笑出了聲來，他能想像得出，她寫信時又氣又無奈的模樣。但他心甘情願，她除了咬牙跺腳外，也只有無法言說的點點心疼罷了。

薛訥一邊翻看著，合握的手心裡露出半截略略焦糊的紅色絲帶，正是別院燒毀那日，樊寧落在廢墟之中的。這半年來，他一直貼身收著，好似再艱難的案子也有了奔頭，整個人充滿了動力。

樊寧的書信不長，除了嗔怪外，還有幾句叮囑擔心，薛訥反反復復看了幾遍，看到她最後寫著「餘下諸事，由殿下闡明」，才想起還有李弘的信沒看，忙拉過另外一張，在食盒的掩映下細細看了起來。

「安定公主？」看到李弘所述，薛訥眉頭緊蹙，沒想到等閒平地起波瀾，又出事端，不單牽連著樊寧，甚至還勾連著大唐社稷，他略略思忖，正要想辦法提醒李弘不要被高敏所說牽著鼻子走，畢竟此人究竟是否受天皇所托，背後有何目的皆不明朗。

薛訥對著這一籠屜的食物，正想辦法如何在沒有紙筆的情況下暗示李弘時，便聽高敏的聲音從牢外的走廊裡響起：「看來薛明府正忙著，高某……似是來的不是時候啊？」

第三十八章　太昊天典

薛訥沒想到高敏會來，忙在食籃的掩蓋下，悄然將寫著信的絹紗重新塞了回去，應道：「高主事怎的來了，可是要提審薛某？」

「薛明府說笑了，」高敏蹲在牢獄外，咧嘴一笑，露出一口白牙，在黝黑的面龐上對比分明，「薛明府是平陽郡公嫡長子，羈押你又是天皇之命，沒有詔書哪有人敢提審？至於高某，就更夠不上格了……」

「那今日高主事來，可是有何見教？」

高敏用手掃了掃地面上的灰，盤腿坐下，像是熟識的朋友一般，長吁短嘆幾聲，絮絮說道：「薛明府千萬別生高某的氣，高某也不知道，那御史為何當庭會把羈押你的文書遞與我，許是看我站得最近吧。高某身為刑部主事，怎會看不出弘文館別院案的紕漏，也一直明白，薛明府一定能查明真相。但高某人受人之托，忠人之事，彼時必須與你狡賴才可。身為刑部主事，多年學習明法科，要顛倒黑白，指鹿為馬，心中如何不痛？但茲事體大，高某人微言輕，不得不從大局出發……薛明府現下或許會怨怪高某，待到水落石出那日，薛明府定會體諒高某的苦衷了……」

高敏說話像是打啞謎，車軲轆繞彎彎，不知所云。薛訥搞不清高敏是怕自己誤會真心前來解釋，還是別有圖謀，橫豎他最擅長裝傻，忙解釋道：「高兄這是哪裡的話，此事乃天皇聖斷，薛某若是有怨言，豈不成了對天皇不敬？又怎會怨怪同僚，心生怨懟。相信聖人自有公斷，高主事實在不必想太多，倒像是薛某不明事理了……」

見薛訥並無芥蒂，高敏舒了口氣，臉上有了笑意，又成了那日在輞川林中初見的那個瀟灑不羈的少年，而非先前胡攪蠻纏、只知詭辯的刑部主事。「那我便放心了，薛明府好好用飯吧。若有吩咐，隨時讓獄卒傳話與我，不管是去府裡拿物件，還是有什麼吃的、用的需要買，隨時招呼就是了。」說罷，高敏抱拳一禮，起身拍拍灰土，走出了刑部大牢。

隨著牢門「咯答」一聲響，薛訥方卸了氣力，手握著那兩張信絹，陷入了沉思。一直以來他都有一些隱隱的疑慮，弘文館別院案的幕後主使，真的是那個不通中原文化的胡人嗎？能夠想到借助法門寺僧人上門搬運經書，將一個大活人運進來，假扮守衛長，還用到錫鏡、芒硝等物焚毀別院、栽贓樊寧，史元年當真計畫這般周全？更何況，如此大費周章，難道僅僅是為了盜取《推背圖》嗎？

在此之前，薛訥將全部精力都用在了替樊寧申冤上，並沒有考慮背後的陰謀，現下他堪堪偵破此案，便因所謂窩藏欽犯而身陷囹圄，時機是否過分湊巧了？

薛訥思索著，腦中忽然蹦出一個想法——若是……若是有幕後黑手在執掌乾坤，一切的一切皆是沖著樊寧可能是安定公主來布局的話，所有事情便皆能說得通了。弘文館別院之案，以《推背圖》的失竊吸引眾人的注意力，但實際上想達到的目的便是將樊寧控制起來。

這一切會與天皇有關嗎？眼下二聖臨朝，武氏盛極，但他們的權勢皆是天皇給的，天皇若想找女兒，不必如此大費周折。那幕後之人究竟是誰？他的目的，應當是讓活生生的安定公主出現在天皇面前，坐實當年天皇構陷王皇后之事。難道幕後主謀是王氏家族中人？當年天皇廢后，王皇后被縊殺，家中族人也被流放至嶺南，改姓為「蟒」，難道會有漏網之魚，混入刑部，釀出此案嗎？

難道……高敏與此事有關？薛訥細思後搖搖頭，雖說方才他的一席話有些刻意為自己脫罪的嫌疑，但的確如他所言，他只是一個小小的六品刑部主事，以他的年紀、出身，皆不可能瞭解天家祕密。難道是李乾祐？抑或是地位更高的人，比如賀蘭敏之之流，在暗中操縱刑部辦案？

薛訥想不真切，唯一可以確定的，便是刑部內一定能查出蛛絲馬跡。薛訥起身來回踱步，思量著如何將這調查方向告訴李弘，眼下自己被關在刑部不能自由出入，身邊亦沒有紙筆等物，能夠帶出去的，便唯有這食籃了。可手頭沒有刀筆，牢內連塊小石子都找不到，不然或許可以想辦法用石子在食籃底部劃上幾個字。

薛訥面對著食籃犯難，突然眼前一亮，他自嘲一笑，心想方法明明就在眼前，李弘早就替他籌謀得當，哪裡還需要費周折，上前拿起筷箸，放鬆地用起了飯來。

夜幕沉沉，李弘人在東宮書房，查閱著永徽初年的卷宗，見張順手捧著食盒而回，便立刻放下書卷：「慎言用過飯了？」

張順叉手回道：「回殿下，芥藍和涼拌三絲一動也沒動，胡餅、蒸糕和糖梨卻吃了個精光。殿下，這……」

李弘嘴上露出一絲不易察覺的笑容，他就知道，薛訥一定能夠看懂他的暗語。今日他給薛訥送的五樣菜，正是代表接下來調查的五個不同的方向，胡餅代表史元年，蒸糕代表高敏，糖梨代表李乾祐，芥藍代表賀蘭敏之，涼拌三絲代表武三思。薛訥將前三樣吃了個乾淨，正是代表暫時擱置後兩人，先將調查方向鎖定在李乾祐和高敏等人的刑部上。

「張順，差人把關於李乾祐以及刑部主事高敏的所有相關記檔都抄來，另外，命眼線彙報近日刑部的所有情況，尤其是這兩個人的，任何細節都不容錯過。」

「是。」張順領命，轉身欲走，又想起方從薛旺哪裡得到的消息，忍笑道，「殿下，楚玉郎君使壞的事，被柳夫人知道了。聽說柳夫人氣急，要讓楚玉郎君去刑部認罪，稱自己眼花看錯，冤枉了薛郎……楚玉郎君殺豬似的哭號不肯，現下正跪在佛堂思過呢。」

「哦？」李弘聽聞此訊，挑眉一笑，似是十足痛快，「攀誣構陷親眷，至少也要杖刑五十吧？且等看看薛楚玉去不去刑部領罰，若是不去，待父皇赦免慎言的詔書到了，便讓刑部捉他過去。」

隨後數日間，薛旺每日皆會提著食籃，去刑部給薛訥送飯，每一次食盒內的墊布，皆以淡黃色密密麻麻抄著李、高兩人的資料。

薛訥天資聰穎，過目不忘，吃個飯的工夫，便能將內容記下，然後靜心思索可疑之處。

偶爾想明白了，便會驀地從榻上坐起，甚至夢中也會靈光突現驚醒，隨後便一宿無眠。

這般身陷囹圄對旁人而言或許是煉獄，對於薛訥而言，倒成了靜心思考的好地方。若說有什麼人和事物能在薛訥思考案情之餘占據他的腦海，便非樊寧莫屬。

高敏的話他並未全信，但要說絲毫沒有懷疑過樊寧可能會是公主，那自然是假話。去歲法門寺歸來之時，李弘曾命他暗中留心安定公主案，對此他當然早有思考。薛訥曾做過城門郎，只要差人到城門局的舊檔裡查一查，便能查到安定公主薨逝時進出宮的名單，李淳風赫然在列。那年洪水氾濫，沖入京中，李淳風又那般巧合地收養了兩個女嬰；那日賀蘭敏之大醉，在平康坊鬧事撞見樊寧，脫口便喚「敏月」；如今弘文館別院案已經告破，李淳風卻仍未回來……這一切的一切，似乎皆在指向樊寧就是天皇、天后的長女，李弘的胞妹。

與破旁的案子不同，薛訥此時全然沒有謎底揭開的快感，只有說不盡的擔憂。他真的很怕，怕這一切會讓那個無憂無慮的爛漫少女從此背上過重的包袱，也令她成為朝堂風暴的中心，無法全身而退，落得遍體鱗傷。

不論是何出身，在他心裡，她永遠是那個紮著總角、伸出胖乎乎小手牽著他遊走終南山的小姑娘。他知道、理解，並疼惜她那顆充斥著正義感的赤子之心，便是死，也不允許任何人傷到她分毫。

此案牽扯甚廣，遠遠超過了一宗尋常案件，但薛訥知道，一切的關鍵仍是解開圍繞著安定公主的全部真相。只消在最短的時間內將這迷局解開，便能保護他心愛之人，守護大唐的萬里河山。

雨夜的長安城，某間不起眼的民宅中，身材魁梧的史元年正在榻上同一名胡人女子纏綿，那女子不是別人，正是西市胡裝店的女店主阿娜爾。

史元年撩著阿娜爾的長髮，撐頭問道：「妳來這一路，未被跟蹤吧？」

「放心，我已讓與我形貌相似的女子穿上同樣的蓑衣幫我引開那些狼狗，這會他們恐怕正冒著雨在偌大的長安城各處亂竄呢。加上這雨下得這麼急，若有腳印也都沖跑了。」

「作證的事，他們未有為難妳吧？」史元年又問。

阿娜爾搖了搖頭，笑著攀上史元年強壯的臂膀：「怎的今天你倒這般關心起我來？該不會是分別了幾日，就想我了？」

史元年擋開阿娜爾的手，從榻上坐起來，冷道：「莫要渾說。唐人一向狡詐，保不齊是在放長線釣大魚，妳還是謹慎些行事，切忌一時不慎毀了大計。」

說著，史元年抬手摸摸自己肩頭的綁帶，那是他與風影爭鬥時，被一劍刺出的傷口。那日他與風影打得不相上下，若非風影踏到一片未鋪牢的破瓦，一腳踩空，他也不能將風影打傷，僥倖逃脫。

阿娜爾看著史元年陰沉的表情，刻意抬手戳了戳他腰部的癢穴，笑道：「你莫要太勉強自己，要我說，咱們也早該脫離那些唐人的管束，做我們自己該做的事了，何不故意拋出些線索來，讓他們去追查那些唐人，自己人狗咬狗一嘴毛，豈不痛快！」

史元年陰險一笑道：「誰說我在服從那唐人的管束？我史元年從未忘記父祖輩與唐軍作戰時遭受的屈辱，那些唐人不過是我建元新朝路上的墊腳石罷了，只是眼下還不是時候，等我依照《推背圖》上的預言那般，完成我的復仇計畫，讓中原人哭爹喊娘，讓大唐陷入混亂，我們便一起回到吐谷渾去，我來當新的可汗，妳就做我的閼氏。」

史元年說著，撫了撫阿娜爾的臉兒，惹得她嬌嗔嬌笑連連，好一陣方彌散在了雨夜中。

二聖遠在神都洛陽，故而李弘雖被撤去監國之權，長安城中的大小事宜仍接由他負責，這幾日滿城通緝圍捕史元年，李弘需排兵布陣，終日不得閒暇，回到東宮往往已是夜半三更，難與紅蓮相見。

是夜小雨，料峭春寒吹走了暮春暖意，方換了春服的東宮守衛立在寒風裡，嘖噓連連。李弘御馬而回，匆匆通過嘉福、崇明、嘉德、崇教四道大門，下馬問迎上前來的女官道：「今日娘子如何？」

「回殿下，已照吩咐準備了娘子喜愛的吃食，進得比昨日略多些。」

紅蓮性情柔婉，李弘總怕她待在東宮會被人欺負，故而每日都要問上一問，今日他又追問一句：「樊寧呢？」

「呃，她才去前殿，便與其他女官爭執，奴婢正不知該如何懲處，還請殿下明示。」

「懲處？」李弘腳步一頓，密密的雨絲落在他金貴的斜紋綢緞衣袍上，俶爾積作小小的水珠，令他整個人看起來疏冷了幾分，「本宮不是與妳說了，不必給她派活計，讓她自在玩就是了，怎的還搞出懲處來了？」

那女官將身子躬得極低，誠惶誠恐道：「是……奴婢有過，只是先前殿下也說過，尋常待她，奴婢有些把握不好分寸。」

李弘想了想，此事也確實怪不得那女官，樊寧不比紅蓮，本身就不服管，旁人又哪裡束縛得了她。「罷了，妳把她發去紅蓮那裡，不必再拴管著她了。」

紅蓮身分未明，來東宮吃穿度用皆走的外賬，也沒有配宮人，現下要讓這樊寧直接去她那裡，這女官顯然有些為難，但既然是李弘的吩咐，自然有他兜底，女官躬身一應，駐了步，目送著李弘向深宮後院走去。

夜已深了，萬籟俱寂，唯餘簌簌的落雨聲，裝點著這個寒涼的時節，李弘沒有回寢殿，而是去了紅蓮暫住的宜春院。想來她應當已經睡了，但多日未見，實在很是思念，哪怕只能看看她的睡顏亦是好的。

李弘趨步而往，到了宜春院外，只聽得一陣淙淙琵琶聲，嫻熟且飽含情思，自是出自紅蓮之手。

原來她還沒有睡，聽曲中意，應當也正思念著自己。李弘立在簷下聽了一陣，方推門走了進去。

聽到門響，琵琶聲即刻停了，紅蓮回過身，看到李弘，既驚又喜：「殿下來了！」

「這幾日回來得晚，以為妳睡了。」李弘渾身濕漉漉的，沒有往紅蓮身前湊，拉了個草團坐下，溫和笑道，「住在這裡不大習慣吧？院子太小，聽說妳也不怎麼出……」

話未說完，紅蓮忽然屈身上前，解了他的衣帶，惹得李弘身子一震，一時失語，卻見紅蓮赧然笑道：「殿下的衣裳都濕了，穿著怕惹風寒，那邊的爐火還沒滅，我拿去給殿下烘一烘。」

李弘訕笑一應，由著紅蓮幫他褪了衣衫，拿去火爐旁烘烤，他略略背過身，竭力控制住神色，生怕紅蓮以為他也是賀蘭敏之那樣的登徒子。

即便尊貴如皇太子，亦只是個凡人，面對自己心愛之人，又哪裡會沒有七情六欲。

紅蓮走回他身側坐下，輕道：「那日殿下曾說，寧兒很像天后，卻不是在外貌，我一直很好奇，又是何處與天后相像呢？」

「眼下不能告訴妳。」李弘望著紅蓮的絕色姿容，孩子氣般開玩笑道，「等妳嫁進來，見了母后，自己看看就知道了。」

簾外是潺潺的雨，李弘輕輕攬著紅蓮，耳鬢廝磨，親密無間。賀蘭敏之縱惡劣至極，卻讓他們再也不逃避己心，終於要邁出最要緊的一步。

正旖旎溫存之際，張順在院外顫抖地喚道：「殿下……殿下，那個掌管皇嗣出生記錄的女官找到了，在、在書房候著呢……」

茲事體大，李弘不得不別了紅蓮，隨張順冒雨趕往書房，只見一白頭宮女立在階下等候，而桌案上，則擺著一本造型獨特的小冊子。

李弘方坐定，便焦急問道：「這位女史，看年紀，應當已在宮中服侍多年了吧？這冊子可是妳記錄的？」

女史畢恭畢敬回道：「回殿下，奴婢在宮中時日不短，可只管收典，不管記錄。此書乃是張侍衛命奴婢查找記檔時，在尚宮六局無意發現的。先前奴婢也只是聽聞局中有此書，還加了密，密文取自《太昊天書》，用以記載本朝宮中出生皇嗣的生辰八字、體貌體征等，但究竟如何解，實在是不知……」

李弘略一頷首，大致翻看了幾下，只見那冊子上寫的雖然都是漢字，卻不知所云，唯有開頭的第一頁上寫著兩首詩句能夠讀懂：

明月照崇山，才子思人還。西境清平東風暖，苦痛不過亡蘭。
蒼雲鳥盤桓，萬里孤舟斷。休言世事轉頭空，且放白鹿崖棧。
春雨林旁行來，湖波漆色暗流。大雪微醺分別，老僧對兒珍重。
俄而乾坤突轉，裘破寒意闌珊。驚鴻恨無覓處，簾外桃花猶綻。

李弘看罷，一臉茫然，沒想到白紙黑字竟也讀不明澈，這詩究竟是何意思，這書記載中果然有安定之事嗎？

第三十九章　金風玉露

觀音寺的地宮內，二十四個坐墊空出一個，正是薛楚玉的位置。其餘的二十三名教徒圍成一個大圓圈，競相取笑著薛楚玉被打五十大板的慘狀。

「沒想到那薛小郎君那麼沒骨氣，上次站出來要指證他兄長時我還高看他一眼呢。」

「是啊，才幾板子就立馬改口了，哭號哀求行刑的獄卒手下留情。薛仁貴要是知道自己的兒子都這麼不爭氣，怕是要氣暈過去。」

「不過要說這薛仁貴的長子雖然生了個小白臉，一副靠女人吃飯的模樣，腦瓜子倒還挺好使的。只是如今身在獄中，怕也翻不起什麼風浪了。」

「是啊，流放三千里，得到嶺南了吧？還是磧西？」

頭戴「趙」字面具的會主聽著眾人的議論，招招手，示意身邊戴「萊」字的人偏過頭來。耳語幾句後，「萊」字面具之人便起身拍拍手，對眾人道：「今日會主有私訓，手裡拿到訓誡令的留下，沒有拿到的，就此散了吧。」

眾人聞言，皆不敢稍做停頓，紛紛起身離開了。要知道所謂私訓，要麼是會主有重要的事需小範圍商議，要麼就是會主要私下訓斥某名會徒，總之都不是小事。四下裡一下變得空曠了起來，唯剩「趙」、「萊」、「河」、「鄭」四人留在當場。

聽到入口處的密道傳來一聲關閉的悶響，頭戴「趙」字面具的會主站起身，緩緩行至頭戴「河」字面具之人身後，猛地飛起一腳，踹在那人背上。那人立即向前撲倒，連面具都飛了出去。待那人抬起頭來，露出齜牙咧嘴、痛苦非常的表情，不是史元年是誰。

「波黎！」頭戴「鄭」字面具之人輕喚一聲，竟是個女子的聲音，見史元年受傷，她顧不得會主的淫威，上前跪在他身側。

「那天晚上，我命你親自去將樊寧擒回來，你為何不去？」會主冷聲問道，雖刻意壓著嗓子，但他的聲音聽起來仍不夠成熟老到。

史元年咬緊牙關，顫著唇，似是氣惱又不服，不作回答。

會主冷哼一聲，從袖籠中掏出備好的皮鞭，使了十二分的力氣打在史元年的背上，邊抽邊罵：「這兩年你真是出息了，竟然屢屢不尊我的命令。鳳翔客棧讓你務必親自去動手你不聽，結果放跑了薛慎言；第一次庭審過後讓你莫要著急去找別院那個老頭你不聽，結果被薛慎言逮了個正著；今日我要你親自去將樊寧擒回來，你居然找人雇了殺手，還放跑了她。你屢屢剛愎自用，壞我大計，是可忍，孰不可忍！別忘了當年你流落長安街頭，與五坊小兒鬥毆差點沒了命，是誰把你從垃圾堆裡扒出來救活，又是誰給你的錢，要來了官府牒文，給你和這胡人毛丫頭在西市置了個店鋪，讓你們有了安身立命之地！如今覺得自己翅膀硬了？可以不聽使喚了？真是人如其名，忘恩負義的中山狼啊！」

鞭子一下下抽在史元年身上，打得他皮開肉綻、血肉模糊，但他始終只是咬牙忍著，既沒有為自己辯白，亦沒有反抗求饒。

那頭戴「鄭」字面具的女子正是阿娜爾，她護著史元年之際也掉了面具，不住叩首，連連哭求道：「求求你，不要再打了，我們知道錯了……」

可那會主未有憐香惜玉之意，直至自己抽打累了，才終於停下鞭子：「我知道你們來長安的目的，『小不忍則亂大謀』這句話，你們學得很好。但你們都給我記住，沒有我，你們連個屁也不算！今後，不論我說什麼，你們都得照做，否則莫怪我翻臉不認人，把你們交與官府，讓你們這些烏七八糟的黨羽全部身首異處！滾！」

說罷，會主又照著史元年的背後狠踹了一腳，恰恰踹在皮開肉綻最嚴重的地方，疼得史元年幾乎昏死。阿娜爾忙上前扶起史元年，攙著他快步逃離。

「萊」字面具之人來到會主身側，躬身問道：「眼下樊寧有很大的可能是在太子李弘處，不知道接下來會主如何打算。」

那會主轉過身來，不慌不忙道：「刑部控不住那丫頭，早在意料之中，但聖人思女心切，絕不會放置不管。如今洛陽那邊都已布置妥當，樊寧由誰帶往洛陽，都不會影響我的計畫，只是便宜了薛訥那小子罷了。等到了洛陽，我們便依之前定好的計畫一般，將人證、物證一齊帶到聖人那裡去。只要令聖人信服了，那個姓武的女人絕對逃不脫大禍臨頭！」說罷，他冷哼一聲，拂袖而去，未再多作停留。

「會主英明！」「萊」字面具的人在他身後躬身作揖，畢恭畢敬目送會主走出了地宮。

空蕩的通道內，迴盪著會主漸漸遠去的高吟聲：「參遍空王色相空，一朝重入帝王宮。遺枝撥盡根猶在，喔喔晨雞孰是雄……」

時光匆匆，從被收押到今日，已有十五、六天的光景。是日一早，薛訥方從夢中醒來，便聽得外面傳來解開鎖鏈的響動。一個內官模樣略顯纖細的男聲說著「有勞」，而後便聽一陣腳步聲不緊不慢地漸漸迫近。

此處一向昏聵，及至眼前，薛訥方才看清，是一位慈眉善目的御史，應當也是在二聖面前當差，特意來此，估計是又有新的聖諭下來。

薛訥忙起身，跪下叩拜，只聽那御史操著純正的洛陽官話，琅琅道：「宣聖人諭：前番關押薛慎言，是為懲戒，聽聞已破弘文館大案，朕心甚慰。且宮中祕案尚未偵破，著恢復薛慎言自由身，官復原職，限期一月查明案情，將事主帶至御前。奉敕依奏。」

「謝聖人恩典！」薛訥再拜稽首。

待御史離去，高敏笑咪咪地走至牢門前，拿出鑰匙，打開了牢房大門：「薛明府，恭喜啊！能夠得到聖人垂青，前途不可限量。高某有幸相識，他日高升，莫忘你我相交一場，多多提攜高某啊。」

今日高敏又恢復了那日在輞川初見時那副模樣，爽朗陽光，一點也沒有前幾日咄咄逼人、胡攪蠻纏的樣子，薛訥搞不清哪一副究竟才是此人真性情，回禮道：「高兄哪裡的話，真是折殺薛某了。」

換上常服，出了刑部大門，薛訥一時不知該往何處走。他的馬不知讓人弄到哪裡去了，薛旺那渾小子也沒有來接他。是走路回平康坊，回去看剛挨了杖刑的薛楚玉？還是索性去東西市找個來城裡販柴的老漢，搭便車回藍田去？正在兩下權衡之際，薛訥聽到有人遠遠喚著：「薛郎！薛郎！」

薛訥偏頭一看，站在巷口的竟是張順，他牽著一駕馬車，顯然是來接自己的。本想著李弘尚在閉門思過期間，為不給他招惹麻煩，還是書信往來的好，沒想到他一點也沒有避嫌的意思。

薛訥迎上前去，仍有些不放心：「殿下還在思過，你就這般堂而皇之地來接我，會不會……」

張順接過薛訥的包袱，不由分說催他上車：「薛郎不必想那麼多，殿下說了，此時避嫌才惹人可疑，快上車吧！」

說不想去東宮，自然是假的，到了東宮，就可以與樊寧相見了，薛訥俊俏的臉兒從額角紅到脖根，心裡的歡愉卻陡增，立即掀簾上了車。

哪知還未坐穩，便被人一把拉住，薛訥定睛一看，車上坐著一個身著女官服制的襦裙少女，正是樊寧。

薛訥還未回過神，樊寧便在他精瘦的腰上擰了一把，嗔道：「讓你充英雄豪俠，牢可坐過癮了？」

細細算來，打從那次在藍田的分別，已有近一個月的時間未能與她這般面對面說話，終得再度相見，薛訥已全然感受不到身上的痛楚，只顧望著樊寧，眼底滿是無限的眷戀。

樊寧亦是眼眶發酸，卻羞於承認自己的心意，見薛訥望著自己，桃花靨上登時泛起了紅暈，心突突跳個不停。

忽然間，行進中的馬車車輪卡上了道上的一塊知情識趣的小石頭，顛得車廂猛地一晃。樊寧為了給薛訥騰位還未坐穩，這一晃不打緊，令她失去重心，整個人生生跌進了薛訥懷裡。

「妳、妳沒事吧？」薛訥感受到懷裡那團瘦小溫暖的人兒，羞得差點打磕巴，但他更擔心樊寧，忙去扶她。豈料想馬車又一顛，俯仰間薛訥垂首樊寧抬眼，他的薄唇竟不偏不倚蹭上了她櫻紅的小嘴。

一瞬間，車內的氣氛變得尷尬起來，兩人意識到發生了什麼，觸電般後退一步，心虛地坐在距離對方最遠的對角上，故意偏頭不看對方，望向窗外。車廂裡彌散著咚咚的心跳聲，他們卻辨不出究竟是自己的還是對方的，窘迫十足。

過了好一陣，樊寧壓下心頭的尷尬，沒話找話道：「坐……坐了這麼多天牢，也不見你髒了臭了，可是那高主事也帶你洗澡去了？」

「洗什麼？」薛訥似是聽出了什麼不得了的意味，眉頭一跳，「高敏帶妳沐浴去了？」

這話說了還不如不說，樊寧羞得幾乎要鑽進地縫裡去，然而已經說出去的話不能收回，她強作鎮定道：「啊……啊，是啊，殿下信裡沒與你說嗎？他帶我去了李乾祐那騷狐狸的私宅，又讓我洗澡，又給我吃東西，還給我梳頭換了女裝……不對，是丫鬟給我換的。反正就是那時候，他篤定說我是安定公主的。」

薛訥聽這話，哪裡顧得上什麼狐狸黃鼠狼、公主主事的，只覺得滿心酸悶不是滋味。沒想到自己忙於查案之際，高敏那小子竟敢趁機接近樊寧，還生出這許許多多的事端來。薛訥一向不愛與人爭鋒，面對胞弟步步緊逼，他也只是忍讓退卻，但這世上有三件事他誓死不退，一是案件真相，二是沙場勝敗，三便是樊寧。

他也顧不得樊寧是否會覺得他小性，說道：「高敏惹人生疑，妳莫要與他多來往……」

樊寧一拊掌，似是對他的話頗為贊同：「是吧？我也這麼覺得，他嘴裡就沒一句實話。那日我無罪釋放，他還想把我帶回去，我拒絕了，誰知當夜回到觀裡，便遇到了刺客追殺……」

「追殺？」薛訥一怔，「誰追殺妳？可有辨明身分？」

樊寧努努嘴，神色頗為委屈，小聲道：「聽太子說，是右衛將軍武三思的人，可能是武后派來的。」

即使薛訥對於情感再愚鈍，他也一眼看出了樊寧眼底泛出的畏懼與困惑。從小長在道觀，她早已習慣了沒有爹娘疼愛，但又如何會不嚮往。

一朝被告知身世，面對的卻是來父母至親的殺意，莫說是樊寧，天下又有誰人受得了？薛訥思緒回到那日藍田縣衙的牢獄中，她曾問「薛郎會不會也有許多話想對我說」，他是多麼希望此時自己能夠成為她的避風港，告訴她此生有他，不必害怕。

但在這行走的馬車上，充耳盡是夾道小販的叫賣聲，商討終身大事，實在太不合時宜。薛訥猶豫著，正不知該如何寬解她，便見樊寧一臉淒然嘆道：「真想見見師父，問問他當年究竟是怎麼回事，我到底是不是從武后那裡抱來的。但比起這些，我更害怕他出事……」

「前幾日李師父還給我傳過信，就是第二次庭辯前，寫著『煢煢孑立，形影相弔』，我這才想起去查田六的底細。依我看，李師父沒事，只是不便現身，妳不必太擔心。」

「真的嗎？」樊寧睜圓了眼睛，眨眨長睫，十足可愛，旋即轉作一臉嫌棄，「我看這老頭真是越發皮癢了，只顧自己逍遙，扔下這麼大個爛攤子給我們。」

薛訥聞言笑道：「別這麼說，興許李師父真有什麼難言之隱。」

說話間，馬車駛入了東宮，過了兩道門後，薛訥與樊寧下了車，徒步走向李弘書房。見薛訥一切如故，李弘放下心來，對樊寧道：「庖廚開始做飯了，好似有才烤出來的羊肉和胡餅。」

樊寧知道李弘有話單獨與薛訥說，雀躍一聲，頭也不回地往庖廚去了。

待樊寧走遠，薛訥拱手道：「這些時日，多謝殿下照顧她。」

「謔，你倒是謝起我來了。她多半可能是我妹妹，你不僅數度救她，還令她沉冤昭雪，本宮謝你還來不及。說罷，想要什麼恩典，但凡本宮能給的，儘管提出來，不必客氣。」

薛訥笑回道：「臣不敢，樊寧本就是臣的總角之好，與她的身世無關。查明真相，不致冤屈，亦是臣當日給殿下的承諾，不求任何恩典。」

「幾日不見，你倒變得牙尖嘴利了不少，難道與那高主事辯論，還讓我們慎言把自己唯一的缺憾給補上了不成？說罷，可有什麼新發現，也算不白讓崇文館的校書郎在食籃墊布上抄了十幾日的案牘。」

說到案情，薛訥立馬正了神色：「殿下，臣懷疑高主事年幼時當過逃籍。」

「哦？」李弘饒有興趣地望著薛訥，「何出此言？」

「高主事自稱是洛陽人，父母早亡，從小寄養在長安的姑母家。根據高主事的手實，他父名叫高青，母為賴氏，可他與我說話時，絲毫不避父母之諱，稱聖人降詔為『垂青於我』，又說此前乃是不得已才與我『狡賴』。可見，此二人絕非他的生身父母，其生身父母另有其人。此外，臣閱遍高家的族譜，發覺其起名有規律，凡是與其父同輩者，名中皆帶『月』，如伯父『高朧』、從父『高朦』。而與高主事同輩者，名字裡都帶『日』，如他堂弟叫高曉，從弟叫高明，唯有高主事名中不帶『日』。高主事移籍高家時，他那兩個族中子弟還未降生，想必一時疏忽，便沒有去問家族是否有固定的起名之法。故而臣以為，所謂的父母早亡，從小寄養在姑媽家，只不過是對他幼年逃籍的掩飾罷了。從手實上的記載來看，高青與賴氏死於顯慶三年的一場火災中，故而高主事的籍貫遷移至長安應當發生於顯慶三年之後，殿下只需差人查查顯慶三年後發生的抄家案，定當有所收穫。」

「那依你之見，是否要將高主事收監？」

「那倒不必，刑部雖有古怪，高主事卻未必是幕後主使，真凶必定來自名門望族，且有可能與王皇后有關聯。貿然動手，可能會打草驚蛇，使幕後主使逍遙法外。臣以為，不如先派人盯著高主事和刑部的一舉一動，靜觀其變，幕後主使定還會有所行動。」

「好！本宮就知道，你定會對得起我每天為你準備的牢飯。」李弘玩笑著，旋即又覺得不大中聽，岔話道，「對了，我這裡還有個東西，想要你幫我看看，或許看了這個，你就會知道那丫頭到底是不是本宮的親妹妹了。」

說著，李弘遞上那本造型奇特的小冊，薛訥雙手接過，定睛一看，上面四六八句地寫著些詩文，有的押韻，有的不押韻，平仄也不大符合要求，而書中其餘部分均抄著密密麻麻的漢字，意思卻不知所云，倒像是拿來練字胡亂寫就的字帖一般。他看了好一陣，茫然問李弘道：「殿下，這裡哪有什麼關於樊寧的記載？」

「本宮要問你，你倒問起我來了。」李弘笑得無奈，抬手揉揉眉心，神思疲倦，「此書是記載皇嗣出生時體貌特徵的，據說是用什麼《太昊天書》編成，但本宮問了樊寧，她卻說與《太昊天書》毫無瓜葛。不過據樊寧所說，她無任何胎記，想來這書中記與不記，也說明不了什麼了吧。」

「她有胎記，在背後蝴蝶骨下，自己看不見。」薛訥仍忖著書裡的話，想也不想回道。

李弘一怔，不自覺站起了身來：「她自己都不知道，你怎的知道？」

薛訥回過神，自覺不妥，訕笑答道：「小時候一起洗過澡……」

李弘盯著薛訥那張英俊又誠實的面龐，好似仍有些不信，斟酌著用詞問道：「長大後，你沒對她做什麼奇怪的事吧？」

「什麼奇怪的事？」薛訥茫然更甚，全然聽不懂李弘的暗示。

「哎，就是……就是兩人光著身子……」李弘一時語塞，實在不知該如何描述。

薛訥一臉誠摯，好似真的不懂，回道：「兩個人都光著倒是沒有過，要說我一個人光著的時候倒是有過……」

聞聽此言，李弘臉黑得像是抹了積碳，可薛訥看不出，只娓娓將弘文館別院案發那一日，自己在房中更衣時，發現樊寧躲在櫃中的事交代出來。那一日他確實赤條條的，只穿了褻褲來著。

李弘聽罷傻了眼，恨也不是，笑也不是，撐頭半晌無語，守在門外的張順更是憋笑得難受。過了好半晌，李弘方說道：「這件事真是攪擾得本宮一個頭、兩個大。前幾日，本宮本想著去信往洛陽，問一問父皇，究竟有沒有讓李乾祐與高敏暗查安定之事。但聽聞這兩日父皇頭風又犯，本宮擔心這信箋送往洛陽，被母后看到……本宮雖不相信母后會做那樣的事，但為大局計，還是不得不有所防範。如此一來，線索只能從此文書中下手，這書便放在你那裡，這幾日好好想想吧。」

「殿下放心，臣這兩日回藍田便靜心研究，早日給殿下一個交代。另外……殿下，今日的詔書，聖人讓臣帶樊寧去洛陽。」

「什麼？」李弘極為驚詫，看來對此毫不知情，「可有寫什麼時候讓你動身？」

「不曾，只是說一個月之內，臣想著召見之事，可否先別告訴她。她剛歷經大案，又被人追殺，一路走來，可謂身心俱疲，待臣查明真相後，再告知她不遲。」

薛訥對樊寧的保護意味分明，李弘頷首道：「不用你說，本宮也會護著安定。這事演變至今，未來會往何處走向，本宮也看不明晰。慎言，此案牽連甚廣，身上所繫何等重擔，你心裡明白，不必本宮多說。不論何事，只消你開口，本宮都會竭盡所能助你……另外，你那要死的弟弟前兩日聽到風聲，自知躲不過，去刑部認罪，稱跟風攀誣了你，被打了五十大棍。昨日本宮命張順去看過他了，還是那副委委屈屈、賴賴唧唧的樣子，平陽郡公府你先不必回，免得節外生枝，用了飯，本宮讓陶沐來接你，直接回藍田吧。」

薛訥拱手領命，還沒應聲便被樊寧先聲奪人：「我也去！」

眼看著是已經去庖廚打劫過，樊寧大步走來，兩手各拿一張胡餅，左右開弓吃得正香，吃相不大好看。李弘知道她自小跟著李淳風，饑一頓、飽一頓，看到此情此景更覺得心疼，哄小孩般說道：「藍田路遠，又沒有宮裡的好吃食，去那裡幹什麼？還是待在此處吧，還能與紅蓮就個伴兒。」

「我不要，我要跟薛郎回藍田。」樊寧將李弘的話全然當作耳旁風，「這裡好是好，但也太拘束了，我想回藍田去，離觀星觀也近，難得自在。」

聽到樊寧說要跟自己一起走，薛訥十分欣喜，應道：「藍田的院子，我一直讓陶沐收拾著，回去……」

「不行！」李弘反對道，「你兩個再要好，也都是老大不小了，正值婚齡，孤男寡女住在一處像什麼樣子？」

「那殿下和紅蓮姐姐呢？不也是孤男寡女待在一處？再者說，當初不是殿下讓我速速與薛郎去藍田，怎的現下又不許了？」

李弘被樊寧嗆得說不出話，但事實如此，當初在他眼裡，薛訥與樊寧是俊俏老實的貴公子與妖豔蠻橫的瘋丫頭，現下卻變成了覬覦自己妹妹多年的壞小子和不諳世事、單純爛漫的小姑娘。

李弘也說不出為何心理上會有這樣大的變化，又不能宣之於口，打著官腔背手道：「妳可是本案最要緊的人證，本宮不許妳離開此處半步，否則若真的出了什麼事……」

「我也是為了辦案啊！」樊寧靈機一動，說道，「很多事情的細節，我都還未來得及與薛御史詳細說明，肯定會影響破案的。」

李弘怎會看不出這兩人眼底的濃情蜜意，此時此刻他覺得一點也不像個皇太子，而是像拆開牛郎織女的王母。但即便如此也不能心軟，要是當真放了樊寧去，這兩人一時興起，自己妹妹再吃了虧可還了得。

樊寧性子野，強留怕是無用，李弘頗感受到身為兄長的不易，彷彿一下老了十來歲，他心靈福至，以退為進道：「一、兩日的時間，應當夠你們說了吧？張順，去把薛郎上次住的房間收拾出來，再去與藍田那邊說一聲，這兩日他們縣令要在長安辦案，過兩日辦完了，人就會還回去了。」

說罷，李弘不再理會樊寧的糾纏，一甩袖，逃也似的向後院走去。

第四十章　銀漢迢迢

從太子書房出來後，薛訥被張順引至上次歇息的崇文館廂房。雖然只是暫住，仍有宮人精心布置，不僅有臥房和盥沐之所，還有一間不小的書房，擺放著太宗李世民時期修撰的八部史書、《永徽律疏》全冊，其他還有一些仵作和俠盜野史之類的雜書，一看就是李弘特意為薛訥解悶準備的。除此外，亦有不少李淳風撰寫或編修的書，如《乙巳占》、《麟德曆》、《十部算經》等，想來是希望薛訥能參透這永徽年間遺留下的迷局，早日收拾了爛攤子。

說道解謎，薛訥想起方從李弘那裡拿的那密文冊，躺在榻上，頭枕玉枕，從懷中掏出翻看起來，打頭映入眼簾的還是那兩首詩：

明月照崇山，才子思人還。西境清平東風暖，苦痛不過亡蘭。
蒼雲鳥盤桓，萬里孤舟斷。休言世事轉頭空，且放白鹿崖棧。
春雨林旁行來，湖波漆色暗流。大雪微醺分別，老僧對兒珍重。
俄而乾坤突轉，裘破寒意闌珊。驚鴻恨無覓處，簾外桃花猶綻。

除此之外，從第二頁開始便全都不知所云，如「崖裘轉意雲裘闌空寒闌桓寒雲寒雲裘意空寒闌舟寒」等字，毫無邏輯，完全看不出說的是什麼。

這兩首詩提在扉頁上，那麼它們一定就是解開這密文的關鍵。可「明月」意味著什麼？是滿月之時嗎？「崇山」指的是哪裡？「才子」又是指誰？若說是宮中女官所寫，能想到的無非可能是其心上人之類。「西境」難道指的是安西都護府？自大將蘇定方平突厥之亂以來，大唐的西境確實「清平」了不少，可「東風暖」指的又是什麼呢？是讚美身在東都的二聖治國有方嗎？

薛訥搖搖頭，感覺這兩首詩似乎並不應該這樣解，可他一時又想不到別的解法。單看這詩寫得確實一般，完全比不上王勃、楊炯等人詩作的大氣磅礴，韻腳也押得亂七八糟，有的甚至完全沒有押上。宮中女官雖比不上那些大才子，但基本的文辭修飾還應當還是懂的，這些紕漏究竟是故意為之，還是能力所限，一時尚推斷不清。薛訥揩摸著旁側的《乙巳占》，心想若是李淳風看到這本小冊子，又會如何去解其中的關竅呢？

過了宵禁，長安城千家萬戶燈火漸熄，人間黯淡，顯得一輪明月格外奪目。

東宮裡，除了輪值的侍衛外，宮人侍婢都回到各自房中，剪燭花，聊閒話，而後便各自歇息了。

人定時分，一個瘦削的身影穿過重重哨卡，躍上了崇文館的最高處——藏書塔頂簷之上，在溶溶月色裡顯出了身形，乃是一個梳著反綰雙髻的絕色姑娘。

明月下，飛簷上，樊寧迎風佇立，左等右等不見人來，小臉兒上滿是失落，然而當她的視線掃至另一側的屋簷時，卻發現房檐邊上多了一雙緊扒的手。

樊寧一驚，忙走過去查看，果然見雙手扒著房檐吊在那處的不是別人，正是薛訥。

樊寧忙將薛訥拉上來，壓低嗓音哭笑不得問道：「你這呆子，怎的不吱聲啊？我若不來救你，你就打算一直在這掛著了嗎？」

薛訥面頰微紅，順了順心口的氣息，「我只學了騎射，哪裡有妳這翻牆弄瓦的本事……不過我就知道，妳會注意看我打的暗語，來這裡與我見面。」

原來，晌午分別時，薛訥趁李弘和張順不注意，將手背在身後，用五指暗語約了樊寧來此處，這才有了這短暫的相聚。

樊寧歡喜裡帶著兩分薄薄的惱意，嗔道：「殿下真是討厭，為何不讓我跟你去藍田？說什麼讓我在這裡陪紅蓮姐姐，他兩個在那裡宮商角徵羽的，我坐在那裡尷尬得很……你幫我好好跟殿下說說，就讓我跟你走吧！」

早知樊寧會抱怨，薛訥一笑，拿出絹帕，擦了擦足下的瓦礫，示意樊寧落座。

兩人並肩坐下，望著碩大皎潔的明月，兩顆心皆變得清澈而饜足。

過了好半晌，薛訥徐徐說道：「我何嘗不想帶妳回藍田去，可殿下的態度，可以說是難得一見地強硬，總不好違背他的旨意。」

一個多月未能相見，才見面便又要分別，樊寧如何肯依，腦瓜滴溜溜轉，搜腸刮肚地想對策：「不然後天早上你先走，在灞陵等我，我等午飯後侍衛都打瞌睡的時候溜出去，找你會合，如何？」

「東宮不比我家方便，守衛是極其嚴苛的，像張順等內衛，功夫只怕不遜於妳，若真交手不慎，將妳誤傷可如何了得？」

聽了這話，樊寧的小嘴噘得老高，不悅道：「你是不是不想我跟你回藍田去？怕我把那些黑衣人引去，把你這腦袋削掉了不成？」

「怎會……我巴、巴不得今日便帶妳走了。」薛訥明知樊寧是在刻意慪他，仍費心與她解釋，「殿下是擔心妳的安危，妳等我幾日，待我去雇幾個可靠的家丁，再來接妳。」

「現下外面亂得很，騷狐狸和高敏也想捉我去邀功，你雇的人焉知不是他們的細作？早知道天皇會這麼快放了你，我就應當在外面躲幾日，橫豎不該進東宮。」樊寧眉間蹙蹙，滿是懊惱，悔不當初。

薛訥看著樊寧這副可愛又可憐的模樣，眼底滿是寵溺，試探問道：「出了這樣多的事，殿下……好似已經視妳為親妹妹了。妳可有想過，若自己真的是安定公主，想不想……與天皇、天后相認，重新得回自己的身分？」

「不……」樊寧身子一蜷，似是淘氣頑皮的小孩探到了熱湯，懼怕極了，「這幾個月，我只想明白了一個道理，便是什麼都不如從前的日子。我生來只是樊寧，從來不想做什麼公主，若我真的是師父從宮裡抱出來的，他不如當初就不要管我，讓我自己死了乾淨。」

薛訥能體會樊寧的氣惱與無奈，見她低低垂著臉兒，抬手想撫一撫她的腦袋略做寬慰，踟躕兩下，又放了下來。

這樣的親暱無用，青梅竹馬、總角之好做了十餘年，他已經夠了，今日無論如何，也要求一求她心底的答案。

薛訥正猶豫著如何開口，又聽樊寧問道：「你呢……你希望我是安定公主嗎？」

「妳希望是，我便希望妳是；妳不希望，我便篤定妳不是。」薛訥的話聽起來沒什麼邏輯，卻透著幾分莫名的情愫，樊寧不覺看向他，但見他神情靦腆，目光卻沒有半分閃避，倒惹得她有些羞，低垂了眼簾。

星星點綴在夜空中，如同鑲在玄色綢緞上的寶石。兩人坐累了，索性仰面躺下，望著繁星，心裡滿是說不出的寧靜。

「真美啊，原來觀星觀外也能看到這麼好的夜色。」樊寧抬起纖細的手指，數起了天上的二十八星宿，絲毫沒有察覺在她身側的薛訥沒有看天上的星子，而是在目不轉睛地看著她的側顏。

「先前你說，待弘文館別院的案子完結，有話問我也有話要跟我說，你還記得嗎？」薛訥問樊寧道。

「啊？」樊寧一怔，縱在星空下，亦能看出她的小臉兒陡地紅了，裝傻道，「什麼時候……我怎的不記得了？」

「就是那日妳在縣衙自首，我隔著牢門看妳。妳說有話要問，也有話要說……今日我知無不言，言無不盡，有什麼疑問，妳只管問吧。」

樊寧只覺自己的小臉兒熱得燙手，口舌打結，完全發不出聲響。薛訥這傢伙也太壞了，平日裡看起來挺溫吞的一個人，此時竟這般單刀直入地問她。

樊寧不敢與薛訥相視，視線低垂，掃過他好看的唇，又想起上午在馬車上自己的嘴不慎親到了他，更是窘迫得一個字也說不出來。

那……算是親吻嗎？他為自己翻案，為自己坐牢，經過這樁樁件件，即便沒有李媛嫒的話，她也多少明白他的心意了。樊寧眼一閉、心一橫，才要擠出話，忽聽「砰」的一聲，四下裡不知何處傳來了鳴鑼之音，打破了長夜的寂靜，驚得薛訥與樊寧連忙坐起身。循聲望去，只見不知何處來的兩路士兵手持火把，自南、北兩面由遠及近，將東宮包抄，竟成逼宮之勢，從這簷頂上看得無比真切。

兩人對視一眼，沒說一句話，便一道躍下了屋簷，落到了塔樓最高層的露臺上，焦急向閣樓下跑，才轉過前廊，便與李弘一行撞了個正著。

李弘頭未配冠，想來應是已經歇下，聽到通傳匆匆趕來，看到薛訥與樊寧，他不由困惑：「深更半夜的，你們兩個怎的在一處？」

薛訥不會扯謊，樊寧忙道：「聽到響動，出來看看。殿下，門外來了好多兵！」

李弘來不及計較許多，低道：「是武三思的右衛軍，據說是來要人的……」

樊寧腳步一滯，心裡某個最不願意直面的疑惑似是就此落實，第一反應竟不是委屈流淚，而是自嘲地笑了起來。

果然是天后啊。上次觀星觀的人也是武三思派來的吧？那次取她性命未果，這一次竟直接逼到了東宮來。還特意選在這深更半夜裡避人耳目，顯然就是想殺李弘個措手不及，若說沒有他的姑母，當今天后的授權，又有誰會信呢？

李弘好似比樊寧更受打擊，連唇色也是蒼白的，但他依然惦記著寬慰樊寧：「莫要擔心，有我在，不會讓任何人傷到妳。」

「殿下，」張順匆匆跑來，氣喘吁吁道，「右衛軍將我東宮六率的營地圍住，堵住大門，又與門口禁軍發生衝突，已造成數名禁軍受傷。武將軍稱自己無心冒犯殿下，只是要緝拿冒充安定公主的嫌犯樊寧……」

「無心冒犯本宮？既是無心冒犯，為何漏夜率兵前來，還堵了我東宮六率的營地！簡直是早有預謀，其心當誅……」李弘說著，忽然扶額一頓，險些摔倒。

「殿下！」薛訥忙上前扶住李弘。

自高祖、太宗至天皇，李弘這一脈，皆有頭風之症，李弘年輕又勤於練習騎射，身子骨尚可，今日想是急怒攻心，突然發作了。但即便身子已搖搖欲墜，眼前昏花一片，腦中懵然，沒了思量的能力，他依然一把拉過樊寧，氣若游絲道：「安定，妳莫怕……十六年前，兄長什麼也不懂；但今日，我一定能護妳周全……」

樊寧本身對什麼血緣親情毫無感觸，甚至因為這些時日的遭遇心生抵觸，聽了李弘這話，卻鼻頭一酸，她忙壓制住，顫顫唇就要往宮門處跑，被薛訥一把攔腰抱住，只聽他在她耳畔急道：「妳別衝動！我去……我去會會武三思……」

東宮第三道門禁是嘉德門，再往內便是嘉德殿了，武三思不欲一上來就太失分寸，突破了兩道門後，壓著性子伏兵此處，等著李弘交人。

從祖父武士彠資助高祖李淵起兵至今，他武家這一路走得不容易，天后姑母身後牽連著武家一族的榮辱，又怎能因為一個小小的女子而被廢棄？武三思根本不在意十幾年前的安定公主究竟死了沒有，她必須死，而且必須是被王皇后扼死的，其他的事皆並不重要了。

武三思思量著，若是李弘不放，他可真要衝入東宮拿人了。旁人也罷了，萬萬不能傷到李弘，否則天皇、天后定是要怪罪的。就在這時，嘉德門的偏門忽然開了個縫，火把掩映下，一個身量修長瘦削的少年闊步而來。

武三思瞇著眼睛一望，原來是曾與他同在崇文館讀書的薛訥。

在一眾貴族子弟中，論模樣，薛訥與武三思最為出眾，但薛訥的風頭比武三思遜色許多，他從不打馬球，也不愛投壺流觴，風雅郊遊，每日無事就一個人待著，捧著本書從早看到晚，故而武三思對他並不熟悉。

今夜李弘竟派了這麼個傻蛋出來應付，莫不是在羞辱自己吧？

武三思胡思亂想的工夫，薛訥已逆著彎弓搭箭的士兵們，走到了他眼前，拱手禮道：「武將軍好久不見。」

「原來是薛慎言，好久不見啊。」武三思胡亂回禮，一點也未將薛訥放在眼裡，「打從離開崇文館，本將軍還以為你會在你父親軍中效力，未料到卻做了個從六品閒官城門郎，如今又跑到藍田去當了個七品芝麻縣令。若是你家祖上前朝名將薛安都知道有你這麼個遊手好閒的玄孫，專愛做那三百六十行裡最被看低的仵作，會不會氣活過來？」話音剛落，武三思身側的幾名副將皆哈哈大笑起來。

薛訥也不惱，等他們笑累了，背手問道：「無論是縣令、仵作還是城門郎，皆是天子臣下。武將軍率領右衛軍守衛宮禁，今率兵圍了這嘉德門，威逼東宮儲君，敢問可有天皇、天后詔書？若是無有，武將軍又是何意？」

「呵呵，」武三思冷聲一笑，回道，「薛明府身為朝廷命官，凡事便都要等天皇、天后下令才會有所行動嗎？聽聞東宮指使人冒充安定公主，意圖挑撥天皇、天后，此舉視同顛覆我大唐，是十惡不赦之舉。本將軍前來緝拿，可有問題嗎？」

「武將軍辦案，薛某不敢有所質疑。但東宮是太子居所，雖然如今太子殿下不監國，亦是承國之嗣。發兵夜闖東宮這麼大的事，難道武將軍都可以擅自做主，難道……是懷了不臣之心，想要逼宮自立嗎？」

武三思給李弘安的罪名大，哪知薛訥給武三思安的罪名更大。聽了這話，武三思心底起了毛，半晌說不出話來。

薛訥不慌不忙又道：「薛某出刑部大牢時，接到御史親傳天皇口諭，讓臣將此案關聯人士帶往神都洛陽。天皇將此事委託於我，故而薛某今夜來東宮，與殿下商議往洛陽之事，武將軍若執意妄動行事，藐視天皇威嚴，薛某無話可說。若要進東宮，先殺薛某這個御史，且看天皇究竟會如何處置此事吧！」

薛訥說著，又走上前兩步，似是毫不畏懼，惹得武三思不由自主後退一步，嘴上卻仍說道：「薛慎言，你莫要在此危言聳聽，本將軍可不是嚇大的！我是天后親侄，你不過是個外臣，難道不懂『疏不間親』之語？我看你便是那個蠱惑太子殿下的元凶！便是你們這樣的豎子，時常在太子身側胡言亂語，才害得殿下被廢黜監國之權……來人！將薛慎言即刻拿下，再去前頭問問，太子究竟交不交人！」

說話間，幾名披堅執銳的士兵上前，就要將薛訥綁縛，崇明門外忽然傳來一陣馬蹄聲，只見竟是剛承襲爵位的李勣之孫、李媛嬡之父李敬業率二百龍虎軍趕來，身後還跟著他的兩個弟弟李敬猷和李敬真，以及同樣一身戎裝的李媛嬡，與武三思的右衛軍拉開架勢，對壘起來。

見到李媛嬡把李敬業也攛掇了來，薛訥便安心了不少。方才出東宮前，薛訥用骨哨喚來了風影。風影身手敏捷，躲過了右衛軍的眼線，去英國公府報信，而薛訥則孤身入險境，前來拖住武三思，為風影爭取時間。

看到來人是李敬業，武三思大為不滿，卻也只敢低聲嘟囔道：「不好好守你爺爺的孝，來這做什麼？」

李敬業打馬上前，冷哼一聲，對武三思道：「聽聞太子殿下抱恙，而武將軍無故圍堵了東宮，致使疾醫無法入宮為殿下診治，本將軍不禁要問，武將軍此舉究竟何意？」

眾人看向李敬業，果然見他身側有個尚藥局的奉御站在旁邊，搓著手，神色怯怯很是不安。儲君抱恙卻得不到醫治，造成這一切的元凶自是大罪，武三思心裡發慌，嘴上仍堅持道：「殿下抱恙，理應快快醫治，本將軍這就送疾醫進宮去，順便緝拿假冒安定公主之賊人，李將軍不會要橫插一杠吧？」

李媛嬡見這廝陰陽怪氣的，早就煩得不行，上前一步道：「夜闖東宮乃大不韙之罪，武將軍擔當得起嗎？」

「自是不敢，但太子身側有奸佞小人，意圖借安定公主之事興風作浪，本將軍又如何能袖手旁觀？」

「既然武將軍要清除所謂的小人，何不先征得太子同意？若太子答應了，你何愁不能如願？退一萬步說，即便太子不肯，包庇了你口中的小人，武將軍可以先去奏請二聖，以武將軍與天后之親，何必非要如此我行我素呢？」

李敬業帶兵前來，確實令此事變得頗為麻煩，薛訥這話也算給了臺階。武三思心想，只消自己快快去洛陽，找武則天告狀，這起子混帳便一個也跑不了，又何必在這裡擔了罪責，有理反而成了無理。他冷哼一聲，做了個撤軍的手勢，身後的三百右衛軍立刻向來的路有條不紊地退去。

「今日本將軍便先饒了你們這些奸佞，他日我自當親自去洛陽，向二聖稟明情由，待二聖下令，我必取那假冒之人的項上人頭！」說罷，武三思一揚披風，闊步走到他那黑色騏駿身側，飛身上馬，揚長而去。

待右衛軍全部撤退，薛訥方向李敬業行禮道：「多謝李將軍相救！」

「不必多禮，先送了疾醫進宮去，給殿下醫治一番吧。」

嘉德殿前，李弘頭風越甚，卻始終矗立，等著薛訥回還。樊寧站在他身邊，伸長了脖子，見那嘉德門開了又合，一顆心提到嗓子眼，直至月色中漫出那個她熟悉的身影，方放下心來，輕呼道：「殿下，薛郎回來了！」

薛訥大步走來，對李弘一禮：「殿下，多虧李敬業將軍帶兵前來解圍，武三思才退兵了。」

李敬業帶著兄弟與李媛嬡一道上前，大拜道：「臣救駕來遲，請太子殿下恕罪！但臣方才並未與武將軍動干戈，乃是薛明府一番話勸動了他，否則今日之事，恐怕不會如此順利。」

李弘忍著頭風上前，扶起李敬業：「兩位卿家皆有功勞，不必過謙……慎言與那武三思說了什麼？如何說動他的？」

薛訥拱手道：「殿下，武將軍認定有奸人冒充安定公主，欲興風作浪，挑撥二聖，正準備去洛陽。臣以為，我等不能再耽擱了，一定要趕在武將軍面聖之前，至少是同一時間抵達東都洛陽。」

「什麼？去洛陽？」樊寧極度意外，一時失語，瞪著大大的眼睛，滿是惶恐。

李弘想與她解釋，無奈頭風太重，無法支撐。張順看在眼裡急在心上，立馬將李弘扶至一旁的柱墩處坐下道：「殿下，疾醫到了，先看看身子，夜已深了，旁的事明日再說吧。」

「殿下若想急赴洛陽，臣可以派龍虎軍騎兵護衛。若選上好的快馬和馬車，最快五日便可抵達。」李敬業叉手道。

李弘艱難頷首：「明日詳議。」在張順的攙扶下向寢殿走去。

李敬業與薛訥躬身目送李弘，待李弘入了東宮後院，李敬業方回身對薛訥道：「明日晌午本將軍再來看望殿下，若是殿下大好了，便安排車馬。」

「有勞李將軍。」薛訥與李敬業拱手道別，眼看他帶著胞弟與李媛嬡轉身而去。

未走出三、五步，李媛嬡轉過頭來，沖薛訥扮了個鬼臉。薛訥又沖她一拱手，示意次次勞煩她，在此多謝了。

這熱鬧喧騰的一夜終於過去，眼下不知是什麼時辰了，薛訥輕輕嘆了口氣，卻見樊寧不知何處去了，他趕忙四處去尋，最終在東宮庖廚的水井邊上，找到了獨坐發呆的樊寧。

月影幢幢，映出了樊寧嬌媚小臉兒上的條條淚痕，她竭力穩住情緒，問薛訥道：「你怎的知道我在這……」

「小時候，妳不高興的時候，就喜歡往鎮上的酒肆跑，蹲在人家庖廚附近，聞新打胡餅的味道。」薛訥上前挨著樊寧坐下，想從懷兜裡摸絹帕給她拭淚。

哪知樊寧拽著他的袖籠，直接擦了，薛訥側身望著她，眼底滿是寵溺和心疼。

今夜的事，受打擊最大的莫過於樊寧和李弘，畢竟事關自己的生身母親。薛訥從前也以為，他並不在意柳夫人對薛楚玉的偏疼，直至那天柳夫人去刑部看他，與李乾祐說那些好話，薛訥才明白，原來母親一直在意著他，那日的幸福感，是無論何事都無法比擬的。那日有多歡喜，便知今日樊寧心上有多痛，薛訥寬解道：「等到了洛陽，見到二聖，也許妳會發現事情根本不像我們想的那樣，武三思畢竟不能代表天后，就像賀蘭敏之不能代表天后一樣。」

去洛陽，見二聖，樊寧只要想到這六個字，便是渾身毛骨悚然，毫無親切之感。她明白此事已經牽絆了太多人，師父的不知所蹤，弘文館別院的燒毀，無辜的侍衛與和尚因此喪命，今日竟連很可能是自己親兄長的太子李弘也犯了頭風，樊寧抬眼看著眼前的少年，只覺無論如何，都無法想像他也被勾連其中，甚至被害。她狠下心，故作輕鬆，語調卻還是有些顫抖：「對了……那日在藍田縣衙，我是想問你，何……何時與李媛嬡成親來著。」

薛訥一怔，清水似的眸中驀地泛起了漩渦，捲著深深的心事：「妳我之間，從來是妳說什麼我信什麼，我再問一次，那日妳要問我的，當真是這個話嗎？」

第四十一章　近情情怯

這頭風之症許久不犯，一旦發作，果真要命。疾醫為李弘行針石之術，又煮了湯藥，悉心餵下。李弘症狀稍緩，臥在榻上，昏昏沉沉卻睡不踏實，直至有雙溫暖的小手輕輕撫上他的額頭，方緩和了許多。

安睡一夜，李弘轉醒在一片鶯啼鳥鳴聲裡，他微微一動，榻邊撐頭小憩的人便即刻驚醒了，輕問道：「殿下，好些了嗎？」

充耳聽到的竟然是紅蓮的聲音，李弘驚訝之餘，不覺起了惱意，見張順立在二道門外的廊簷下，蹙眉道：「張順，你是怎麼回事，宮裡難道沒人嗎？怎的讓紅蓮姑娘在這裡服侍？」

「是紅蓮自己要來的，求了張順大哥好久，殿下千萬莫要動氣，若是因為我再牽累旁人，紅蓮當真萬死莫贖……」

紅蓮一夜沒有歇息，整個人十分憔悴，李弘看著心疼，不好再說什麼，示意下人前來為他洗漱更衣。

紅蓮在一旁搭手，看得出來，這裡的女官、宮人都很喜歡她。待一切收拾停當，李弘吩咐道：「紅蓮姑娘在，你們都下去吧。」

眾人一禮，皆退出房去關了門。李弘坐在榻上，拍拍身側的空位，示意紅蓮落座。來這裡已有十餘日了，紅蓮依然羞赧拘束，微步上前，卻沒有坐。

李弘握住她的柔荑小手，將她拉至身前，輕聲問道：「昨晚嚇著妳了吧？我這頭風也有年頭沒犯了，估摸是因為武三思前來捉安定，氣怒交加，便又牽引出來了……」

紅蓮心疼不已，嗔道：「殿下再想保護寧兒，也要先顧惜自己。若是壞了身子，豈不是令親者痛、仇者快嗎？」

李弘做了多年太子，地位尊崇，但在心愛之人面前，也唯有聽數落的份，他環著紅蓮的手收緊了兩分，語帶遲疑道：「其實我最不想讓妳看到生病脆弱的樣子，先帝隨高祖起兵，戰功卓著，威震華夏，卻因此病，方過天命之年便駕崩歸西。如今父皇頭風日篤，偶時甚至連人都看不真切，分不清坐在那裡的究竟是母后還是太平……打小我就知道自己有這般頑疾，一直勉勵練習騎射，強健體魄，但這病根子卻難以革除。蓮兒，我是真的怕，怕自己有朝一日會看不清妳的樣子。也怕將來我們的孩子也會像我一樣，遭受這頭風病的苦楚，這便是我先前對妳猶豫不決的原因，昨晚我的樣子……妳都看見了，若是後悔，我現下便放妳出去……」

「若無殿下，一年前贖身那日，我便已經死了。」紅蓮含淚倚在李弘肩頭，情真意切道，「此生只要能守在殿下身側，為奴為婢，亦心甘情願，哪裡來的後悔？」

「妳啊，切莫抱著什麼為奴為婢的心思，進宮是有封號、有官階的五品承徽，切莫事無巨細全都自己上手，反倒讓宮人懶怠了。昨日出了那樣大的事，不能放任武三思不管，我的身子好多了，若無其他變故，今日午後便要在東宮六率與龍虎軍的護送下往洛陽去了。早日將此事落定，我心裡也能早踏實些。」

「殿下是打算讓寧兒與天皇、天后相認嗎？」

「她既然是我妹妹，自然得要回尊號，重入皇族族譜的。恰好她這個年紀，也該讓父皇、母后為她安排親事了，若是再不管束起來，日日跟慎言混在一起，不知會出什麼岔子。倒不是慎言不好，我覺得他極好，但安定的婚事，總還是要父皇、母后做主的。慎言的父親堪稱是國之柱石了，待得賜婚名正言順，則皆大歡喜……妳不知我現下有多糟心，夜裡頭風難受，還夢見他兩個上房私會來著。」

紅蓮被李弘逗得咯咯直笑，她實在是沒想到，平日裡風度翩翩的監國太子竟也會像尋常兄長一樣，憂心著妹妹的婚事，想來他更擔心的應是天后吧。但李弘不說，紅蓮便也不問，只是望著他，好似在為即將到來的分別傷神。

哪知李弘又說道：「我想帶妳同去洛陽，找機會見見父皇。只消父皇答應了，再求他去勸說母后，此事便能成了。」

紅蓮意外又欣喜，還有些隱隱的不安，嘴上只說著：「都說尋常人家，孩子有事多與父親言說，再由父親告知母親，沒想到殿下竟也如是。」

「天家與尋常百姓並沒有什麼分別，只是偶時夾雜了權勢利益，才會有些變味吧。」李弘看出紅蓮的忐忑，安撫道，「其實母后一點也不凶，聽父皇說，她早年受人輕視欺辱，這才有些剛強自恃，就像……安定那樣，妳與安定那麼要好，自然也會理解母后。許多人以為當年的『廢王立武』，不過是寵妾上位，威逼正宮。但父皇是明君，所做的一切，難道當真只是為了討母后的歡心嗎？九品中正積弊良久，已成了國之頑疾，廢王皇后，除長孫氏，開科舉，選賢任能，方才有如今的國泰民安，河海清晏。若是如此想，即便沒有安定的事，王皇后也是一定會被廢黜的，父皇不應因此事惱母后。更何況，武氏宗親裡有幾個確實太過囂張，像武三思、賀蘭敏之之流，早就該加以懲戒了。說一千、道一萬，還是想告訴妳，跟著我，並不見得就會像妳想的那般如意。妳……願意跟我去洛陽嗎？」

李弘好似是在對紅蓮說，更像是在為自己打氣。紅蓮明白，至親之間，出了這樣的大事，即便沉定如李弘也會為難，此時此刻再多話語也比不上陪伴，輕聲說道：「紅蓮愚笨，不懂這些大事，但殿下去哪，我就去哪。」

李弘臉上終於有了笑意，「能帶妳去洛陽，我的心情好多了，妳在這裡小憩一會兒吧，估摸李敬業該來了，本宮去與他們商議下何時出發，妳的貼身物件我會命宮人收拾妥貼，不必擔心。」說著，李弘將紅蓮慢慢放在榻上，撫了撫她散落兩側的絲髮，為她蓋上錦被，戀戀不捨地向書房走去。

巳時初刻，薛訥與李敬業已經候在了書房裡，看到李弘，李敬業忙拱手問道：「殿下可都大好了？」

「好多了，昨日害你們懸心，實在是本宮不該。」李弘又恢復了往日談笑風生的模樣，闊步走上高臺落座，「李將軍準備得如何了？今日午後出發，可有問題？」

「回殿下，已經準備妥貼了，護送殿下的皆是我龍虎軍中精銳，務必確保萬無一失。」

「雖說此事棘手，但護送的人數不可超過太子出巡的規制。越是事情棘手，越是要謹小慎微。本宮的意思，李將軍應當明白。」

「是，殿下放心。」

「慎言啊，」李弘對李敬業的表態很滿意，轉向薛訥，才要問話，看到他的面色卻嚇了一跳，「謔，你這是怎的了？臉色為何這般難看？」

若說薛訥這輩子有什麼後悔的事，莫過於昨晚去庖廚外找了樊寧，她的話像一柄彎刀，尖尖刺在他的心口上，輕而易舉便將他整個人擊潰了，他彷徨困惑、痛苦不堪，彷若陷入了一個幽暗的密室，無法逃脫，無法自拔，連天黑天亮都不知道。方才還是張順來喚他，方想起一早要來太子書房議事。

聽了李弘的發問，他努力懾住心神，回道：「一直想著解謎，一夜沒睡，讓殿下擔心了。」

一道光在李弘眼底閃過，他瞭解薛訥，知道若只是解謎他根本不會如此憔悴，卻不說破，只道：「謎留著路上解吧，在到洛陽之前，務必給本宮一個答案，明白了嗎？」

「是。」

「另外，馬上要出遠門，你回平陽郡公府，與柳夫人說一聲吧。」

昨日李弘還說讓薛訥避著些薛楚玉，先莫回家去，現下卻又親口勸他回去，並非李弘性情多變，而是他知道，此次去洛陽並非坦途，牽涉到此局中的所有人皆可能會有危險。

薛訥自然也明白這個道理，議事罷便打馬出了東宮。

這個時間，柳夫人自然是在佛堂，只是今時不同往昔，她沒有跪在佛前奉香，而是坐在桌案前，不知抄寫著什麼，極其認真，連薛訥站在廊簷下許久都沒有察覺。

薛訥遠遠看著柳夫人，見她兩鬢不知何時出了幾絲白髮，陡然驚覺，原來父母已年近天命，不再是他記憶中年輕健碩的模樣了。

薛訥心底發酸，輕喚道：「母親……」

柳夫人身子一震，忙放下筆，起身道：「你回來了？昨日薛旺來報，說太子殿下尋了你去，後日就直接回藍田了，為娘才差人去給你送了夏日的薄衣裳去……」

「天皇密詔，讓兒去洛陽，這一來一回不知多少時日，特來向母親辭行。」

柳夫人訥訥頷首，想問薛訥因何去洛陽，又怕不妥，最終沒有言語。

母子兩人就這般乾站著，有話堵在喉頭，卻不知如何開口，最終還是薛訥出聲道：「楚玉好些了嗎？」

「啊，好些了，也不知他是去哪學壞了，竟敢做出這樣的事來，得虧沒有將下面的事也說出去。」柳夫人所指的乃是足下的地宮，如若薛楚玉將這事捅出，薛家滿門都要受牽連。

「是啊。過了晌午就要出發，兒這就要去了，母親多保重。」

說罷，薛訥轉身欲走，又聽柳夫人喚道：「兒啊……」

薛訥回過頭，望向母親，只見她神情微赧，笑容卻很慈祥：「娘等你平安回來……你愛吃的東西，娘都記下了，到時候給你準備。」

如有清風拂過面頰，薛訥心底極暖，嘴角牽起笑意，昨夜的心碎痛苦消弭良多，臉色也緩過來了幾分，他點點頭，轉身一瞬間，瞥見母親桌案上的字，竟眼眶一熱，差點滾下淚來。只見那是蠅頭小楷抄錄的佛經，每一頁的開頭都寫著：求佛賜福我兒慎言，諸事順遂平安。

晌午用飯後，東宮六率與龍虎軍精銳集結於嘉德門外，眾人乘車輦而出，自是李弘獨坐一駕，樊寧與紅蓮共乘一車，其後則是薛訥與一些東宮大小官吏的車輦。

看到李媛嬡一身戎裝，騎著高頭馬在車旁與薛訥說話，樊寧說不出心裡是何等滋味，拉上車簾，倚著車廂，長吁短嘆個不住。

「這是怎麼了？」紅蓮輕聲問道，「從早上到現在，一直像個老夫子似的，噫吁嚱嗟嘆不已……妳和薛明府吵架了？」

紅蓮平日裡不吭不哈的，像個沒嘴的葫蘆，看人識事倒是精準。樊寧微紅小臉，啐道：「誰跟那呆子吵架，我就是昨夜沒休息好，想到今天又要趕路到夜裡，這才有些心煩了。紅蓮姐姐，這次去洛陽，殿下和妳的事，應當能定下了吧？」

「殿下希望如是，我不敢想太多。」紅蓮說著不敢，眉梢眼角卻掛著期待欣喜。

樊寧為紅蓮高興，但想到自己不知能否再活著回長安，便是說不出地惆悵。昨夜她狠心說出那些話，現下回想起來，心仍是顫的，真搞不清自己是何時喜歡上了那呆子，一旦發覺，竟是情根深種，猶如沉屙舊疾，難以剔除。

不消問，她也明白他的心思，他待她的好，這輩子是償還不盡了。若是能早些確定自己的心思，是否能有更多甜蜜的時光？

樊寧顧自搖頭，否決了這個想法。若他兩人真的說開，情意綿綿，繾綣無限，再遇上這樣的事，以薛訥的執拗，他一定會死生相隨，這不是她願意看到的結果。

還記得很小的時候，有個姑娘墜落終南山，多日無人收斂，師父見她可憐，便將她安葬了。彼時他口裡說著「情字無用，癡兒啊，癡兒，甚是糊塗，白白疼煞了妳爹娘」，樊寧雖不懂為何情字無用，但她知道自己沒有爹娘，即便有，也是盼著自己死的，不似薛訥還有父母族人，萬萬不能將他牽扯進來。

時辰到，馬車緩緩開動，浩蕩的車隊駛向神都洛陽，樊寧的心境與上次去洛陽時截然不同。她並不怕死，怕的是要她死的是她的親生父母，這無疑是將她的心撕裂凌遲。但既然逃不掉，她便不會去躲，無論是山風還是海嘯，只管來得更猛烈些吧。

傍晚時分，李弘一行快馬加鞭趕至京兆郡華州府治所鄭縣，知州親自前來安排食宿，東宮六率與龍虎軍的士兵們在驛站外安營紮寨，李弘等人則安歇在驛站廂房。

晚飯時，不少東宮文職屬官要了二兩燒酒，喝完後詩興大發，站在胡桌上慷慨作詩，很是熱鬧。薛訥卻一直獨坐在角落裡，拿著那本密冊來回翻看，直到李媛嬡父女前來與他同桌用飯方收起來，謙和有禮地與李敬業攀談。

樊寧與紅蓮皆是女眷，身分尊貴，便在二樓設席。樊寧不時透過木柵欄望向樓下，自己卻渾然無覺，直至紅蓮悄聲問道：「寧兒，妳是在看薛明府嗎？連胡餅都不吃了？」

「怎麼可能，」樊寧口是心非，絕不肯承認，「我看看他們樓下是什麼菜品。」

說話間，遠遠見李敬業大笑起來，拍著薛訥，十分激賞，李媛嬡則嬌羞蹙眉嗔著她父親，小臉兒上滿是少女的紅暈。

樊寧只覺心口一陣生疼，放下手中的筷子道：「這裡有點悶，我出去走走。」

驛站外，夕陽尚未沉淪，不遠處便是巍峨聳立、雄勢險峻的華山。許多人愛泰山，稱其為「五嶽至尊」，可樊寧打小就喜歡華山，總覺得做人就要像華山一樣，鋒芒畢露才好。

彼時李淳風時常笑她，說她「小兒狂悖妄語」，她反嗆李淳風是「老兒畏高怕死」，現下想來，真是笑中帶淚。若她真有個好歹，又有誰能照顧這小老頭的起居，給他養老送終呢？正胡思亂想著，背後忽傳來一陣腳步聲，樊寧警覺回身：「誰！」

來人正是薛訥，昨夜的齟齬後，兩人再度相見，神色皆有些不自在，但薛訥依然無法掩飾對樊寧的關切，問道：「看妳沒怎麼吃飯，身子不舒服嗎？」

「你不也沒怎麼吃，怎的還來問我？」

樊寧身子一震，這才察覺自己說錯了話，但強辯無用，反而顯得太過刻意，她偏頭嗔了薛訥一眼，未做回答。

「妳……也在看我？」

薛訥走到樊寧身側，他的面色依舊不好，神情卻很堅定：「我想跟妳打個賭。」

「打賭？」樊寧望著薛訥，暮色染在她清澈的眼底，在她冷豔的面龐上添了幾絲暖意，「打什麼賭？」

「若是這一次，我們能全身而退……妳答應我一件事可好？」

樊寧想也不想，便知道薛訥要說的是什麼，若真能全身而退，她如何會不答應，但眼下胡亂答應只會將他拖入深淵。樊寧猶豫著，垂首不語，心事卻悉數寫在了臉上。

薛訥明白她的顧忌，他一向不善言辭，此時更是羞赧緊張，卻還是一字一句剖白道：「很多人都說我愛讀書，總喜歡一個人待著，不愛與人交流，包括我的父母及族人，都以為我是性子好靜才會這般。其實……我時常覺得很孤獨，小時候父母常年在外，只有乳母與我在一處，她有忙不完的活計，我不能搗亂，只能一個人在角落裡看書。待父母回到長安，胞弟與我不親近，還總是阻攔我與父母交流，我沒有辦法，還是只能將心思寄託在書卷之上。直到八歲那年，父親送我去觀星觀贖業，遇到妳，我才覺得自己不是孤孤單單的一個人。

昨晚妳讓我娶李媛嬡，說我與她打小相識，門當戶對，是難得的良配，我心裡很難受。因為在我心裡，良配早已註定，我根本沒有辦法去接受旁人。安定公主案發，牽一髮而動全身，可謂凶險至極，我明白妳心中的顧慮與隱憂，不會強迫妳現下就回應我，但我還是要說明白自己的心思：若是我們能毫髮無損，全身而退，下半生別讓我再一個人了……」

「什麼下半生？你才幾歲就下半生了？一半一半的，又不是合符。」突如其來的道白，令樊寧措手不及，一行淚猝不及防就滾落下來，她忙偏頭掩飾，牙尖嘴利地回道，「你是不是吃錯藥，把腦子吃壞了，說什麼胡話。」

似有醍醐忽灌於頂，薛訥眸色一凜，一把抓住樊寧的胳臂，急道：「方才妳說的話，再、再重複一遍。」

這小子怎會是這般反應，竟要她重複一遍罵他的話，樊寧愣愣磕巴道：「你……腦子吃壞……」

「不是這一句，上一句，上一句妳再重複一遍。」

「什麼一半一半的，又不是合符……」

薛訥神情震動，彎身撿起一根樹杈，在泥地上寫寫畫畫，過了好一會兒方站起身，俊俏的臉兒上滿是澄明的笑意：「那本書的密文，我終於想明白了！」

第四十二章　山風漸起

解開了惦記多日的謎團，薛訥想也不想，飛也似的跑向驛站，靴底踏上清霜打滑，差點摔了，他竭力一穩，腳步不停地衝上了二樓。

但行至李弘房門口時，薛訥卻忽然猶豫，頓住了腳步。

片刻的遲疑，彷彿歷經滄海桑田，他返身而回，對仍矗立在夕陽裡的姑娘裝傻笑道：「啊，抱歉、抱歉，方才想錯了事，我不是故、故意把妳留在這的。」

樊寧瞭解薛訥的性情，見他去了又回，匆匆一趟像是有狼狗攆著似的，便覺得不對勁，狐疑著問道：「你解開那書裡的謎團了？裡面記載的什麼？可有與我身世相關的？」

「沒有，我想岔了。」薛訥笑得雲淡風輕，「方想著什麼『西境清平東風暖』，以為悟到了，仔細忖度，又發現不對……」

「什麼『西境清平東風暖』，你『上墳燒樹葉』，糊弄鬼呢？」樊寧逼上前來，她此時此刻的神情，大抵就是民間傳說中的紅衣夜叉瞪眼奪魂的模樣，「方才你說什麼一半一半，難不成……那上下兩闋裡存在什麼照應關係，你不告訴我，我就自己解，那本密冊呢？快給我拿來！」

薛訥此時忍不住有些怨怪李弘，打從李弘知道樊寧極可能是安定公主後，時常以一種心疼愧疚、無限憐惜的目光望著她，動輒說什麼「有兄長在不必怕」，還把密冊的事情也告訴了她。

薛訥承認，自己非常喜歡樊寧也非常喜歡她的聰慧，但此時此刻他寧願這丫頭笨一點。從小到大，李淳風出的燈謎無論多刁鑽，她皆能解開，那書若是落到這丫頭手裡就糟了。

但此時樊寧已經張牙舞爪地撲了上來，翻著他的內兜與袖袋，薛訥躲閃連連，無奈嗔道：「哎哎，別……妳、妳別這樣，妳再拽……」

只聽「嘶」的一聲，薛訥圓領袍的前襟被扯爛，露出褻衣與一片細皮白肉來，兩人皆怔住了，但也不過片刻的工夫，樊寧便將手探到他的衣袍內，繼續翻掏著，「就你那性子，我會不知道，要緊的東西肯定是貼身收著……」

「寧兒！」薛訥急了，大聲一喝，「別再掏了，褻……褻褲的褲帶斷了……」

樊寧再厲害也是個姑娘家，聽了這話果然不敢動了，訕訕退後一步，看著薛訥整理零落的衣裳。外袍撕破便罷，這褻褲需得一直提拽著了，薛訥生怕樊寧殺個回馬槍，再撲上來撕扯就完了，他試圖將樊寧穩住：「我真的未解出來，若是解出來了，怎會不告訴妳。」

夕陽西下之際，華山山氣極佳，流嵐霧靄上淌著金色的光暈，景致極美。但再美的景致，此時也難入樊寧眼中，她一改方才張牙舞爪的模樣，靜靜靠在籬牆上，語帶傷感道：「這般敷衍於我，還讓我信你一輩子？」

這是什麼路數？硬的不行，來軟的了是嗎？薛訥慣知道這丫頭從小便是如此，竭力穩住心神，告誡自己萬萬不能著她的道。哪知樊寧竟然轉身走了，薛訥左右為難，提著褻褲又追不上，只能在她身後喊道：「這世上我不管負了誰，都不會負了妳……等到水落石出那一日，妳一定會相信我一輩子的……」

樊寧本是詐他，聽了這話，卻腳步一滯，小臉兒紅到了脖子根兒，她不願讓薛訥發現自己的慌亂，逃也似的向驛站走去。

不遠處，幾個戍衛士兵發出窸窸窣窣的聲響，原是嘴巴憋笑，鼻子卻不配合，嗤嗤跑著氣。也是了，荒郊野地的，竟有人在這裡演話本，又撕衣服又道白的，簡直比平康坊戲樓子上演的還精彩。

樊寧氣得翻了個白眼，心想薛訥所指是那密文，這些士兵卻不知聯想成了什麼，搞不好暗地裡還會編排他兩人私相授受的戲碼，屆時傳得沸反盈天，只怕李弘又要犯頭風了。但這些事不好與人解釋，樊寧亦不屑與人解釋，一甩紅纓，轉身往驛站二樓走去。

把頭的廂房裡，紅蓮鋪好了床褥，焚上了清雅的香膏，看到樊寧回來，她忙迎上前，小手交握，似是有些不安：「寧兒，妳方才聽到了嗎？」

此間上房窗子朝南，正對著華山，樊寧以為她也聽到了薛訥的話，搞不好還看到了他兩個撕衣裳扯褲子，窘迫不已，眼神飄忽，舌頭打結，尚未想好如何招架回應，又聽紅蓮說道：「早就聽說華山裡有狼，沒想到天尚未黑便出來嚎叫，真是嚇人……寧兒，夜裡有些涼，我一個人害怕，我們一起睡吧。」

沒想到紅蓮說的竟是狼叫，方才樊寧隱隱聽到，卻也沒太過放在心上。不過這驛站牆土不夠厚實，山谷風又大，微微一吹就透了。兩個人窩在一處，確實比一個人暖和得多，更重要的是，這幾日樊寧夜裡常常驚悸而起，如有人在旁側會好很多。

估摸紅蓮並非真的害怕，而是想陪著她，樊寧心底暖烘烘的，但她計畫今夜夜襲薛訥，把密冊偷出來，踟躕片刻道：「我睡在外面吧，紅蓮姐姐漂亮，我幫妳把著門……」

那廂薛訥方進門，便被張順攔下：「薛郎，殿下有要緊事找你。」

薛訥本想先回房換條褻褲，但聽張順說有要緊事，也不敢耽擱了，左手插兜悄悄提著褻褲，隨張順進了李弘的房間。

李弘方沐浴罷，沒有束髮，穿著白袍褻衣，謫仙似的氣韻浩然道：「聽說，方才你來尋我，本宮正在沐浴，可是有什麼要緊事嗎？」

方才薛訥來了又回，乃是想明白此事尚不能告知李弘，並不知道他在沐浴，但現下也只能硬著頭皮說道：「殿下，臣忽然想起一件事：弘文館別院的案子破了，但《推背圖》一直沒有追回來。起初臣以為，盜取《推背圖》不過是為了將髒水潑在樊寧身上，但現下真凶敗露，已端了長安城中七、八個藏身處，卻一直沒有找到抄本，可見此書緊要，應是隨身攜帶。可一個不通漢話的胡人，為何要一直隨身攜帶預測我大唐國祚的《推背圖》呢？」

李弘一聽茲事體大，著實緊要，起身關了窗，再轉過身來，神色已變得十分凝重：「先前你曾說，這案子應是與王皇后相干人士，沖著安定去的，目的在於離間父皇、母后……若再牽扯出《推背圖》，此人的目的，可不像是僅僅在於當年的『廢王立武』之上。」

「殿下所說，也正是臣所擔心，只是那《推背圖》記述隱晦，當世能解的，只怕只有李師父……」

李弘哼笑一聲，說道：「這小老兒甚是可疑啊，作《推背圖》的是他，撫養安定的是他，現下人又不知何處去了……若非與他相識多年，知道他的人品心性，本宮簡直要懷疑於他了。」

「殿下這話千萬別讓樊寧聽見，不管誰懷疑李師父，她都會打人的。」

「何止在安定面前不行，你以為本宮在紅蓮面前就敢說李師父壞話嗎？」

薛訥與李弘齊齊嘆了口氣，倒有些難兄難弟的意味。李弘見薛訥不時看看他的褻衣，自覺衣冠不整，慚愧解釋道：「本宮方沐浴罷，想著你不是外人，確實有些失禮了。」

「啊，不是，殿下不要誤會。臣有一不情之請，事關公主案與天家尊嚴。眼下形勢不明朗，可否隱瞞臣與樊寧同往洛陽的消息，待殿下到洛陽後，先面見二聖，若無甚不虞，我等再……」

「你的心情，本宮明白，為了保護安定，當真費心了。只是……此件事本宮沒法幫你。」李弘說著，拿起旁側案上的一封公文函，遞向了薛訥。

薛訥的左手仍拽著褻褲，單手接又顯得無禮，他眨眨眼，佯裝不適：「殿下，臣突犯眼疾，看不清字，可否勞煩殿下告知其中內容。」

李弘不知今日薛訥是怎的了，方才就怪怪的，這會子又沖他擠眉弄眼的，嚇得李弘不自覺後撤一步，頓了片刻方道：「我們才出長安，二聖便已得知了消息，派了楊炯前來相迎，明日便會在潼關相見了。」

「楊炯？」薛訥抬起臉兒，或許是因為太過俊秀，每當他思考之際，總是顯得不那般聰明靈透，「楊炯並非禮部中人，為何會派他來做這樣的活計？難道……有何密文要傳？」

幾乎與此同時，六、七百餘里外的洛陽城積善坊中，幾輛馬車踩著落日餘暉，停在一處大宅院門前，其上走下兩人，竟是高敏與李乾祐。

只見高敏殷勤攙扶著李乾祐，推開小門，走入宅院，轉過重重門廊，行至書房門前，高敏示意旁的隨從各自散去，挑開門簾，躬身請李乾祐進了房中。

書房大門一開一合，李乾祐撿了一塊錦席，卻沒有落座，氣焰比方才消了一大半：「安定公主的奶娘已經到洛陽了，如今人證、物證俱全，可聽聞聖人一直因頭風昏迷，若是聖人醒不過來，這人也帶不到御前啊……」

高敏哼笑了一聲，一改方才在屋外對李乾祐低眉順目的態度，邊踱步邊道：「聖人哪裡是因為頭風而昏迷，不過是為了安定公主之事驚懼心碎罷了。只要我們把真正的安定公主和證據擺在他面前，他知道女兒當年不僅沒有死，還被人撫養長大活得好好的，又哪裡還會犯什麼頭風呢？」說著，高敏慢慢踱至主位坐下，示意李乾祐也坐。

經樊寧一案，李乾祐看起來蒼老了不少，此情此景他倒不像個朝廷三品命官，而像是高敏的管家老奴。李乾祐仍滿心遲疑，又問道：「可是天后亦在宮中，如若讓她知道我們要直接帶人去面聖，難保……」

「這你不必擔心，再過三日便是祭地大典，武后需一早出宮主持獻祭，落日方歸。紫微宮裡，我已安排了得力的奉御，無論如何也會讓聖人在那日甦醒過來。」

「可公主本人並不在我們手裡，這……」

面對李乾祐的接連逼問，高敏已有些不耐煩，拿起茶盞，沏了壺中水，也不管是冷的熱的，便遞給了他，示意讓他閉嘴：「一切我已安排得當，你就只管等著看好戲吧。」

第四十三章　枕穩衾溫

山之高，月初小。夜半三更時，眾人俱已入睡，樊寧悄然起身，將廂房門拉開一條縫，查看著門外的動靜。

驛站外守衛森嚴，驛站內則鬆泛多了，但那張順像個瞪眼金剛一樣，一直守在李弘房門前，分毫沒有困倦的意思，澈底封堵了走正門的可能。

樊寧氣鼓鼓地插著腰，心想打從自己進了東宮，就沒見過此人休息。李弘睡覺時，他守在寢殿外；李弘辦公時，他把著書房；李弘打馬球時，他連馬屁股都要掰開看看，生怕有何不虞。

「他都不困的嗎？」樊寧低聲嘀咕，早就聽師父說在宮裡當差辛苦，沒想到竟是這般沒日沒夜的。張良計行不通，好歹還有過牆梯，樊寧悄悄走到窗前，打開窗欞，見巡邏侍衛皆是對著外面，並未注意驛站外牆，便飛似的團身出窗，踏著土牆突起的磚塊，眨眼便來到了薛訥房間的窗口處。

這呆子一旦白日裡用多了腦子，晚上就會睡得極沉，死豬似的，開水都燙不醒。樊寧用髮簪別開窗欞，俐落地翻了進去，果然見薛訥閉目臥在榻上，睡得沉沉。

樊寧輕手輕腳地翻著薛訥的包袱與桌頭的案牘，趁著月色搜看一遍，仍未找到那密冊。

沒想到這小子藏得倒是深，樊寧無聲嗤笑，指著薛訥，用口型罵了他兩句，而後走上前，蹲在榻旁，托腮思量他究竟會把書藏在何處。

小時候這小子沒日沒夜地看書，李淳風怕他看壞眼睛，責令人定前必須睡覺，他便將書藏在被窩裡，半夜爬起來看。現下他會不會……也把書藏在被窩裡了？樊寧如是想著，面頰立即燒了起來，躑躅不已。

點點的星光滲入窗來，少年人瘦削鋒利的輪廓柔和了許多，滿是說不出的英俊倜儻，樊寧全力壓制住心跳，偏頭思量，決計先摸摸枕頭下面，她貓步上前，將纖細的手指伸入玉枕下，緩慢地小幅度探摸起來。

薛訥腦袋不算大，卻還是有分量的，難道這就是他聰明的原因？樊寧左手探不到右側，無奈之下只能雙手從兩側同時摸向他的枕下。

本來不過是為了行夜盜之事，怎的忽然間如是曖昧，樊寧趴在薛訥身上，邊摸找著密冊，邊想所謂「耳鬢廝磨」也抵不過此時，正在她猶豫著是否要再進一寸之際，薛訥忽然翻了個身，將樊寧整個人裹在了榻上，萬般親暱地攬著她的腰肢，人卻沒醒，依舊沉沉睡著，孩子似的沉定安然。

樊寧的心突突地要跳出嗓子眼，好一陣子方緩過神來，待確定薛訥沒醒，她緩緩將小手探進被子裡，四下摸索著，想看這小子有沒有把密冊藏進被窩。

薛訥雖瘦，身上卻很暖，樊寧感覺自己的呼吸越來越重，整個人也越來越緊張，她眼一閉、心一橫，想著趕緊找到密冊早些離開，誰知薛訥忽然一側身，俊秀的臉兒貼上樊寧的小臉，軟軟的唇堪堪對上了她的櫻唇。

彷彿有響雷在腦頂炸開，樊寧渾身過電似的，再也顧不上什麼密冊，麻利起身，逃也似的翻窗而出，慌亂間腳下沒踩實，差點跌落下去。

窗櫺開了又合，帶來清風如許，臥榻上的少年輕輕睜開眼，抿唇一笑，羞澀又欣喜。青梅竹馬一起長那麼大，樊寧瞭解他，他自然也瞭解樊寧，知道這丫頭絕不會善罷甘休，便一直在等著她來。

但那個吻……與馬車上那次一樣，真的只是意外。不知何時，他才能真正擁著她，將這十餘年的心裡話都說出口。薛訥抽出一直壓藏在腰身下的密冊，趁著月色隨手一翻。

他明白，解開謎題的這一刻，他才真正入了永徽五年的迷局，此時正與一直藏匿在暗中的幕後人博弈，賭注正是身家性命，滿門榮辱，稍有不慎便是粉身碎骨，萬劫不復。但他早已沒有退路，眼下唯有迎難而上，落子無悔罷了。

翌日清早，草草用過早飯後，眾人繼續趕路。經過昨夜，樊寧看薛訥的眼神極不自在，為了不讓她尷尬，薛訥今日沒有乘車，而是策馬於之前，與車隊拉開了距離。

解開密文後，薛訥越加手不釋卷，騎在馬上仍忍不住翻看著。旁側並排馳馬的袁公瑜見狀，不由得嘆服道：「早聽說薛明府好謎如癡，真是百聞不如一見呢。」

薛訥放下書卷，拱手道：「袁府君謬贊了，不過是小孩子過家家的謎語罷了，難登大雅之堂。」

「不瞞薛明府，本官平素裡也愛猜謎，你這密卷可否拿來與本官看看？」見薛訥面露猶疑之色，袁公瑜又道，「只看謎面，不對密文，可好？本官實在技癢難耐呢！」

薛訥無奈而笑，打開了密冊，將前面的密語展示與他。袁公瑜嘴裡發出「吁噓駕」等音，讓自己的馬與薛訥的坐騎靠得更近，探頭而視：「這……難道是反語密文？」

薛訥點頭道：「不愧是袁府君，一眼就看穿了其間的關竅。昔三國大儒鄭玄之徒孫叔然著《爾雅音義》，反語便由此始。胡語姑且不論，但凡我朝之語言，都由聲與韻兩部分構成。故此，只要將所有的聲與所有的韻排列組合，便可組成萬千唐文，正如陰與陽可構成世間萬物一樣。軍中用來傳遞機要的密文，也多參考反語，在此基礎上進行改造，藉以提升其保密性。」

「是了，本官多年前曾忝居安西副都護一職，當時所用的密文便與此頗為類似，故而本官如此猜測。可是這書上餘部所載亦非聲字與韻字，根本不能拼出字來呀？」袁公瑜仍疑惑不解。

「一切機巧便在開頭這兩句詩上。」薛訥說著，伸手指向密文冊展開的第一頁，「若是尋常詩作，這上、下闋的字無論如何都要押同一個韻才對，可袁府君看這第二首詩，韻腳完全對不上。後來我受『合符』二字啟發，再細看這兩首詩的上闋，一首含有全部的聲，一首含有全部的韻，便明白了其中的關竅。因此，若欲解開謎面，只需將下闋中的字，替換為上闋中同一位置的字，再將其聲韻結合便可。」

袁公瑜細細讀起這兩首詩來，如有醍醐灌頂：「薛明府神斷啊！看來本官這個司刑少常伯得讓賢了啊！」

袁公瑜說罷，爽朗大笑起來，邊笑邊拍著薛訥單薄的肩背。此人曾帶兵打仗，掌力不凡，薛訥身量瘦削，差點被他拍下馬去，令袁公瑜十足尷尬，趕忙致歉道：「啊，對不住，薛明府無恙吧？」

薛訥咳嗽了幾聲，抓穩馬轡笑道：「是下官之過，雖生在將門，還未曾有機會帶兵打仗，亦未能在沙場上精進武藝、強健體魄。若是能像袁府君這樣，文能提刑斷案，令司刑清明；武能秣馬厲兵，走月氏，降日逐，便此生無憾了。」

「薛明府切莫妄自菲薄，你年少有為，又生於將門，只消心裡有家國，必然可以為大唐，為華夏鞠躬盡瘁，宏圖大展不過是時機問題，實在不必過謙。」

薛訥赧然而笑，想起心中有個疑惑，或許可以請袁公瑜解答，便復問道：「對了，下官還有一事相問。袁府君曾做過安西副都護，可能與下官說說，在我們安西四鎮裡，那些突厥遺族生活過得如何？」

想來薛訥如此問是欲瞭解些史元年的線索，袁公瑜如實道：「薛明府也知道，我們華夏泱泱三千餘載，自昔日趙武靈王『胡服騎射』，重用樓煩、匈奴官吏，優厚北方草原至今，一直是互融互通，農耕與游牧並舉，就連我們高祖、先帝與當今聖上，身上亦流有鮮卑血統。我大唐建立安西都護府，統領西部四鎮，自然也是為了讓天下升平，邊民安居，貿易順暢無阻。這一十三年來，安西四鎮一改往日戰禍頻仍面目，太平安然。

唐軍雖然駐紮在西域，卻從不橫徵暴斂、苛待百姓，軍糧皆由駐軍自己屯田而出，不占草場，不征牧地，兵士秋毫無犯。莫說是中原人，當地的鐵勒人與突厥遺族，皆認為日子比從前不知好上多少，誠心誠意尊稱我大唐主君為『天可汗』。唯有那些頡利可汗的親眷，失了勢力，沒了權勢，不肯善罷甘休，說白了不過是為了一己私欲罷了。」

聽完袁公瑜的話，薛訥嘆道：「看來史元年便是這些人中的一個了，不甘於失了權勢，才參與謀劃起顛覆大唐之事來。」

「等等，史元年雖然參與了弘文館別院一案，殺人行凶，可並沒顯示他要造反啊？難道薛明府參透了他的計畫？可否詳述？」袁公瑜心生疑竇，急切問道。

「下官還未有實據，但別院案已明晰，卻並未找回《推背圖》，說明《推背圖》對於史元年還有不小的用處。一本記載大唐國祚的預言書，被一個捅出驚天大案，心懷不臣的宵小之徒握在手裡，除了拿來造反，還能幹什麼呢？」

正值聖灰節齋戒期伊始，來自洛陽城各處的景教教徒紛至遝來，在通濟坊的景教天主堂外排起了長隊，其間胡漢夾雜，用不標準的洛陽、長安官話攀談著，其樂融融，正是大唐包容並蓄的佐證。

教堂開門後，他們一個接一個，有秩序地進入堂內，接受大鬍子司祭的「聖灰」，雙目緊閉祈禱，而後在司祭的指示下，走向懸掛著天皇、天后畫像的白牆，叩頭跪拜，心滿意足地禮成而去。

與言笑晏晏的教徒不同，一頭戴面紗的女子沒有走入正堂，而是步履匆匆地消失在長長走廊的盡頭。那裡有個僅能容一人側身透過的陰暗間隙，藏在聖母像背後，極其不易察覺，其下則豁然開朗，乃是個可容納百餘人的圓形地窖。

就在方才，一場盛大的集會在此處悄然舉行，此時此刻，發起者史元年坐在圓臺正中，還沉浸在方才振臂一呼，應者如雲的歡愉裡。

「波黎，」那女子款款上前，雖然戴著面紗，依然看得出她美貌非常，正是阿娜爾；與史元年的躊躇滿志不同，她滿臉愁容，欲言又止道，「波黎，那些人方才對你唯命是從，但我聽他們出了門去，嘴裡還偷偷念叨著『天可汗』。波黎，我好擔心，我怕那起子人只是圖錢，面上恭敬，實則首鼠兩端，心裡還向著唐人，萬一……」

「夠了！」阿娜爾這話，猶如向一塊炙熱的烙鐵上潑了一瓢冷水，惹得史元年心煩不已，乜斜了她一眼，負氣道，「妳怕，我理解，說了先送妳出洛陽，妳又不肯，一直在這裡說這些喪氣話。妳方才看不見嗎？那些人與我一樣，也渴望回到草原去，回到那自在馳馬的生活，而我正是他們認定的新可汗。阿娜爾，我一定能恢復祖上的榮光，那些人是為了錢財利益，我如何不知？唐人有話說『人為財死，鳥為食亡』，無可厚非，等到我的軍旗打出那一日，他們聽說安西四鎮皆已淪陷，再看到我麾下所向披靡的胡兵，便會知道未來的洛陽、長安是誰的天下！妳若不信我，大可找那些覬覦妳的男人嫁了，我史元年……絕不阻攔。」

「我若不信你，當年就不會傻傻地跟你去長安。波黎，我……我有了身子，難免胡思亂想，並非不信你……」

「什麼？妳說的是真的？」史元年一改方才冷冰冰的模樣，撐起健碩的身子，上前問阿娜爾，待得到肯定的答覆，他滿臉難得一見的喜悅，將阿娜爾抱起轉了個圈，「我要讓我們的孩子成為這天下最尊貴的儲君！」

正在這濃情蜜意之際，一名胡人將領行至密室門口，進也不是、退也不是，低聲喚道：「頭兒……」

史元年這才放下阿娜爾，又恢復了方才疏冷沉定的模樣，轉身問道：「怎麼樣？雁門關那邊可都打點好了？」

「放心，唐人已經幫我們攛掇了薛家小郎君，那小子才挨了棍子，正在氣頭上，隨便一慫恿，便像沼池子旁的屎橛子似的，飛沖上天去了！眼下他正扭著棍傷未癒的屁股，提溜著好酒，往蘆子關去，慰問他爹的老部下呢！」

史元年合著那胡人哈哈大笑起來，復對阿娜爾道：「妳不必擔心，方才那些烏合之眾並非我的嫡系，眼下要入關的，才是我陰山之戰突出重圍的舊部。為了這一天，我屈奉那會主，狗一樣為他做牛做馬，幹了無數殺人越貨的勾當，這一次他幫我攛掇那薛楚玉也算有功了，待我功成之日，或許可以饒了他的狗命。去西南那邊的人呢？可聯絡成功了？」

「今早剛得的消息，西南主帥已同意出兵，洛陽、長安陷入混亂的那一日，他們便會率軍大舉北上，攻破安西四鎮。」

「好！」史元年大力拊掌，拍了拍那胡人將領的肩，「接下來就只等唐人自己鬧起來，我們便看準時機，立即行動！興建汗國，指日可待了！」

是日傍晚，李弘一行出潼關，來到天池，即當年秦趙會盟的澠池舊地紮營歇息。楊炯率一眾禮部官員相迎，因為與薛訥是舊相識，楊炯十分興奮，妥貼安排了李弘歇息用飯後，便吆喝著屬下買酒去，自己則拉著薛訥喋喋不休。

龍門業火案時，樊寧曾與楊炯謀面，此時再相逢不知是否不虞，左躲右閃，生怕與他打照面，便自告奮勇幫張順等人刷馬，藉以躲避招呼和應酬。

可就是這樣，兩人還是在茅房外狹路相逢，面對楊炯探究的目光，樊寧眼一閉、心一橫，指著小路旁的石頭道：「廁籌沒有了，你拉完找個石頭擦擦吧。」

說罷，不待楊炯回神，樊寧便一陣旋風似的沒了蹤影。

聽了這沒頭沒尾的話，楊炯丈二和尚摸不著頭腦，輕笑兩聲，闊步回驛站客房找薛訥。才一落座，他便先聲奪人，用筷箸點著薛訥的鼻尖道：「慎言，上次你帶來洛陽的，正是那個小娘子吧？前穿男裝便很是嬌俏，如今換了女裝，簡直堪稱絕色啊。不曾想你挺有本事，辦公主案也不忘風流，真是讓楊某甘拜下風。」

薛訥正好要探問楊炯公主案的事，本想著老友相逢，一上來就套話有些不合適，沒想到他自己送上門來，便不再客氣：「還說呢，這差事怎的落在你身上？迎接儲君自有一套禮儀，天皇怎會派你來？莫不是……有何隱情？」

「天皇？天皇昏迷多日，一直在內宮休養，召你來的是天后。除你之外，天后還特意召了個並州的法曹，姓狄，也是來偵辦此案的。」

「天后召我？」薛訥極為震驚，他一直以為下令將他放出牢獄，命他帶樊寧來洛陽的是天皇，不曾想竟是天后。

安定公主一案，對天后十分不利，樊寧則是最最不利的那個人證，天后將如此之人喚到洛陽來，究竟意欲何為？

第四十四章 垂楊紫陌

天池臨著黃河之濱，太陽落山後，大風漸起，直刮得人臉生疼。除了輪值的侍衛外，其他人等皆回到驛站或油布帳篷裡躲風去了，唯有樊寧坐在背風處，生火烤魚，不亦樂乎。

不知什麼風把李媛媛吹來，她蹲在篝火旁，嗅了嗅，搓搓小手，饞得像是鮑魚鋪外垂涎三尺、躍躍欲試的狸貓：「哇，好香啊，這魚這麼大，妳自己肯定吃不完，給我分點……」

「去！」趕路一整日，樊寧餓得前胸貼後背，早就顧不上她與李媛媛那本就不算深的交情，一把揮開了那探來的小手，「妳知道我釣這魚花了多少工夫嗎？上來就白要，我又不是妳的婢女。」

「是是是，妳如今身分尊貴了，是我不知分寸，這便向妳賠罪，行不行？」

樊寧嗔了李媛媛一眼，狠狠一咬，在那烤魚上留下一個半月形的齒印：「好生缺德，妳還在這幸災樂禍。」

「這有什麼幸災樂禍的？當年聖人有多喜歡安定公主，無人不知，無人不曉，說不定妳真能就此平步青雲，癩蛤蟆翻身了呢。」

「妳才是癩蛤蟆，」樊寧刻意嚼得起勁兒，饞得李媛媛直咽口水，「妳以為天皇傻？恩愛多年的媳婦、不明真假的閨女，妳若是他，妳要哪個？」

「妳就是因為這個，才刻意疏遠薛郎的？看不出來，用情很深啊！」

樊寧被李媛嬡一嗆，嘴裡的烤魚差點噴出來，她抬手揩揩櫻唇，拿起身側的水袋仰頭咚咚灌了幾口水，待感覺通紅的面色有所緩解，方威脅道：「妳再胡言亂語，我可揍妳了。」

李媛嬡「嘁」的一聲，根本不拿樊寧的話當回事：「在我看來，妳倒真不像天皇、天后的女兒。『看朱成碧思紛紛，憔悴支離為憶君。不信比來長下淚，開箱驗取石榴裙』，妳可知道，這是在何等情形下，天后寫給天皇的詩嗎？在那邊暗無天日的逆境裡，也不願放棄心愛之人，妳呢？妳就這？」

「妳不是喜歡他嗎？何必來跟我說這些。」樊寧用竹棍捅著篝火，瞬間捅出躥天的火星來，嚇得李媛嬡本能地向後一縮身子，樊寧便咯咯嘲笑著她的膽小。

「我若不是覺得他不容易，誰稀罕理妳。有幾個不當值的士兵喝多了，一直往妳這邊瞥，不知想幹什麼齷齪事，薛郎就一直坐在驛站的窗邊盯著他們，對妳如此用心了，妳卻只知道怕。」

樊寧一愣，回頭望向驛站處，果然見一個清瘦的身影正坐在窗前，她心裡微微一動，嘴上卻說著：「那些喝醉的蝦兵蟹將能打得過我？」

這話雖然是真的，卻也像風乾多日的乾糧饃，塞得人不舒服，李媛嬡氣得翻了個白眼：「許是怕妳下手沒輕重，把他們打死吧……天太冷，我走了，你們倆的事，你們自己解決吧。」說罷，李媛嬡輕快起身，眨眼消失在了幢幢光影裡。

樊寧又坐了片刻，滅了篝火，站起來拍拍身上的灰土，輕輕嘆了口氣。

「不信比來長下淚，開箱驗取石榴裙。」這詩文初讀平平，再讀卻有種難言的深情雋永，樊寧低低喃著，思緒隨之飄至十餘年前，腦中驀地浮現出一個坐在青燈古佛畔的姑娘，她的眉眼清澈，寫著淡淡的哀婉淒傷，卻又透著倔強光芒。

那是感業寺裡的武媚，在那旁人無法體會的，猶如死灰般的逆境裡，她依然篤定堅信，堅信自己會有衝破霧靄那一日，即便終日浸在香灰素油中，亦從不放棄心底的希望。或許正是因為始終懷揣著希望，在感業寺三年後，武媚涅槃重生，與天皇重逢，回到太極宮，踏平風浪，終成天后。

樊寧不知自己究竟是何人的女兒，但她知道，自己與當年的武媚一樣，便是泰山壓頂，也絕不輕言放棄，縱然真是天后要她性命，她也一定與之鬥到底。

樊寧暗暗握起了小拳，未覺察薛訥出了驛站，來到她身側，看到樊寧出神，他低聲笑道：「何人惹妳了？怎的咬牙切齒的？」

樊寧抬頭嗔了薛訥一眼，仍是那副愛答不理的模樣，身子卻本能地挪了挪，給薛訥騰出一塊地方，三分真、七分假回道：「你啊，我想打死你來著……你過來做什麼？有事找我？」

「篝火滅了，卻不見妳人回來，怕旁人有危險。」薛訥玩笑著，將手中的披風搭在了樊寧肩頭，「方才我與令明兄攀談過了，據他說，命我帶妳來洛陽的並非天皇，而是天后。」

「天后？」樊寧半回過身，桃花眼對上薛訥沉定清澈的眼眸，將信將疑，「若是天后命你帶我去洛陽，何必又讓那武三思來東宮要人？」

「是啊，如是便說不通邏輯。聖心難測，只能待明日到洛陽再探虛實，真是一個頭、兩個大。」

「怎的，你怕了？」

「怕。」薛訥挨著樊寧坐下，毫不避諱心底的隱憂，「我知道這件事勾連著妳的身世，關心則亂，妳難免會有疑慮，又覺得我好似知道了什麼，卻不肯據實相告，只怕連我也要一道懷疑了。我不敢說讓妳信我，但……」

「我信你。」樊寧出聲打斷了薛訥的話，又覺得好似道白般有些尷尬，一吐小舌，「不管畏懼與否，該面對的事總要面對。從前總想著怕連累你，但既然……你不怕被連累，我便也不客氣了。」

聽樊寧如是說，薛訥說不出的高興：「妳還記得小時候我第一天去道觀嗎？彼時什麼也不會，想著幫李師父整理穿鈴鐺的繡線，不知怎的就跟妳纏在一起了，怎麼也掙脫不開，或許這便是命中註定的連累吧。」

樊寧猶記得那線繩是紅色的，繞著他兩個怎麼也掙脫不開，直到傍晚李淳風回來，方理清了頭緒，將這兩個小的放出來。李淳風還打趣說偏偏是紅線，彼時她不懂，現下憶起來羞得恨不能找個地縫鑽進去。

身側少年投來的目光極暖，比月光更溫和宜人，樊寧沒有回避他的目光，抬眼問道：「公主案你有掣肘，我不會再追問，也不會再扯你衣裳搶書了。但我心裡還有個疑問，希望你能據實相告，昨晚……你到底是睡著了，還是清醒的？」

這丫頭性子一向不拐彎，薛訥先前便猜到，她遲早會問，原本打算裝糊塗打哈哈繞過去，但在此情此景下，他根本不能扯謊，更不能顧左右而言他。

雖說他們倆都沒有言明，對彼此的心意卻是昭然若揭，既然樊寧不再回避，薛訥哪裡還有躲閃的理由。但昨晚的事，單一解釋無法說清，薛訥本就不善言辭，這可算是雪上加霜了。

月色如水，映著佳人的絕色姿容，薛訥頓了頓，費力解釋道：「昨晚和馬車上那次，我都不是故意唐突的，我……」

不是故意唐突，但自己著實是很開心。

喜歡她這樣多年，若說不想與她親近自然是假的，但並非輕薄之意。薛訥說完前半句，卻怎麼也說不出後半句，眼見樊寧眼中的疑惑越來越濃，他不願再因為口訥而與她生嫌隙，鼓足勇氣，輕輕扶著她的肩，看著她嬌豔欲滴的紅唇，俯下了身去。

樊寧桃花眼瞪得溜圓，暗罵這小子竟以這樣的方式回答，卻也不由自主地合上了眼。

一輪月影下，一對璧人成雙，彼此的呼吸近在咫尺間，說不出的溫存旖旎，哪知背後的驛站中忽而有人高聲大喊：「大半夜的不睡覺，在那做什麼呢！」

不消說，出聲的正是李弘，這一席話驚得樊寧猶如兔子般躥起，拔腿便逃，眨眼便消失了，只剩下薛訥矗在原地，說不出開心還是失落，徒剩一臉彷徨。

翌日午後，李弘一行終於抵達了洛陽城南郊。誰知還未進定鼎門，便見道旁有匹馬發了性，橫衝直撞，直要向車隊衝來。還不等張順下令，頭前的內衛便三兩下將那馬與主人一道放倒：「大膽！竟敢沖撞太子車隊！」

「草民罪該萬死，罪該萬死！」那人已經快哭出聲來，渾身抖如篩糠，「這馬不知為何發了性，忽然就衝出去了。草民自知有罪，不敢求殿下饒恕，可否放這馬一命，這可是我家唯一的牲畜，若是沒了牠，我們一家老小便別無生計了，求殿下饒命，求殿下饒命啊！」

「張順，」李弘撩開車簾，將張順喚至身前，「無人會用此等方法衝撞，太蠢了，他已竭力勒馬，手上還淌血呢，把人放了吧。」

張順似是早就猜出李弘會如是說，抱拳一禮，上前囑咐了侍衛們幾句，便將那人放了。

車隊繼續前進，自定鼎門入洛陽城，文武百官夾道跪迎，除此外，還有不少自發而來迎接東宮的百姓。

楊炯與薛訥同乘，挑簾看罷，嘆道：「有位仁德儲君，真是我大唐百姓之福，前幾日，城裡也出了牛馬衝撞之事，有的達官顯貴不依不饒，甚至令百姓賠了性命，看到他們的爺娘妻兒當街痛哭，惹得我心裡也不是滋味。」

「牛馬皆已馴服多年，怎會當街衝撞人呢？」薛訥微微蹙眉，深覺得此事有蹊蹺。

「還能是怎麼回事，估摸是有心人要證明什麼天有異象，國祚將亂唄。」楊炯說著，壓低了嗓音，「近日來洛陽城瘋傳著安定公主未死，天后將被廢黜……所以你明白，為何天后著急召你來洛陽了吧？你可要多加勉勵，早些破案，萬不能輸給那狄姓法曹啊！」

薛訥輕輕一笑，沒再接腔，倚在窗口，兀自看著神都風景。

自夏朝伊始，這座城市有近千年時光作為華夏之都，眼前的一磚一瓦卻並不陳舊，是數十年前由大隋金紫光祿大夫宇文愷設計，與洛陽的山川地貌相契，其中宮城設計更為考究，每座殿宇的位置皆與浩瀚青天上的星宿相對應，天上與人間渾然一體，極盡奢華。

車隊繞過碧波浩渺的九州池，終於來到了東宮所在。此處軒俊壯麗自不當說，比長安城東宮尤甚。只是這亭臺樓閣落在不同人眼中，到底是不一樣的風貌。紅蓮深覺自己與李弘身分迥異，樊寧則感受到濃濃的皇權壓迫，彷彿她無論如何掙扎，都難以衝出這片天。

東宮屬官陸陸續續下了馬車，各自拿著行李，等待女官分配居所，空空蕩蕩的宮宇登時熱鬧了起來。

一紅衣御史忽然從打北面乘馬車而來，下車上前，對李弘行大禮，「奴拜見殿下。」

「可是父皇、母后召本宮？」李弘本想安頓後即刻面聖，不曾想內官先來了，他擔心李治病情有變，急切問道。

「殿下不必擔心，二聖安然，只是……天后有要事尋薛明府。敢問薛明府在何處？快快隨老奴面聖吧。」

前腳才到，怎的天后就即刻傳人，李弘滿心疑竇，卻也無法阻攔，只能眼睜睜看薛訥隨那御史上了馬車，隨著馬夫一抽鞭，車輪滾滾駛向了重重宮闕正中處的乾元殿。

第四十五章　皇帝血脈

車駕在紫微宮中行了小半個時辰方至應天門，到了此處後，馬車不能繼續前行，薛訥便下了車，隨黃官御史趨步趕向乾元殿。

莫看那御史個頭不高，說起話來輕聲細氣，跑得倒是極快，薛訥身高腿長，竟也頗為費力才追得上他。待到乾元殿下，兩名侍衛上前仔細搜身，確定薛訥沒有攜帶任何利器，方將他帶上殿來。

薛訥步入正殿，沖目而來的便是五十六根盤龍金柱，以及悠長視線盡頭的高臺寶座，座上空無一人，卻依然給人一種極強的壓迫之感。雖早已聽說過洛陽宮的壯闊，親眼得見依舊震撼非常，薛訥走上前去，行了數十丈遠，這才發現高臺下跪著個人，只是單看服飾辨不出身分。

聽到薛訥的腳步聲，那人回過頭，將他上下打量一番，語帶兩分挑釁似的問道：「連珠紋唐錦，身配美玉，看似英俊瀟灑，卻諢名薛大傻子，不知可是銀樣的鑞槍頭？」

薛訥看清那人，只見他四十歲上下，身著從八品下官服，留著微翹的山羊鬚，眼睛不大，卻聚著精光，看似十分精明強幹，應當就是楊炯所說的來自並州的狄姓法曹。

雖遠在長安，薛訥也曾聽過這位狄姓法曹的事蹟，知道他名為狄仁傑，舉明經科後，得到右相閻立本賞識，薦為並州法曹。在任期間，並州境內無一冤案錯案，上報刑部證物翔實，條理清晰，堪稱大唐之典範。

薛訥向來好涉懸案，此時見了他，哪裡還聽得進什麼揶揄，拱手禮道：「閣下可是狄懷英狄法曹？晚輩薛慎言，久仰大名，今日一見，真乃三生有幸。」

沒想到薛訥竟是這般謙遜的性子，狄仁傑尷尬不已，撓著頭，竟不知當如何接話。他一直在地方做官，頭一次來京中，聽相熟的朋友說，京官都很自傲，難以打交道，加之薛訥又是鼎鼎大名平陽郡公薛仁貴的長子，狄仁傑生怕他拿喬，會耽誤查案，故而才定下了這先聲奪人的策略，但現下看來，這小子應當與那些紈褲子弟不同，難怪不滿二十歲便能得到天皇、天后的欣賞。

狄仁傑訕訕笑著，拱手方要向薛訥回禮，忽聽高臺上傳來一陣響動，他兩人忙跪好，曲著身子，不再敢肆意攀談。

「兩位愛卿，」綴玉連珠的幔帳後，武則天身著皇后鞠衣，頭配鎏金雙鳳髮飾，雍容華貴，氣勢迫人。她的容貌在珠簾的遮擋下不大明晰，猶如濛濛煙雨中盛放的洛陽牡丹，卻依然散發著不容置疑的美豔，「遠道而來，辛苦了。」

「臣不敢。」狄仁傑叩首回應，薛訥雖也隨之叩首頓地，心裡卻忍不住地犯嘀咕。

眼下這安定公主案，處處皆在指向對天后不利，她卻依然敢將大唐最精幹的法曹與接連破獲大案的薛訥一道喚到洛陽來，甚至讓他帶上了最不利的人證樊寧。薛訥知曉天后頗有鐵腕，但此事關乎皇家血脈，天皇再愛重她，也不會不顧惜自己的骨肉，此時此刻她究竟做什麼盤算，薛訥看不清，只能靜觀其變，再圖借機行事。

「數月前，陛下做了一個惡夢，夢見安定公主的棺槨被打開，內裡空無所有，公主遺骸不翼而飛。而近來又有傳言稱安定公主未死，而是流落民間，陛下因此傷及聖體，近來仍在病中。本宮責令爾等，本月內必破此案，兩位愛卿，可都聽明白了？」

「臣……」聽了武則天的話，薛訥疑竇未平，反而更添幾分，卻不知如何相問，欲言又止。

旁側的狄仁傑率先發聲道：「回稟天后，公主遺骸下葬已有十數年，相關線索所剩寥寥，可見此案棘手，臣與薛明府又如何能在一個月內破案？求天后垂憐體恤，多給臣下些時間為上。」

這從八品的法曹倒是膽子大，竟敢與天后討價還價。薛訥看得瞠目結舌，心想自己父親將兵去往遼東，天皇下令「必克而還」，父親也只敢領命抱拳，稱絕不辜負。但他所說並非毫無道理，更主要的是……安定公主當真死在了永徽五年嗎？天后讓他們查案，他們又要查出什麼才能結案？是要他們順從自己，還是將那陳年往事翻江倒海，抽絲剝繭查清楚？

簾帳後的武則天聽了狄仁傑的話輕笑一聲，冷冷的，辨不出喜怒，「那狄卿以為，破獲此案究竟需要多少時間？」

狄仁傑頓了頓，似是在細細思量，良響方回道：「以臣之見，破……」

話未說完，後堂匆匆跑上來一名女官，看衣著品階不低，應是天后身邊之人，她滿頭大汗，趨步走上高臺，在武則天耳畔低語幾句。

薛訥等人雖聽不清她究竟說了什麼，卻能隱隱聽聞重重的氣聲，可見她的焦急。

又是好一陣的沉默，武則天沒有回應，應是在盤算思量。薛訥雖未抬眼，依然覺察大殿中的氣氛陡然冷了幾分，想來應是出了什麼大事，他心裡霍地湧起幾分不好的預感，正揣度著，便聽武則天說道：「本宮不過祭地這半日的工夫，竟有人能在宮中生出這樣的事端。陛下醒了正好，事已至此，不妨全部擺在檯面上，好好論一論吧……兩位愛卿，隨本宮往後宮走一趟吧。」

說罷，武則天起身而去，薛訥與狄仁傑茫然不知所謂，面面相覷不知該往何處，又有御史前來引路，帶著他兩人走出乾元殿，經門廡向大業殿側的天皇書房走去。

天皇李治頭風日篤，近來一直臥病在榻，今日竟破天荒起身到書房理事，只是面色仍不大好。

武則天匆匆帶人趕回，步入書房，屈身禮道：「陛下。」

即便貴為天皇、天后，亦是尋常夫妻，一起經歷過諸多風浪，感情深刻雋永。李治對武則天的寵愛，並不止限於寵冠六宮，而是甘願將自己至高無上的榮耀與她一道分享，與她並尊為「二聖」。但今日，李治望向武則天的神情卻有些說不出的複雜：「媚娘，這位婦人，妳可還識得？」

武則天偏頭一瞥，嚇得御前那婦人跪地叩首不止，哭哭啼啼道：「天后饒命，天后饒命啊！」

「本宮何時要妳的命了？」武則天一挑長眉，似笑非笑道，「我當是誰，原是安定的乳母，當年妳離宮不知何所去向，今日又入宮來，不知所為何事？」

「天后真是貴人多忘事，」一年輕男子在旁發聲，竟是高敏，他拱手躬身，似是極度尊崇，說出的話卻滿是挑釁，「張氏乳母俱已招認，十六年前奉天后之命，將假死的安定公主送出宮去，本是要送往絳州天后的親信家中，哪知半路遭劫，公主不知所蹤，她害怕天后追究，這些年一直天南海北地逃命。我刑部打從接密報，得知公主未死的傳聞，便一直明察暗訪，捕獲此婦，詳細的口供在此，請二聖過目。」

書房外，薛訥與狄仁傑立在廊簷下，將高敏的話盡收耳中。先前薛訥便詫異，此人為何沒有一直纏著樊寧，畢竟她是此案最重要的人證，不曾想竟是另有打算。高敏此時的舉動，猶如當頭棒喝，徹底打亂了薛訥的謀劃。原本打算先探知二聖的態度，再見機行事，眼下高敏之舉無疑將矛盾激化擺在了明面上，令薛訥不得不立即應戰了。

刑部已錄了口供文書，此案便不再拘於後宮，一旦刑部上書御史臺，彈劾天后之失，皇后的廢立便會被擺在朝堂上公開諫言。而那十六年前「廢王立武」若被推翻，影響的又何止是天后一人，更有無數受到低微出身皇后激勵，發奮讀書，期待「朝為田舍郎，暮登天子堂」的寒門學子。更何況，樊寧註定會處在暴風眼上，無論是否得到公主尊榮，皆會遍體鱗傷。

正思量間，只聽武則天哂笑兩聲，又道：「區區一個老婦，不知被何人收買，便敢來汙衊本宮，編出這等匪夷所思的祕聞來。妳可知道，誹謗本宮，妄議皇室血脈，是株連之罪！」

「只有區區證詞，自然不能證明這樁匪夷所思的宮廷祕聞，但活生生的安定公主正在東宮之中，由薛明府帶來洛陽，二聖若不相信，只消請太子殿下將人帶來看看便可。」

薛訥大為怔忡，心想從前真是小覷了這高敏，一個區區六品刑部主事，竟對東宮太子的動向了若指掌。這樣的耳報神，只怕朝中一品大員尚且不及，他背後究竟是什麼人、什麼勢力，難道當真是天皇授意？

薛訥正發愣，不知何人的手在眼前亂晃，他這才回過神，只見一內官皮笑肉不笑，細聲細嗓道：「薛明府？快別發呆了，天皇傳你進去。」

薛訥趕忙抱拳應聲，闊步走入了書房，屈身行大禮道：「臣薛慎言拜見二聖。」

「薛卿，聽聞你將疑似為安定之人帶到了宮中？」李治急迫發問道，雖貴為一國之君，坐擁萬里疆域，亦是平凡父親，此時此刻他微微瞪大雙眼，疑惑頗多，更多的則是期待欣喜。

薛訥眉間微蹙，據實回道：「回稟陛下，是……」

「薛慎言，本宮命你查明安定公主之案，你竟暗度款曲，偷偷帶人入宮，究竟何意？」

聽了武則天的發問，薛訥很是困惑，當初是那御史傳令，他才特意將樊寧帶來，怎的如今李治不知，武則天亦不知？薛訥掃了旁側的高敏一眼，心想那日傳召唯有口諭，並無實詔，在場之人除了他便是高敏，此時百口莫辯，只能俯首叩地不作聲。

「天皇，太子殿下將人帶來了。」內官見房中氣氛微妙，極其小心地說道。

方才高敏爭論的工夫，李治已命人去東宮，讓李弘把樊寧帶來，此時他已迫不及待，扶著桌案站起身，示意請入殿來。

轉眼間，李弘器宇軒昂地走入書房，向天皇、天后跪地拜禮：「兒臣請父皇、母后安。」

李治素來最疼李弘，此時卻顧他不得，一直望著跪在他身後那個瘦削的身影，眼睛一眨也不眨地說道：「妳……莫害怕，過來……」

從太宗嫡子晉王到太子，再到如今的九五之尊，在其治下，大唐平西域，戰遼東，甚至完成了許多太宗尚不能完成的豐功偉業，但此時此刻，他只是個思女心切、失而復得的父親，瞇著雙眼，竭力控制著頭風帶來的眩暈，看著那怯怯走來的孩子。

她梳著雙丫髻，穿著一身桃色襦裙，身子很瘦，卻很健康，一張小臉兒粉雕玉琢，五官極其精巧，最為奪目的則是那一雙桃花眼，顧盼生輝，說不出地嬌俏美好。李治與武則天一時無言，明眼人皆能看出來，這孩子長得實在太像天后，太像太平公主了。她輕啟朱唇，訥出一句「拜見天皇、天后」，連聲音都與武則天甚為相似，相似到彷彿已不必去細論，便能認定她正是二聖的骨肉。

武則天望著樊寧，彷彿對面站得不是一個人，而是一面銅鏡，照出近三十年前的自己。彼時她只有十四歲，匆匆離家入宮，做了太宗的末等才人，舉手投足間稚氣朗朗，又透著一股說不出的自信膽人。

「並州武氏，年十四，應國公武士彠之女……」

「晴雪……」李治低低喚著，似是已認定眼前之人便是自己十幾年前去世的女兒，喃喃叫她的小名，「過來，孩子，到案前來。」

「陛下，」武則天忍不住發聲道，「十幾年前安定崩逝，臣妾與陛下一樣，皆肝腸寸斷，可張氏所說公主假死出宮之事，臣妾盡皆不明，眼下怎能因為這孩子容貌與臣妾相似，便認定安定未死……」

「天后說的是。」高敏成竹在胸，比方才顯得更加得意，從懷中摸出一本密冊，遞給了旁側的內官，示意他交與天皇，「此書乃宮中記錄皇子誕生特質祕文，採用反切密語，解出來安定公主那一頁，正是『永徽五年正月十八日寅初一刻武昭儀誕女重五斤一兩，胳膊下中有一胎記形似梨花』，這位小娘子究竟是否是二聖的親骨肉，請宮人一驗便知。臣以為，以薛明府之聰慧，定然也早就解出了此卷的迷蹤，這才特意將流落在外的公主帶回紫微宮來，可謂忠貞之極啊。」

「你胡言亂語，」樊寧自己的事不怎麼上心，說到薛訥卻據理力爭，「明明是有人口傳偽詔，讓薛郎帶我來的，而且……而且我身上根本沒有什麼胎記！」

「不，妳有！」許久不作聲的薛訥此時抬起頭，高聲對李治與武則天道，「啟稟天皇、天后，臣早已解出此文密語，之所以一直壓制不報，乃是因為臣發覺其中別有蹊蹺，似是有人刻意將安定公主身世往樊寧身上攀扯，矯造文書，誣陷天后。臣請求二聖給予臣一個月的時間，必定查明真相，還二聖、還天下一個明白！」

第四十六章 直道相思

「父皇，」李弘聽罷了高敏與薛訥的爭辯，拱手對李治道，「不瞞父皇，初見樊寧之時，兒臣十分欣喜，因為她的容貌與母后相似，兒臣便忍不住心生篤定，認為她就是安定，是兒臣失散多年的妹妹。可誠如慎言所說，此案迷霧良多，不可草率處之，即便父皇相信母后清白，亦會有有心之人惡意誹謗。故而兒臣以為，還是按照慎言所說，仔細查證為上。若是有人當年利用安定害她與父皇、母后骨肉分離，今朝又欲借此生事，汙衊母后，則決不能姑息。」

「奴婢所說皆是屬實，斷不敢冤枉天后啊。」張氏害怕非常，頓地叩首不住，身子顫抖著，像隻受了驚咕咕不止的母雞。

李治頭風初癒，聽了這七嘴八舌的一人一句，又經歷愛女失而復得，得而復失的來回，身子有些撐不住。他趔趄一步，旁側立即有雙手上前將他穩穩扶住，不消說，正是武后。多年的夫妻，如同左右手一般，獨立卻默契，彼此難以割捨。李治想到此事可能會對武則天造成的影響，以及對朝堂的撼動，即刻恢複了理智，威儀沉定如初：「確如弘兒與諸位愛卿所說，此案甚是蹊蹺，必當好好查驗。爾等先起來吧，宣狄卿入殿。」

說罷，李治示意武后與之一道並坐於軟座之上，李弘則拉著一臉懵然的樊寧，側身站在李治的桌案旁。

狄仁傑小步進殿，躬身大拜後，與薛訥並肩，正對著高敏與那張姓乳母。

「高卿與薛卿皆介入此案良久，是非曲直已有了自己的判斷。但如此來，也容易先入為主。狄卿，皇后與右丞皆曾與朕說，你是名震華夏的神探，在並州任上多年無一冤案錯案，此事你怎麼看？」

狄仁傑接過了高敏手中的密文書，翻了幾頁後，恭敬對李治道：「啟稟陛下，臣方才在堂下聽到高主事與薛明府所論，臣以為，他們所爭論的……並沒有什麼意義。此書不論真假，都說明不了什麼。公主當年若是假死，必定可以追尋到蛛絲馬跡，即便不是這小娘子，也會另有旁人；公主當年若真的去世了，總能捉到造謠誹謗之人，還天后一個清白。但查找真相也不能擾了公主的安寧，且若是上來便開棺查驗，也會破壞現場留下的證據。故而臣提請，暫且不用挖墳開棺，讓臣明日一早起去往廣化寺現場查驗之後，再做定奪。」

薛訥毫不懷疑狄仁傑的才能，但深知此事若交給他便麻煩了，忙拱手道：「陛下、天后，狄法曹才幹驚人，臣一直萬般欽佩，可他初到京中，萬事皆不熟悉，恐怕延誤查案，令二聖懸心。臣願以一個月為限期，偵破此案，如若到期瀆職，辜負二聖所托，臣願以死謝罪！」

說罷，薛訥重重叩首，惹得李弘焦急勸阻卻來不及，只聽身側的樊寧說道：「你若因為此事死了，我便也不活了，橫豎黃泉路上有個伴兒，總好過隔三岔五就給我安個爹，傻子一樣被人魚肉！」

李治與武則天聽了這話，都面露驚訝之色，但他們沒有詰問樊寧，而是雙雙看向李弘。

李弘一時棘手，回道：「啊，慎言……入學崇文館之前，一直在觀星觀贖業，他兩個是總角之好……」

總角之好……是不假，可還有些別的，無法言明，李弘自認為這一路已經夠惹人嫌，不停穿梭在薛訥與樊寧間，生怕他兩個過於親近，但若樊寧真是安定，二聖必定還是會怪他沒看好妹妹。不過眼下尚不是因此煩惱的時候，李弘賠著笑，拱手對二聖道：「父皇、母后，慎言雖非明法科出身，但偵辦弘文館別院案盡職盡責，甚有功勳，此案又是一開始兒臣委託他調查的，不妨……也不要立什麼軍令狀，就讓慎言與狄法曹一道協力調查此案，如何？」

話雖如此，但明日一早，彈劾天后的奏承一定會擺在李治的桌案上。若不速度加以平息，朝中必定生亂。武則天自是看得清這處境，但她面色依舊沉定，看不出慌張，對薛訥道：「薛慎言，方才你說定能查明真相，可是已經有何線索了？」

若說去何處尋線索，薛訥尚無想法，但就像狄仁傑所說，只要是有苗頭的案子，就一定能查出蛛絲馬跡，薛訥對武則天禮道：「回稟天后，臣有信心，定能偵破此案。」

「既然如此，本宮與你十日時間，做得好自然是大功一件，但若做不好，亦有重罰。薛慎言，你可敢應承嗎？」

「十日？也太……」樊寧忍不住低聲嗔著，話還未說完，便被李弘狠狠一扯袖，她只好吞了後面的話，但目光中還是充盈著對於薛訥的擔憂。

除了樊寧與李弘外，狄仁傑與高敏的神色亦很複雜，不消說，十日的光景實在是太短，便是他們三個摒棄立場，一道查訪，也很難這樣快破案，更莫提薛訥一個人，若他不想自尋死，就不當接這個活計。

孰料薛訥低頭忖度一瞬，定定神思，跪地行大禮道：「臣薛慎言領命！」

「好！」武后向來乾脆爽利，得到薛訥的應承後，立即吩咐左右，「本宮便以十日為期，責令薛慎言與狄仁傑一道查明此案。十日後，不論薛卿與狄卿是否查明真相，本宮都將命人把安定的棺槨挖出，打開來給陛下看。只要能夠儘早平息朝中非議，令朝堂重歸安穩，相信安定也不會有意見。如若棺中果然沒有遺骸，或是有其他實據證實，當年確實是本宮偷梁換柱，假借親生骨肉之死陷害他人，本宮願意承受一切處罰，陛下……以為如何？」

李治顯然沒想到，之前一直反對開棺的武則天會這般激進，薛訥雖然聰慧，到底還是方到及冠之年，與武則天又無甚交情，為何會這般信賴他？但若說如是作為有何益處，便是爭取來十日光景可以暫時堵住御史臺的嘴。

李治不由得懸心，薄唇微動，囁嚅道：「媚娘……」

當年的「廢王立武」明面上只是後宮爭鬥，但李治心知肚明，他不單是為了扶心愛的女人走上皇后的寶座，更是為了打擊以王皇后、長孫無忌為首的關隴門閥。打從魏晉推行「九品中正」，萬馬齊喑，故而左思作詩「世胄躡高位，英俊沉下僚」，藉以諷刺那些靠家族庇蔭上位，而無真才實學之人。唯有扳倒了關隴門閥，方能大興科舉，選拔真正的人才，令大唐強盛。

當年安定公主之死，實在發生得太蹊蹺，細細想來讓人如何能不疑惑。若眼前這孩子真是他們的女兒該有多好，他就不必無數個午夜夢回自責不已，怨怪自己未能保護好她，害她小小年紀遭受厄運。但李治亦十分清楚，多少人正蠢蠢欲動，欲藉著這個孩子再生風波。想到這裡，他長長太息一聲，眉眼間透著說不出的疲倦：「朕頭風初癒，此事便按照皇后的意思辦吧。」

「臣有一請求，」薛訥復開口道，「臣希望可以帶樊寧出宮，並求天后派兵馬保護我二人。如若樊寧留在宮中，必會有人稱天后以她為質，讓臣四處搜羅假證據，藉以脫罪；如若我等出宮被殺，旁人又會毀謗，稱是臣奉天后之命殺人滅口……臣一向嘴笨不善表達，二聖智震寰宇，定然能體諒臣的用心，求二聖成全。」

不知旁人聽了薛訥的話做何感想，李弘可是十足震驚。從前總以為薛訥不通人情世故，只知讀書，沒想到他竟能為樊寧籌謀到這一步。他先是以「定能查明真相」為說辭，與高敏針鋒相對，令天后放鬆了對他的警惕，徒增幾分信任，得到了本案的主理權，繼而又將自己與樊寧的生死繫托在天后手上，以確保性命無虞。畢竟那日武三思前來逼宮，打的是天后的旗號，無論天后究竟是否知情都太過危險。

武則天如何看不出薛訥的盤算，她的眸子冷了兩分，匆匆瞥了一眼那與自己甚為相似的丫頭，微微一抿唇，口脂塗彌之處略略泛白，最終還是應道：「好，本宮便如你所求。」

都說「春雨貴如油」，今年洛城的春雨卻像是不要錢似的，淅淅瀝瀝下不盡，雨點又大又沉，很快便讓這滿街亭臺樓閣隱匿在了漫天煙雨中。

薛訥家在洛陽亦有宅院，距離宮城不過三、五里。上次辦案帶著樊寧不方便，今夕卻可以正大光明地入住其中。只是經過這一整日的折騰後，樊寧整個人愣呆呆的，薛訥便追在她身後，用乾布為她擦拭著雨水濡濕的長髮。

「好了，妳早點歇著。」薛訥為樊寧鋪好了床褥，轉身欲走，卻被她一把拉住。

猜測這丫頭可能是嚇著了，薛訥坐在她身側，盡量語氣輕鬆地寬慰道：「今日過了這一關，明日復過一關，總還會有生路，莫怕，橫豎我會一直陪著妳。」

「方才你答應十日為期，當真有把握嗎？」

「把握自然是沒有的，但我不比狄法曹和那高敏，不是明法科出身，若再不敢應承，二聖如何會將這案子交與我主理。」

樊寧聽了這話，又急又怒，小臉兒漲得通紅，側身一把拽住薛訥的衣帶道：「你瘋了嗎？你看今日天后說話的語氣，她不單逼你賭上身家性命，甚至連自己的后位也賭上了，若是破不了案，你還有命活嗎？」

「我不知道。」薛訥任由樊寧攀拽著他，看似仍舊好脾氣地任由她欺負，緊繃的下頜線與堅毅的目光卻彰顯出他此時此刻的決絕沉著，「我只知道，我不想妳被人利用，被當作扳倒天后的工具。只要我薛慎言還活著，我就不會讓妳傷心……」

樊寧面頰與眼眶同時一熱，她趕忙鬆了手，偏向一邊悄悄拭淚，哽咽嗔道：「你何必管我？我連自己爹都不知道是誰……」

今日初見天皇時，聽到他喚著「晴雪」，樊寧心底掠過幾絲異樣，或許是太過渴慕親情，她甚至有些希望自己真的是安定公主。可當目光遇上周遭人質疑、猜忌的眼光後，樊寧即刻絕了這等念想。那是高高在上的天家，註定不是凡人可以染指的，就像是充滿誘惑的禁地，一旦踏入便是萬劫不復，再也難以回頭。

但若說不難過、不悵然，自然是假的，樊寧悄悄深吸了口氣，想要穩住情緒，不讓薛訥察覺自己的失落，哪知氣兒還沒倒勻，身子便驀地被薛訥搬了過來，他直直望著她，不給她半分閃避的機會，慢慢說道：「妳爹是誰並不重要，我只要知道妳是誰就夠了。」

樊寧的小臉兒失了神采，雖然笑著，卻不見往日的紅潤，蒼白裡透著兩分憔悴：「聽你這般說，我怎會不開心，但我們之間註定……」

「沒有什麼註定。」薛訥向來謙和有禮，從不打斷旁人，今日卻斬釘截鐵地將樊寧的話堵了回去，「不管妳是何等出身，我都不在意，小時候我就想好了，哪怕妳是李師父在外面欠下的風流債，或是十惡不赦悍匪的女兒，我依然只認定妳……」

樊寧如飲醴酪，心裡說不出的甜，但她仍知兩人之間的差距，不敢盲目開懷，心裡的疑慮未消，躊躇道：「可你是平陽郡公府的大公子，即便你我再中意，你父母不答允，又能如何。」

薛訥垂首拉過樊寧的小手，這一次與以往任何時候不同，不是青梅竹馬的親暱，而是一個靦腆俊秀的少年牽著他心愛的漂亮姑娘，「我已經想好了，等過了這一關，李師父也當回來了。他年紀大了，理應致仕歇息，我也會辭了京中的官職，帶你們往別處去走走看看。《括地志》裡記載著我大唐的大美河山，許多地方我都想去，到時候不管是到嶺南、黔西還是交趾，做個法曹或者其他小官，橫豎能養活你們……我不打算承襲爵位，只要我不做平陽郡公，娶誰為妻便與他們無關，不會有人敢輕賤妳的。」

無論受什麼委屈，樊寧皆能忍住不落淚，聽了薛訥這話卻淚如雨下，她背身抽噎道：「若是與你在一處，要耽誤你這麼多，我不如還是自己走了乾淨。」

「不，」薛訥鼓足勇氣，從身後擁住樊寧，緊緊將她圈在他單薄卻寬闊的胸膛前，「並非是妳耽誤我，而是我離不開妳……」

人生在世，最神奇的莫過於此，許多事或許早在八歲那年便已注定，只消牽著她軟軟的小手，便不知何為畏懼。但若看她不見，便像是全瞎全聾般，再美好的人事物皆感知不到，人生亦再無半分歡愉。

他這般深情，她又如何能只知道逃，樊寧轉過身，小手羞澀地攀上他的肩背，輕道：「事已如此，再說旁的也無用，不管生或死，我都跟著你。」

薛訥無法形容此時此刻心底的饜足欣喜，俯身在她的紅唇上輕輕一吻，復抬起眼，四目相對間，兩人皆是說不出地羞赧，卻又不約而同地互相靠近，從青澀懵懂到唇齒相依，難分難捨。

管他簾外細雨如何潺湲，哪怕明日便是末日，有此間心意相通，亦算是無怨無憾了吧。

第四十七章　至親至疏

洛陽城同一片雨幕之下，李弘冒雨來到囿苑，紫衫袍背後被雨水濡濕一片，前襟卻較為乾爽，可見步履匆匆跑得急切。

一處涼亭中，李治身著燕居常服，面色雖仍虛弱，笑容卻很慈愛，「怎的不讓張順跟著，也不打傘，若是著了風寒可怎麼好？」

李弘含笑接過李治遞來的絹帕，拭去面頰上的雨水，平素裡他一向老成沉定，此時在父親面前，卻只是個無憂無慮的孩子，粲然一笑道：「來與父皇相聚，不想帶外人。這是……新炙的鹿肉嗎？」

「知道你愛吃，一直命人留著。」天家父子，尊貴顯赫，但親情與凡間百姓別無二致，李治遞上一盞溫酒與李弘，「先喝一口暖暖身子，慢慢吃，為父在這裡陪著你。」

無論朝堂之事多麼忙碌，只要得閒，李治便會特意安排，在這囿苑裡與李弘見面，如尋常父子般吃飯談天，這也是李弘與二聖尤為親近的原因。

最喜歡的吃食就在眼前，李弘卻沒有動筷，而是細細端詳著李治，擔心問道：「父皇近來身子如何？頭風可還發作得緊嗎？」

「為父無事，用了司藥新開的方子，整個人舒緩多了。倒是你，如此年輕，怎的前幾日還昏厥了？萬勿不當回事，平素裡多召疾醫，好生調養，切記不要大意。」

「是，皆是兒臣之過，前陣子還因為一己私事，與周國公衝突，身為太子，非但不能為國分憂，反而令父皇、母后動怒，實在是不該……」

先前李弘衝冠一怒為紅蓮，將賀蘭敏之好一頓打，雖說占理，到底也在朝堂掀起了不小的風浪，自然應當向李治請罪。

「此事怪不得你，」許久未與李弘相見，李治很是開懷，身子舒朗輕快了許多，但還是用手撐頭，以防備突如其來的眩暈不適，「是敏之那孩子，也太不像話了。朕與你母后先前不知，他在外面竟那樣瘋，做了多少荒唐事，甚至太平去你姨母家做客時，他竟連哄帶騙，將太平的十幾個侍婢悉數淫汙……那日你打了他，也多少算是個教訓，否則還不知會生出什麼樣的禍亂。你母后將你姨母請到宮裡來，還未說什麼，你姨母便先跪地請罪。待過了這兩日，朕即刻恢復你的監國之權，朝堂上的諸多事，你可要為為父多操些心了。」

「是。」李治與武后未怪罪，李弘的神色輕鬆了，流露出兩分赧色，「父皇可還記得，兒臣十五歲生辰時，亦是在此處，父皇曾說過，若是兒臣有了心愛之人……可以告訴父皇。」

難怪方才李弘提起毆打賀蘭敏之之事，原來是另有所求。父子連心，看到李弘這般，李治便知他對那姑娘著實上了心。幾年前，李弘方滿十五歲時，李治告訴他，他日若有了心悅之人，一定要告訴他這個做父親的。不必說，李治這半生為君、為夫皆無什麼憾事，唯獨想起自己的父親太宗之時，心頭總會泛起絲縷的惆悵來。

當年還是太子的他，並沒有勇氣告訴父皇，自己愛上了武媚娘。待太宗過世，武媚娘被充入感業寺，他又沒有立場與魄力去即刻將她接出，令她在感業寺受了數年苦楚。這也是這些年無論武后做什麼，只要不傷及國本，李治皆不會與她計較的原因。他不希望自己的兒子與自己一樣，因為身分、地位等重重掣肘，獨自輾轉反側，黯然神傷。

今夕聽李弘如是說，李治既有身為父親被子女信賴的開懷，亦有兩分釋然，蒼白的面龐上掛著笑，雲淡風輕道：「弘兒所說的，是那個名為紅蓮的姑娘吧？你這孩子倒是個實心眼，東宮裡那麼多文職武將，你隨便選一個，讓那姑娘掛名在他家中，納進來就是了，怎的一直放在外面，倒是比放在宮裡惹眼多了。」

「父皇說的是。」李弘笑得溫和靦腆，他的容貌取了李治與武后之長，既有男兒的舒朗，又不失精巧俊秀，「先前是我癡了，怕她會不習慣宮中生活，拘束難受，如今看來，許多事並非克制就能解決的，一旦太過壓抑自己，事到臨頭反倒會喪失理智。只是，母后那邊……」

「你也不小了，也當有人陪著，不然寒來暑往，連個暖心之人都沒有。為父在你這個年紀，可是已經做父親了，近來朕與你母后也一直在為你物色太子妃。娶妻娶賢，這道理你是懂的，喜歡的人放在身側，也要有個人為你管理家室。這兩日便是吉期，你喜歡那姑娘，便先納進來吧，至於你母后那邊，為父替你言語一聲就是了。」

「多謝父皇！」李弘欣喜不已，起身跪地叩首。

惹得李治邊笑邊咳：「行了，快起來吧，難怪方才拿著筷子攪來攪去，這鹿肉卻一直沒有下口，眼下安心了，快好好吃吧。」

李弘靦腆一笑，端起酒盞，喝下去歲新釀的葡萄酒，品起了鹿肉來。

李治含笑看著他用飯，自己在旁品著茗茶，遲疑問道：「弘兒，那個孩子……這些年一直住在觀星觀嗎？」

下午在書房時，李治雖沒有表態，但樊寧的年紀、樣貌皆符合，令他如何能不掛心。李弘明白父親的心思，將自己所瞭解的樊寧之事和盤托出：「是，聽慎言說，李局丞稱樊寧是永徽五年發大水時，他在街邊撿的遺孤，一直教養在身側，情同祖孫。樊寧身子不好，李局丞便要她從小練武。也多虧是從小練武，否則前幾次的危機只怕便渡不過去……」

「身子不好？」李治的憂心直難掩飾，追問李弘道，「是先天不足，還是……」

「兒臣不大清楚，只是聽慎言提起，如今已經無礙了。」

「那孩子與薛仁貴家的小子，是打小便相識嗎？」

「是。」今日在書房裡，是個人都能看出樊寧與薛訥親近非比尋常，李弘便也不加掩飾，「父皇應當知道，兒臣自小便與慎言要好。自從認識他那天起，兒臣便知道他喜歡樊寧，只是這兩年才與她相識……兒臣不知母后年輕時相貌，初見之時只是覺得她眼熟，並未覺得她可能會是安定。但那日在京兆府受審時，她被人冤枉，起身對那歹人便是一腳，不知怎的，兒臣忽然覺得她與母后有些相像……」

那樣年紀小小的一個姑娘，受到那樣的冤枉，應當很害怕吧，但她分毫未顯出畏懼，氣魄心性倒當真像極了武后。李治無聲嗟嘆，驀地想起十餘年前，自己欲立武則天為后，遭到長孫無忌與褚遂良等大臣的反對。彼時褚遂良口出狂言，竟說出「武昭儀曾侍奉先帝」這等侮辱性說辭，氣得李治臉色漲紅，正不知如何申斥之際，身後的屏風後傳來一個冷冷的女聲：「何不撲殺此獠！」

或許從那一刻起，長孫無忌與褚遂良才明白，他們面對的是個何等心性的女子，只恨為時已晚，其後抄家流放，人頭落地皆是意料之中了。

李弘見李治扶額發怔，以為他身體不適，忙問道：「父皇頭昏嗎？可要喚疾醫來？」

「為父沒事。」李治收回思緒，依舊溫和笑望著李弘，「看你吃得這般狼吞虎嚥，可是著急回去與那姑娘說？」

李弘被父親看穿了心事，撓頭沉默著，俊秀的面頰隱隱發熱。

李治是過來人，怎會看不明白，拍拍李弘的肩，笑道：「朕再命御廚做一份，弘兒帶回東宮去，與那姑娘一道吃吧。」

「多謝父皇。」李弘不勝欣忭，與李治閒話片刻後，接過宮人準備的食籃，匆匆向東宮趕去。

李治看著李弘的背影，嘴角彎出一抹笑，彷彿看到了十餘年前的自己。

那種與心愛之人相會的喜悅，他依然記在心頭，回味起來有種淡淡的甘甜。此情猶在，那人……依然如故嗎？李治的眸中喜憂參半，撐著身子站起，徐徐穿過廡門。

夜已深了，四下裡鴉黑一片，唯有大業殿側的書房仍燈火通明。

李治推門而入，對那書案前模糊的身影喚道：「媚娘。」

武則天站起身，忙迎上了前來，「陛下怎還未歇息？頭風初癒，不可太勞神……」

「方與弘兒見了面，問了問他前幾日昏厥之事，應當無礙。」李治頭風越篤，已影響到了視力，近來看萬事皆朦朧，眼下望著武后，倒覺得她像是十餘年前初見時的模樣，明明是那樣嬌媚的一張臉兒，眼神裡透出的卻是男子皆無法比擬的篤定強大，李治說不清自己是如何被她吸引的，回過神時便已一發不可收拾。

「臣妾瞧著弘兒好似又長高了些。」武則天扶李治至桌邊坐下，提起李弘，她褪去了平日高高在上的冷豔，滿是人母的溫和，「先前臣妾與陛下說，衛尉少卿楊思儉的女兒模樣、品性都十分出挑，可堪為太子妃之選，陛下以為如何？」

「孩子們都大了。」李治的話彷彿別有所指，望著身側人的眼神也多了幾絲不易察覺的猶疑，「楊氏不錯，過幾日可令有司算算八字……媚娘，今日那孩子，是我們的晴雪嗎？」

安定公主出生於永徽五年元月十八，那日大雪初霽，碧空如洗，乃是瑞雪豐年大吉之兆，故而公主乳名「晴雪」。

武則天聽李治如是問，悄然撤了手，面色清冷了兩分，回道：「陛下，臣妾去有司查驗過，今日你的藥方裡調了兩位草藥，不似從前那般溫補，藥性剛猛使得陛下甦醒。臣妾敢問，究竟是陛下授意，命刑部主事帶了乳母與那姑娘來，還是有人刻意設局？」

「朕不想與妳論那些，」李治的神色終於疏冷下來，不過眨眼的工夫，兩人便從溫情脈脈的夫妻變作了爭鋒帝后，「媚娘，永徽五年何其凶險，朕心裡有數，我們能一道攜手走過來，實屬不易，所以朕不會怪妳。但朕希望妳據實相告，那孩子，到底是不是我們的晴雪？」

人人皆道天皇病弱，天后擅權，但武則天心知肚明，這個龐大帝國的掌控權一直牢牢握在這個儒雅溫和的男人手中，先前魏國夫人等事，他雖生氣，卻遠不足以撼動她在他心中的地位，唯有事關他們的孩子與社稷江山，方是他一觸必怒的逆鱗。

武則天脫去鳳簪，屈身拜道：「十日之內，真假分明，若臣妾真有失當，但憑陛下責罰！」

從弘文館別院案發至今，薛訥一直夙興夜寐，他以為自己是因為案情才這般掛心，但今日懸案壓頂，他還是沉沉睡了個好覺，方知原來所有的輾轉反側都是因為樊寧。

是日一早，薛訥精神抖擻，召小廝端了茶水銅盆，打算收拾罷便去廣化寺查案。哪知才漱了口、淨了手，便見樊寧氣衝衝從門外走來，一叉柳腰，嗔道：「出了這麼大的事，你還在這打扮！」

「出何事了？」

只消看到樊寧，薛訥便忍不住嘴角勾笑，氣得樊寧掐了他兩把，卻捨不得用什麼氣力：

「你還笑？你阿爺就要還朝了，你可知道？」

「先前在刑部大牢時，便聽薛旺說了。高麗已平，天皇召我父親回洛陽來，怎的了？有何不妥嗎？」

「街上都傳遍了，你爹納了個鐵勒美女做妾室，據說那女子特別漂亮，你爹看到人家，連道都不會走了……我說你爹長得屠戶一樣，起初還以為他是個老實漢子，怎的你娘給他守著家，他出去打仗還能胡來！」

「原來是這等事啊。」薛訥本擔心是宮裡又出事，此時鬆了口氣，不以為意道，「父親自然有他的盤算，我打算一會子去廣化寺看看，妳要不要……」

「你覺得這是小事嗎？」樊寧想不通薛訥為何這般事不關己，眼底寫滿彷徨疑竇，櫻唇一噘，紅了桃花眼，好似此時要納妾的不是薛仁貴，而是薛訥本人。

薛訥看樊寧如是神色，陡然醒悟，忙解釋道：「不是不是，妳千萬別誤會。納妾這件事，母親是知道的。此一番能夠平定高麗，於我們薛家而言是莫大榮光，但凡事福禍相依，妳絕頂聰明，一定知道自古武將最忌諱的是什麼……」

樊寧一怔，旋即明白了薛訥所指。自古武將最忌諱功高震主，當年太宗御駕親征打高麗，鎩羽而還，不久便駕崩離世。薛仁貴大勝而回，於國而言自然是大喜，但於薛家來說，尊貴之極的同時亦是微妙至極、危險至極。就像漢朝驃騎將軍冠軍侯霍去病大勝後奢靡浪費一般，薛仁貴給自己冠上好色之名，納鐵勒美女為妾，也是為了破除在百姓心中的光輝形象，令主上放心。

樊寧悟到這一層，心情更加複雜，向薛訥致歉道：「對不起，我不當那般說你爹……」

「無妨，妳是心疼我母親，我明白。」薛訥牽住樊寧的小手，兩人又不約而同地紅了臉，心底同時升起了一個疑惑，便是先前的十餘年間他們為何能那般毫不避諱地牽手，現下怎的就這般羞呢。薛訥忍著赧意，繼續說道：「妳不必擔心，即便我將來真的有出息，如我父親一樣立威沙場，報效大唐，功成名就那日，我就帶妳歸隱山林，或者回絳州老家開個胡餅鋪子，若是賣不出去，便都給妳吃……總之，我不負妳。」

「我哪吃得了那麼多，」樊寧心裡說不出地感動，長睫一顫，嘴上卻說著，「再者說，誰要跟你回老家。」

「昨晚妳都答應了，」薛訥明知樊寧是在刻意慪他，卻還是當了真，「妳若不跟我走，我便跟妳走，橫豎妳去哪，我的胡餅鋪子就開去哪，別想抵賴。」

小廝候在門外，不知是否聽見了門裡的對話，露出來的半張側臉弧度像在偷笑。樊寧極羞，瞪了那小廝兩眼，不再與薛訥爭論，轉言道：「你不是要去廣化寺嗎？我陪你一起去吧。」

「好，我們先用早飯，待會子武后派來保護我們的人也當到了，屆時再出發。」說罷，薛訥牽著樊寧往前廳走去。

樊寧不習慣與他這般親近，總覺得那幾個下人在暗暗偷笑，便悄悄將小手抽了出來。薛訥什麼也沒說，略帶稚氣的英俊面龐上閃過了兩點藏不住的失落。

早餐不過是些時令新菜與湯餅，兩人邊用邊閒話，未幾便聽下人通報，稱天后派遣的人來了，今日起便陪著薛訥在神都查案。

薛訥趕忙起身，欲去前堂相迎，哪知李媛嫒連蹦帶跳地走了進來，身後還跟著幾個龍虎軍士兵。

樊寧看得張口結舌，方夾起的湯餅複掉入湯碗裡，激蕩得清湯濺起半尺：「天后派的人是妳？不是在逗我們玩吧？」

「說什麼呢妳，」李媛嫒翻了樊寧一眼，對她看不起自己表示不滿，「天后當然指派的是我阿爺，但天皇有事尋我阿爺，今日便是我來了。」

不單樊寧，連薛訥都悄悄鬆了口氣，怕她們兩個拌嘴耽誤工夫，忙道：「時辰不早了，我們即刻出發去現場看看吧。」

一行人打從薛府乘馬車駛向廣化寺，因為安定公主未死的傳言，此地的守衛比先前多了近一倍。進入廣化寺後，薛訥在住持的帶領下前去查驗公主墳塋，樊寧則與李媛嫒一道等在前院的小亭子裡。

「感覺很複雜吧？」李媛嫒打量著身著襦裙的樊寧，雖然不服氣，卻不得不承認這丫頭真的很漂亮，「看到可能是自己的墳塚，心裡是什麼感覺？」

「我不是安定公主，」樊寧莞爾，回得乾脆俐落，「師父說我是發洪水時，他在街邊撿的，薛郎也說此案另有隱情，我相信他們。」

「聽妳這話的言下之意，你倆好上了？」李媛嫒知道這一日遲早會來，但心裡還是忍不住發酸。她纏了纏長劍上的纓穗，盡量不顯露情緒，「我真是想不明白，妳與天后那般相像，年紀也對得上，若換了旁人，巴不得上趕著去認，怎的妳就瘋了似的躲……要知道，妳若是公主，不單與薛郎的婚事便宜得多，往後還能對他的仕途大有裨益，這些事，你們到底想過沒有？可莫要一時昏了頭，逞什麼英雄豪俠，到時候後悔都來不及。」

「我不是公主，為什麼要亂認爹？」樊寧知道李媛嬡的話有兩分歪道理，但偏生她與薛訥的性子與這道理不合，「薛郎一直想靠真本事建功立業，連平陽郡公的爵位都不想要，又哪裡會靠什麼公主上位？」

樊寧這話倒是不錯，李媛嬡一直以為薛訥年少，不懂朝堂事，但現下他已到了及冠之年，沒想到還是這般執拗。現下遇上這樊寧，也是一樣的性子，從這角度看，他們倆當真是天造地設的一對。

這等事若是攤在他們英國公府頭上，是絕對不會拱手推卻的，真不知孰對孰錯、誰傻誰精。李媛嬡又道：「這話是不假，但你們可想明白了，無論妳是否是安定公主，都會得罪天后。畢竟此事對她的影響太大了，她隨時會擔心有人再拿著妳來說事，很可能會對妳不利。妳還不若認下公主的身分，好歹有地位，有天皇護佑，起碼可保性命無虞。」

李媛嬡所說，樊寧並非沒有想過，但她寧願父母親的位置空缺，也不願意不明不白、糊裡糊塗地過一生。更何況她生性愛自由，大明宮、紫微宮再奢華，對於她而言也不過是座囚籠。既然薛訥說，待塵埃落定會辭官帶她離開，她便深信不疑，只要有了這種信念，哪怕即刻死了也別無遺憾。

李媛嬡見樊寧不言語，臉上卻帶著淺淺的笑意，猜測她與薛訥早有打算，暗罵自己不過鹹吃蘿蔔淡操心，一句「罷了」方要脫口，便聽公主停靈之處傳來一聲巨響，驚得她與樊寧一道衝了出去，異口同聲喚道：「薛郎……」

第四十八章　魂安魄定

樊寧與李媛嫒尋聲跑去，只見有兩人一個抱頭、一個捂下巴，「哎喲」不止，正是薛訥與狄仁傑。

看樣子，方才薛訥正欲查看墳塋處的雜草時，與一旁的狄仁傑撞到一處，狄仁傑一頭頂上了薛訥的下巴，方有了眼前這一幕。

樊寧笑得前仰後合，拊掌道：「薛郎癡也罷了，怎的來了個法曹也是個癡子，啃頭、咬下巴的，你們都不看人嗎？」

狄仁傑從地上爬了出來，看到樊寧，他如獲至寶，即刻從隨身背挎的麻布包裡拿出一卷發黃的本子，又摸索出一根毛峰乾涸發硬的毛筆，拿至口邊一㖃，翻開本子便問起了話來：「這位小娘子，昨日在宮中不便相問，本官有幾個疑影，勞煩妳回答。聽聞妳是秘閣局局丞李淳風所收養，他可有告訴妳，妳是何年何月何日在何處抱來的嗎？」

狄仁傑倒真是隨時隨地都能辦案，樊寧望向薛訥，見他微微頷首，便照實回道：「師父說我是永徽五年夏日發大水的時候，在城南外撿的，彼時還撿了紅蓮姐姐和另一個男童，那男童被附近的山民抱養走了，我與紅蓮姐姐沒人要，便由師父一直養在觀星觀裡。」

當年渭河發大水，長安城遭災，連太極宮都給淹了。彼時正是薛訥之父薛仁貴逆著洪流衝入皇宮，將天皇背了出來，否則還不知會出什麼亂子。而那一場洪水中，京畿百姓受災十分嚴重，幾乎家家有人因災而喪命失蹤。大災過後，不少人家收養男童，以便延續香火，而女童則多遭遺棄，樊寧所說並非無根無據。

狄仁傑記錄罷，抬眼翹起山羊鬍，復問道：「昨日刑部高主事稱解出那書謎，書中所記安定公主胳膊下有一胎記形似梨花，敢問妳的胎記在何處？」

「我不知道，」樊寧下意識摸向後背蝴蝶骨處，嫵媚生姿的小臉兒上一派茫然，「我看不到背後，也不知自己到底有沒有胎記。」

「妳不知道，但薛明府言之鑿鑿說妳有，敢問……」

不知怎的，到這一問題，氣氛忽然變得有些微妙，李媛嬡快人快語：「你們兩個還真是……看不出來薛郎……你們這起子沒羞沒臊的！」

「才、才不是。」薛訥漲紅臉，辯駁道，「小時候一起洗澡看到過，郡主說薛某便罷，莫要汙了寧兒的清白。」

狄仁傑不受外界影響，繼續發問：「那麼那位刑部高主事又是如何知道妳背後有胎記的？看年紀他比你們年長幾歲，應當不會是妳二人的總角之好吧？」

「誰會跟他交好，」樊寧氣鼓鼓回道，「我在刑部蹲大牢的時候，他騙我去騷狐狸的偏宅洗澡，估摸是讓那些侍婢偷看的，真是卑鄙。」

狄仁傑踟躕握筆，沒有繼續記述，薛訥看出他的困惑，解釋道：「就是司刑太常伯李乾祐的偏宅。」

這話不接還好，接了倒是更加惹人發笑，狄仁傑也忍俊不禁，蹙眉竭力克制：「那位高主事真是好手段，上午狄某來時，聽住持稱高主事已經來過了，手中拿著天皇的詔諭，徹查此案。薛明府，此案看到現在，諸般證據皆在佐證高主事的推論，你說這小娘子不是安定公主，卻並無任何證據，九日後打算如何與天皇、天后交代？要知道，眼下這事，可不單牽扯薛明府個人或者薛家一門，還牽連著天后、武氏甚至東宮太子，保不齊狄某也要跟著遭殃……敢問薛明府，到底有無頭緒？」

「聽聞這廣化寺乃是當朝右丞相閻立本之兄閻立德設計建造，圖紙據悉就保留在閻右相家中。狄法曹既由閻右相推舉為官，定然是閻右相青眼之人，可否為薛某引薦，薛某欲求得此廟的設計圖本。」

狄仁傑低頭一忖，心想這小子並非明法科出身，查案卻不是毫無章法，正好他亦有所求，便說道：「可以，狄某亦有個不情之請。這位小娘子究竟有無胎記，僅憑薛明府一人之言，怕是有失偏頗，可否勞動李郡主，將這小娘子背後的胎記畫下來，以便查案之用。」狄仁傑這要求並不過分，乃是查案必需，樊寧與薛訥交換罷神色，一口應允，狄仁傑便去尋那住持安排房間。

李媛嬡進了房後，四處仔細查看，確認無人偷看，方示意樊寧褪去衣裳。樊寧解了襦裙，露出櫻色肚兜，轉身將白皙玲瓏的背對著李媛嬡。

李媛嬡按照狄仁傑的要求，將樊寧背上的胎記細細畫下，末了擱筆道：「真是奇了，妳這胎記位置隱蔽，自己照鏡子都看不見，薛郎居然一清二楚。他總不會是從小時候一直記到現在吧？你們兩個當真沒做什麼不得了的事？」

旁的時候被李媛嬡揶揄，樊寧總是能反揶回去，但這件事她根本無從抵賴，小臉兒漲紅一片，嗔道：「我怎麼知道他為何記得，他從來沒與我說過。」

李媛嬡傾慕薛訥多年，總覺得與他年紀相若，從小相識，門當戶對，應當是毫無疑問的一對，現下看來他只怕早在十餘年前便已中意著樊寧。若是知道輸得這樣早，她又何必這樣落花有意、流水無情地虛度這些年。

李媛嬡心裡不好受，但轉念想想，薛訥不單模樣出挑，才學淵博，更是溫暖得宜，君子翩翩，堪稱長安城最優秀的兒郎，他自己亦分毫不自知，謙遜可愛，又有誰能不被他吸引？

李媛嬡壓抑著有如溫泉噴湧的酸楚，看著整理穿衣的樊寧，心想自己其實比她幸運，有曾祖父、父母與兄長的疼愛，不似這丫頭，身世淒苦，現下又攤上這樣的事，若是沒有薛訥，她又要怎麼辦呢？

或許人生事就是這般得失均衡，不能太過貪心，李媛嬡霍然釋懷，嘴上卻依然討嫌：「別磨蹭了，穿得再好看又能如何，過九日破不了案還不是得死，早些去右丞相家討書，才是正章……」

打從前歲起，天皇命戰功卓著的姜恪為左相，工部尚書、「大匠」閻立本為右相。閻立本不單出身高貴，所繪「昭陵六駿」、「凌煙閣二十四功臣像」更是有極高的藝術造詣，世人便以「左相宣威沙漠，右相馳譽丹青」來分表他二人。

除了這廣化寺的設計輿圖外，薛訥還惦記著自家地宮之事。依照李媛嫒所說，崇仁坊的設計皆由閻立本的兄長閻立德完成，說不定能夠別有斬獲也未可知。

出了廣化寺後，眾人便一道乘車去往閻立本府邸。這右丞相府位於宮城外東南角，以春夏秋冬四時為主題，移步換景，構造巧妙。薛訥等人置身其間，竟有些不合時宜的流連忘返。

進了二道門後，一管家模樣之人走上前來，禮道：「這幾日家公抱恙，恐不得見，但兩位官爺所說的書籍是可以外借的，只消隨我去書房登記，有請。」

見不到閻立本自是遺憾，但若能拿到輿圖，也不算白來一場。薛訥與狄仁傑齊齊一拱手，隨那管家去往書房，在厚厚的借書錄上簽下自己的名字。

趁著薛訥與管家取書之際，狄仁傑將那名錄向前翻了幾頁，忍不住低呼道：「誒，怎的司刑太常伯李乾祐也來借過此書？」

「是呢。」管家回道，「前歲先帝昭陵處發生了一起偷盜案，李司刑借此書來查案用，兩位應當有所耳聞吧。」

這案子薛訥與狄仁傑倒是都聽說過，曾惹得天皇震怒，刑部上下忙活了三兩個月終於偵破，倒是與這安定公主案毫無瓜葛。

拿到輿圖後，薛訥尋來一名畫師，令他在兩日內謄畫一份，方便自己與狄仁傑查案。

天光不早，眾人就此拜別，薛訥帶著樊寧回到了薛府。從傍晚到夜半，他一直專心致志梳理著公主案的全部線索，樊寧坐在他身側，困得搖搖欲墜，未幾竟靠在了他的肩上，她猛地驚醒，與薛訥對視一眼，赧笑道：「我可不是占你便宜，太困了……」

「妳不必在這陪我，」薛訥心疼得緊，催促樊寧去睡，「我不知何時才能看出個名堂來，莫要影響妳休息。」

「我們不是要在不開棺的情況下查找那墳塋有無被動過手腳的痕跡嗎？為何一直圍著那廣化寺打轉？」

「今日妳也去那寺廟看了，守衛很是森嚴，想要做手腳談何容易。故而若真有人要做手腳，定然要從遠離墳塋的寺廟外的山體上打盜洞，方有可能。方才我便是一直在查找這山體上有無盜洞。」

「既然你沒有找到，那豈不是說明沒有人能夠對那口棺材做手腳嗎？」雖不情願，但樊寧還是只能得出這結論，若真如此，便會坐實當年公主根本沒有下葬，她就是安定公主之事便又確鑿了幾分。

四目相望間，兩人盡是說不出的困惑惆悵。薛訥總覺得何處不對，卻又難以尋到突破口，正無措之際，身側的樊寧倚在他瘦削的肩頭，雲淡風輕的語氣裡滿是傷感：「若當真躲不過，你就悄悄出城找你爹吧，這樣興許他也不必納妾了，有個闖了禍的兒子，去找天皇好好哭一哭，應當不會有什麼重懲。」

「妳覺得我會丟下妳，自己去找天皇告饒？我在妳眼裡就那般靠不住嗎？」

「不是……我只是不想拖累你。」樊寧抬眼望著薛訥，觸到少年人堅毅的目光，長睫顫了顫，又道，「對了，今日郡主問我，這麼多年了，你怎的還記得我身後有胎記？」

薛訥不知當如何回答，面頰通紅，目光卻很坦蕩，良久方回道：「妳的事，縱隔半生我也記得……」

原本清冷中帶著苦澀的氣氛，隨著少年的一句話轉瞬旖旎，樊寧還未回過味，薛訥忽然抬手滅了油燈，一把將樊寧推倒在軟席，整個人壓在了她身上。

樊寧驚得差點出拳，一句「喂」還未出口，便聽得幾聲輕不可聞的「嗖嗖」，應是有不速之客衝越過重重防線，落入內院，冷不丁向房中人放出數支長箭來。

第四十九章　暗礁險灘

府門內外皆有把守，竟有人能衝破層層防線，進來放冷箭？究竟是賊人武藝高強，還是有人監守自盜？

薛訥與樊寧貼得極近，頭頂上呼嘯而過的箭矢聲漸漸被粗重的呼吸和心跳聲掩蓋，薛訥看著近在咫尺的紅顏，本就敏感的嗅覺此時更加敏銳，只覺整個世界都縈繞著她身上的香氣，不由想起那日吻她時，她唇瓣的甜蜜滋味，忍不住又低頭在她唇上輕輕一吻。

樊寧正緊張，小拳握著，隨時準備出手，忽然被薛訥一親，她好似小時候偷喝李淳風的葡萄酒似的，飄飄忽忽，凴虛御風，連小拳的力道都減了好幾分，捶在薛訥肩頭，說出的話明明是怨怪，卻有了幾分嬌嗔的意味：「箭在頭上飛呢！你是雞嗎還在這叨米？」

薛訥自知忘情，十分不好意思，點頭示意自己知錯了，立著耳朵專心聽響動。

箭矢聲停了，取而代之的是窸窣的腳步與對話聲，這起子人鞋履上裹了茅草，動靜極輕，顯然是知道薛訥聽力極佳，有備而來。樊寧準備好袖劍，卻判斷不出對方的具體位置，猶豫著無法出手。薛訥示意她少安毋躁，靜心聽著對方的動靜。

書房中無有兵器，所能依靠的唯有樊寧的兩柄袖劍，府門外有重兵把守，能夠越過龍虎軍而進入薛府的刺客人數應當不會多，以方才射箭的密集度來看，估摸有兩、三個人。

這兩日一直陰雨不斷，這會子雨雖然停了，天空依舊烏雲密布，無星無月，一片漆黑下，敵我皆不分明。薛訥悄悄扶樊寧坐起，兩人輕手輕腳地行至溜門邊的斗櫥後躲起，靜心等待。

照常理說，此時他們還活著，應當高聲招呼院外的守衛。現下詐死，乃是為了誘敵深入捉活口，好清楚地知道，想要他們性命的究竟是誰。

隨著輕微的拉門聲，兩個長長的人影伸探入房中，見來人不多，薛訥的心終於落下肚，沖樊寧點頭示意。待那兩人貓步走入書房，樊寧即刻從斗櫃後飛出兩柄袖劍，重重刺了過去。

刺客無不大駭，頭前那人偏身一躲，袖劍擦身飛過，臂上立即出現了一道長長的血印，他舉著弓弩欲回擊樊寧，卻發現身側同伴被一劍刺中心口，頹然倒地，便再也無心戀戰，慌忙拖著同伴向外逃奔。

樊寧起身急追，薛訥拉她不住，趕忙跟上，行至院中，只見那重傷不支的刺客忽然睜開眼，抬起弩機沖著樊寧便是一箭。

樊寧只顧追人，待反應過來時已停不住腿腳，眼見箭矢就要直插心口，緊跟其後的薛訥本能地一把將她護在身前，自己則被箭矢擦傷，手臂登時殷紅一片。

「薛郎！」樊寧再也顧不得追人，一把扶住薛訥，眼眶通紅，心疼不已，急道，「我去叫人請疾醫來，再問問院外龍虎軍的人是幹什麼吃的！」

薛訥一把抓住她的小手，俊生生的臉兒掛著虛弱的笑意：「不必，他們來的時候悄然避忌著人，離開的時候卻只想著逃命，定然會被發現，想必守衛們很快會進來查看我們的情況……」

話音才落，李媛嫒便帶著十幾名龍虎營士兵和七、八個薛府雜役衝進了院子，見血濺了一地，薛訥受傷，她急切又心疼，趕著上前兩步，又自知沒有立場，半道剎住，拿捏著分寸問道：「方才見兩個蟊賊溜進來，沒想到竟與你們交手了，薛郎傷在何處？趕快請個疾醫來看看吧。」

「不是什麼蟊賊，」樊寧閃開身，將門扉上大大小小的箭洞展示給眾人，「這是來要命的，你們幾百號人就看不住一個院子嗎？」

密密麻麻的箭洞看得李媛嫒心驚肉跳，她愧疚不已，生怕方才一個不小心，真害得他兩個丟了性命，不單對不住父親所托，更對不起多年的老友，連連致歉道：「入了夜，大家都有些瞌睡，本就要換班了，估摸刺客知道我們龍虎營的換班時辰，也實在是賊。不過你們放心，方才他們逃出時露了馬腳，我們的人現下還在追他們，一定捉住活口，給你們一個交代。」

「他們兩個都被袖劍射傷了，你們竟捉他們不住？龍虎軍幾時也這般沒用了！」

「差一點就捉住了，結果那廝忽然向後掃了一槍，我們的人頓了一步，就讓他溜了。」

看罷李媛嫒無意間模仿對方的動作，樊寧心頭一緊，扶著薛訥的手不由一顫。

薛訥覺察出她的異常，聲色不顯，吩咐下人道：「我的傷沒什麼大礙，待會子讓寧兒給我包紮一下便好了，郡主不必太掛心。雖說對方可能不會再來，但慎言以為，最好還是要再加一倍的巡防，明日一早再報案，請都畿道府衙派人到現場來勘驗。」

李媛嬡聽薛訥如是說，也不好再做關切，只道讓他好好休息，而後便帶人去往旁側，在回廊下與管家協商增加布防之事。

樊寧扶薛訥回到居住的小院子，拿出藥箱，為他細細包紮傷處。她平素裡總是愛穿戎裝，如瀑長髮高高束起，英氣逼人，而今身著襦裙，俏麗可愛，耐心地為他看傷，溫柔嫻靜，著實令薛訥移不開目光。但眼下哪裡是胡思亂想的時候，薛訥定定神，問道：「寧兒，方才李郡主學那刺客的動作時，妳可是想到了什麼？今晚來的人，怕是舊相識吧？」

「是武三思的人。」樊寧答得很肯定，因為先前在觀星觀曾與右衛軍交鋒，死裡逃生，他們的拳路、劍法，樊寧皆牢記於心，「武后不是已經答應，確保我們的安全，怎的又讓她侄子來殺人？」

薛訥目光深邃，看不出究竟在思量什麼，但他周身的氣息很明顯地冷了幾分。

樊寧亦知此事棘手，也飛快地轉著小腦瓜：「得虧你的耳報神靈通，否則我們真是枉死了。也不知李郡主麾下士兵能不能抓住他們。若是抓不住，那箭矢……可能證明刺客的身分？」

「方才我看了，他們特意沒有用右衛軍中的箭矢，若是李郡主他們抓不住人，只怕無法證明是武三思的人。不過……上次妳撿到的魚符還在嗎？」

「什麼？」樊寧怔了一瞬，才想明白薛訥問的是什麼，回道，「在我房裡，我怕日後還有用便一直收著，你要做什麼？」

「橫豎無人知曉妳是哪一日撿的，明日一早，我拿著去面見天后。」

「你要去見天后？」樊寧每每想起那日面聖的畫面，心便揪作一團，「她若當真存了殺心，你入宮去不是送死嗎？」

「若她真的存了殺心，我不入宮，妳我亦無處可躲。妳放心，眼下此案未明，我進宮去，天后反倒不好對我下手，更何況，我總覺得以天后之手段，即便要對妳我動手，也不會挑在此時。」

與二聖相見不過三兩日，樊寧卻已盡力將那日的全部場景忘卻，此時提起，二聖的模樣只剩一個模糊的影，可彼時那被人審度的不快及受辱之感仍如影隨形。她不願意薛訥獨自面對危機，顫著唇說道：「那……我隨你一道去吧。」

薛訥如何不知樊寧不喜歡入宮去，搖頭笑道：「我知道妳擔心我，但妳去了，反而有可能激怒天后。我身上有官職，又是奉命徹查此案，入宮便宜得多。明日一早，我會先去東宮，跟太子殿下打個招呼，若真有什麼事，相信殿下會保我，妳且放心。」

薛訥說的話有理，樊寧沒有更好的辦法，只能依他所言，垂著長長的睫毛，將全部的擔心眷戀隱藏，莞爾道：「那你早去早回，我在家等你……」

第二日一早，天還未亮，薛訥便從偏門出府，踏著清晨的微雨趕向紫微宮。

今日並非朝參日，但往來的車輛並不少。不消說，要鎮守這樣龐大的帝國，每個都道府縣的地緣風俗、水文地貌須得爛熟於心，出現任何情況，皆要在第一時間做出正確的判斷，確保百姓安居，政令申達，各行各業平穩順遂。

這幾日天皇身體不虞，依舊是天后坐鎮打理。薛訥靜心候在外殿，看著各路官員如走馬燈般往復來回，及至巳正，才終於輪到了他。

例行搜查後，薛訥被內官帶至書房門口，大拜行禮後，坐在書案前的武后終於抬起臉，吩咐道：「薛卿前來，可是有何要緊事？進來說話。」

薛訥再拜謝恩，邁入書房，將袖管中的魚符交與了武則天的貼身女官。女官躬身呈上，武則天看罷，聲色不顯地問薛訥道：「薛卿這是何意？」

「昨夜子時三刻，臣與樊寧遭遇刺客，險些喪命，此腰牌乃是刺客不慎遺留在現場之物，今日來此便是求天后為臣與樊寧做主！」

武則天依舊沒有什麼表情，眼底的疏冷將不解、懷疑悉數掩蓋，「子時三刻，爾等於何處遇刺？刺客幾人？細細稟明。」

「於臣家書房中，刺客兩人，先是以弩機攻擊，後又持刀入室。臣與樊寧拚死反擊，手肘受傷，歹人亦受傷逾牆而逃。龍虎軍當值士兵追擊至右衛軍營外，歹人不知所蹤。清掃庭院時，發現腰牌一枚，經仔細辨認，乃武三思將軍門下右衛軍所有。據樊寧所述，先前弘文館別院案沉冤得雪當日，她獨自回到觀星觀，曾遭人暗殺，彼時的拳路、刀法與昨夜的刺客甚為相似。此外，在臣動身隨太子殿下來洛陽的前夜，武三思將軍曾帶兵威逼東宮，討要樊寧。臣斗膽，請天后放過樊寧，否則此案尚未查明，樊寧便會橫遭厄運，屆時即便證明天后的清白，也會被天下人棄之不信……」

武則天說話依舊慢慢地，臉上卻明顯有了薄怒：「聽你的言下之意，是認定此事是本宮指示武三思所為，要那孩子的性命嗎？」

天后之怒誠然可怕，但若不激怒她，今日便無法達到自己的目的。薛訥再拜，不卑不亢道：「臣不敢。臣若當真如此認定，理應提交證據往刑部，由刑部上報御史臺，或輾轉傳信至天皇處。臣雖魯鈍，尚且明白，此時樊寧若橫遭危險，對天后最為不利。故而臣認為，此事應當是武三思將軍自作聰明所為。他聽聞天后在天皇面前立下誓言，擔心以臣之才智，難以在十日內查明真相，牽連天后與武氏，便出此下策，欲將樊寧滅口。畢竟，只要樊寧消失，御史臺無論如何參奏皆會失去最重要的人證。但臣以為……天后最在意的並非御史臺是否上書彈劾，而是天皇究竟如何看待此事。故而臣斗膽，求請天后，重懲武三思，否則只怕還會有其他人等錯會天后之意，對樊寧不利！」

前幾日，正是在此處，武則天曾答應保住薛訥與樊寧的安全，此一次被薛訥這般逼上門來，彷彿是被人面斥過失。更何況疏不間親，賀蘭敏之與武三思皆是武則天的至親，唯有太子李弘、幾位親王與太平公主在親緣上比他們更近，薛訥此舉所冒的風險不言而喻。但若不如此，樊寧便無法獲得真正的安全，薛訥寧可冒死，也一定要為樊寧爭取籌謀。

武則天忖度良久，瞥了那魚符一眼，吩咐女官道：「革除武三思右衛統領將軍之職，幽禁府中思過，責令大理寺徹查，看他究竟有無此等不忠不法行徑，一旦坐實，絕不姑息！」

那女官顯然沒想到武則天會下此重懲，愣怔片刻後，道了一聲「喏」，插手一禮，匆匆走出書房傳令。

薛訥打從心底舒了口氣，至此懸在樊寧頭上的利刃方暫且挪開，但若八日後此案未破，更大的麻煩便會接踵而來。薛訥方欲叩首謝恩，又聽武則天說道：「過慧易夭，薛仁貴給你取一個『訥』字，倒是機敏。」

聽出武則天話裡有話，薛訥含笑充愣道：「多謝天后。父親常說，若是不給臣取這個字便好了，或許便不會像現下這般呆笨……臣告退。」

武則天輕輕一頷首，薛訥便屈身退出了書房。

武則天端起桌案上的祕色瓷茶盞，輕呷一口，愣神片刻後，復拿起桌案上的奏承，仔細批閱，又不知過了多久，她不經意地對女官道：「這幾日東宮好生熱鬧，本宮也當抽時間，去看看弘兒了……」

第五十章　夜深幾許

打從清早薛訥出門，樊寧就一直眼巴巴等著，一會兒擔心他被武后殺了，一會兒又害怕他因言入獄，一上午坐立不安好不糾結，在房裡待不住，便騎在門口的石獅子上等。

過了晌午，晨起細密綿綿的雨漸漸轉為傾盆大雨，樊寧的衣衫漸漸濕透，卻只顧著怪雨太大，讓她看不清長街盡頭的來人，索性翻身上了房檐，登高遠眺。

約莫小半個時辰，長街上終於出現了那少年人蒼勁如松的身影，她方一掃愁容，小臉兒上有了真實的笑意，從房檐上一躍而下，飛身攀上疾馳的馬，拉住了薛訥的革帶。

薛訥片刻訝異，看到樊寧的小臉兒，登時孩子般開懷笑了起來。及至府門前，兩人下了馬，牽手而行，樊寧見他平安而還便知事情已經妥當，眉眼彎彎笑道：「方才見有御史帶兵捧著詔書路過長街，往前面坊間去了，是不是武三思要倒楣了？」

「咎由自取罷了，自然有人收拾。」雨勢很大，薛訥將樊寧微涼的指尖牢牢裹在自己的手心裡，「對了，方才路過天街，見管家帶著五、六個小廝，步履匆匆的，連我喚他都沒聽見，他可有跟妳說做什麼去了？」

「還說呢，今日不知何處來的消息，說你爹去征討高麗，將國庫裡的糧都耗完了。每年春日最是青黃不接，老百姓們都害怕，從昨日起就在瘋搶糧食，家裡好幾百號人，管家生怕真的斷了糧草，等不及你回來，便去帳房支了銀子，帶著小廝買糧去了。」

薛訥心想這大隋留下的餘糧堆在含嘉倉與興洛倉，這兩年才吃完，自己父親征討高麗，時間也不算久，如何會令國庫虧虛？更何況父親食邑千戶，家裡怎會缺糧？但那管家在自家服侍多年，勞苦功高自不必說，應當並非壞心，只是盲從。

薛訥不再糾結，轉言道：「對了，早上我去東宮時，聽張順大哥說，殿下在東宮找了個低階文官，讓紅蓮姑娘認作了那家的女兒，不日便會納她入宮，封作五品承徽了。」

「當真？」樊寧很為紅蓮開心，牽著薛訥連蹦帶跳，旋即又起隱憂，「只是……不知未來的太子妃是否會仗勢欺凌紅蓮姐姐，她看起來溫柔嫻靜，其實性子很要強，我真怕她待在宮裡會吃虧。」

「若不是這樣的性子，殿下又哪裡會對她如是青眼。美貌的人良多，就像王皇后與蕭淑妃，哪個不是傾城絕代的容色，陛下獨寵天后，自然也不是因為天后的貌美。妳莫看殿下平日那般沉定，對紅蓮姑娘則是著實上心的，否則又怎會衝動至將周國公給打了。只要有殿下的寵愛，她必定無虞，不必擔心。」

說話間，兩人來到偏廳，薛訥與樊寧皆沒有用午飯，此時並肩坐著，在這寒涼的陰雨天裡吃下一碗暖暖的湯餅便是幸福。

薛訥起身為樊寧添了半碗熱湯，攏了攏她耳畔的碎髮，親暱卻不輕薄：「畫工連夜趕工，將廣化寺的輿圖謄畫出來了，我約了狄法曹一道去取，再去廣化寺看看，妳想跟我一道去嗎？」

橫豎在府裡待著無事，樊寧欣然應允。畢竟與天后約定之期已不剩幾日，前路未定，不知生死，能夠相守的日子需得十足珍惜。

在公署外，薛訥與領了輿圖的狄仁傑不期而遇，見禮罷，狄仁傑瞥了樊寧一眼，轉頭沖著她又是一禮。嚇得樊寧原地一跳，像個炸了毛的貓：「你對我行禮做甚？」

「你二人應當也聽說了吧，這幾日坊間瘋傳，稱妳是板上釘釘的安定公主，待天后壽誕煙火典禮後，天皇便會將她廢黜，恢復妳的封號尊榮，狄某如何還敢不勤謹？」

「你與天后同鄉，又是她將你召來洛陽的，現下天后有麻煩，你就這般不痛不癢地看熱鬧？」樊寧一努嘴，似是對狄仁傑的說辭十分不滿。

「狄法曹，薛某並非明法科出身，亦不在刑部大理寺供職。但薛某知道，此案對於狄法曹而言，是大材小用，難點並不在於案件本身，而在於當年錯綜複雜的宮闈爭鬥……或許在狄法曹看來，若寧兒是公主，薛某與她皆會從中受益，但人各有志，她不想攀附權勢，薛某亦只圖天下真正『安定』。想來狄法曹試探我倆，是看了輿圖，心中有了籌算，擔心我兩人虛與委蛇吧？薛某願以項上人頭作保，絕無此念，否則當日在天皇書房，便當令她多多哭訴這些年苦楚，天皇思女心切，保不齊當場便會相認，又何必推諉不受，繞這麼大一個圈子。」

這薛慎言絕非傳言中呆愣之輩，不單觀察入微，對人心揣度更是鞭辟入裡。狄仁傑心想旁人那般看待他，多半是被他像個花花公子似的外表蒙蔽。確如薛訥所說，這件案子與他偵辦的那些匪夷所思的殺人案相比，並沒什麼難度，但此事所牽扯的，又哪裡僅僅是一樁宮闈密案。

狄仁傑不動聲色，捋鬚笑道：「狄某哪裡有薛明府所說的那般厲害，與薛明府一樣，剛拿到這輿圖，還未看出個所以然。若是薛明府願意，不妨與狄某一道，再去廣化寺看看？」

「請。」

薛訥與樊寧冒雨隨狄仁傑一道，又去了廣化寺，但此一次這兩人沒有進寺廟裡，而是冒著雨繞著山走了半晌。狄仁傑年近四十，腿腳已不那般靈便，不知何處撿了根樹枝當作手杖，隨薛訥走走停停，看得極其仔細。樊寧卻搞不明白他們在看什麼，乖巧跟著，頭上的紅纓一甩一甩，極是可愛。

下雨天，天黑得極早，三人終於將整座山仔細看罷，摸黑回到山底的槐樹下歇腳。趁樊寧去一旁喝水之際，薛訥對狄仁傑道：「薛某愚鈍，業已發現了此案關竅，想來狄法曹必有斬獲。以薛某之見，此事由狄法曹去向天皇闡明情由，必然更令天皇信服。」

「呵。」狄仁傑一笑，山羊鬍翹起，一臉戲謔，倒一點不似他方才查案時認真專注的模樣，「看來薛明府也知道很難打消天皇的疑慮？」

「不瞞狄法曹，薛某確實明白，即便十日後公主遺骸仍在棺中安然無恙，天皇亦有可能懷疑當年下葬的並非真正的安定公主。狄法曹聰慧，心中懷揣大唐，必然明白此事的分量，薛某並非推諉，而是真心實意認為由狄法曹主要向天皇陳述此案會更好。」

「狄某明白，薛明府將這立功的機會給了狄某，狄某自當珍惜……只是，天皇心頭的顧慮究竟能否真正打消，你我二人說了皆不算，而是要看天后的籌劃了。」

東宮最高的閣樓上，紅蓮坐在窗前，對鏡梳妝，她自知容色傾城絕代，平日裡只淡掃蛾眉，今日卻悉心妝點，不為旁的，只為這一身碧綠嫁裳。

本就有沉魚落雁之容、閉月羞花之貌，妝點後更是驚為天人。待漠漠昏黑之時，聽到李弘的腳步聲，紅蓮起身拿起團扇，轉身而前，屈身向李弘一禮。

李弘亦向紅蓮回禮，而後念道：「長憶長安月下，驚鴻與卿相逢。深情不知從始，白首亦非所終。」

這是唐人大婚時，新郎催新婦梳妝的卻扇之詞，李弘念的乃自己所書，包含了他與紅蓮初識的場景。紅蓮聽罷，忍不住紅了眼眶，喃道：「殿下……」

李弘緊緊握住紅蓮的手，與她並肩坐在桌案前，拿起銅剪，輕輕剪了紅燭燈花，笑道：「妳只怕會笑我癡，明明父皇已經答應我納妳，也給妳認了人家，為何今日還要在此搞這麼一出……」

「殿下的心意，妾怎會不懂。」紅蓮看著一身紅綢喜服的李弘，只覺他倜儻不凡、器宇軒昂，彷若天神般，令人不可逼視，「殿下是怕我委屈，但只消能侍奉在殿下身側，餘願便足，哪裡還會有分毫委屈可言。」

李弘抬手輕輕揩摸著紅蓮的小臉兒，見她膚光傲雪、美豔絕倫，不由低聲喟嘆道：「長安城裡最美的一朵花，終究還是被弘攀折了。蓮兒，我並非只為了妳，過幾日是當朝太子納五品承徽，往後還會有當朝太子迎娶太子妃種種。但今時今日，是庶人李弘迎娶自己心愛的女子紅蓮為妻，與任何名利地位皆不相干，只關乎我心悅於妳，就像卻扇詩裡所寫，縱然白首，亦不會有分毫改變。」

李弘的話惹得紅蓮眼眶發酸，她不想在這樣的好日子裡落淚，靠在李弘肩上，轉言問道：「今日聽張順大哥說，薛明府正在跟著寧兒學功夫，也不知案子辦得如何了。只希望他們順利過關，莫要牽累天后，這樣殿下也能安心下來。」

「薛仁貴將軍麾下那麼多驍勇之士，慎言跟著樊寧學功夫，簡直是在開玩笑。我看他們練武是假，動輒抱到一處才是真的，橫豎我眼不見、心不煩，將來父皇、母后責問，一起受罰就是了。」

李弘對那一對的態度前後迥異，惹得紅蓮掩口嬌笑不止。李弘見她笑，也忍不住跟著笑了起來，無奈道：「不說他們了，今日……是妳我的好日子，蓮兒，喝下這杯合巹酒，我便當真永遠不會放妳走了。」

「妾出身粗鄙，還曾落入風塵，自知並非殿下良配，能得殿下青眼已是三生有幸……妾自然願意永生永世與殿下相守，只擔心會拖累殿下。」

「妳不必這麼想，打從五歲被立為太子，我便時常會思考，投胎這種事究竟是如何安排的。貴為大唐儲君，從小養尊處優自不必說，但我所承受的，亦非常人可以想像。第一次下令誅殺某位大臣時，我才七歲，雖說那人藐視王法在先，但彼時我心裡的不安亦無法說與旁人，面上依舊要裝作萬般沉定。而緣分這種事，與投胎一樣，亦是命中註定，否則我為何第一次去平康坊，便會不顧身分暴露的可能，將妳買下來。蓮兒，東宮太子只是我的身分，而我的心則是屬於妳的。或許下輩子，我不過是個山野樵夫，妳卻高貴顯赫，但這依然不會影響我們相守，又有誰辱沒了誰呢？」

紅蓮的眼淚終於不可遏止地灑落，兩人同時端起酒瓠，仰頭飲下了合巹酒。李弘俯身，輕輕吻去紅蓮臉上的淚珠，最終吻上了她丹霞般紅豔豐澤的唇。

相思太久，相思太苦，但不經相思，又怎知對方已融入自己的生命與骨血，命數相交，魂魄相牽，癡纏有如窗外纏綿不絕的雨簾，剪不斷，理不清，卻又心甘情願地耽溺其中，無法自拔。

洛陽城同一片雨幕之下，薛訥端坐於臥房桌案前，翻看著安定公主案的卷宗，樊寧在他旁側，本自告奮勇要為他添茶倒水，哪知未幾就困得搖搖欲墜。

薛訥見狀，刻意往她身側挪了挪，瘦削卻寬闊的肩膀堪堪接住她的小腦袋，樊寧未醒，換了個更舒服的姿勢，在他身上拱了兩下，惹得薛訥的心登時化了，還未來得及回味，便聽門外有人低喊道：「主官……主官……」

樊寧登時驚醒，猛然起身，急聲喚道：「誰！」

薛訥見她下意識要出飛刀，忙一把攏住她的袖口，安撫道：「別怕，是陶沐。」說罷，薛訥上前開了門，果然見陶沐渾身濕透，哆哆嗦嗦地立在門外。

薛訥將他放進房來，樊寧立馬遞上淨布與熱茶問：「怎的來了洛陽就不見你，你去哪玩了？」

「我讓他去查存檔去了，怎麼樣，有收穫嗎？」

陶沐從懷裡掏出一個方方正正的本子，竟是乾乾爽爽的，分毫沒有打濕，可見護得仔細。「這是主官要的，顯慶四年以來抄家流放的要員名單，可能有逃籍的名錄皆在此了，主官請過目。」

今日下午與狄仁傑說，要打消天皇疑慮，只仰賴天后，薛訥卻有著旁的打算。狄仁傑不知前情，他卻一直惦記著高敏有逃籍嫌疑，故而早早派陶沐去搜集資料，意圖透過追查逃籍，徹查高敏身分。薛訥接過本子，迫不及待地打開看了起來，才翻開第一頁，整個人便倏忽一怔，清俊的面龐陡然色變。

「怎麼了？可是有什麼要緊的發現？」樊寧忙問道。

「顯慶四年最大的抄家案，震驚整個大唐，我怎麼反倒給忘了呢！」薛訥將卷宗放在桌上，盤坐在一旁，又陷入了沉思。

樊寧好奇湊上前一看，但見上面赫然寫著「顯慶四年八月趙國公長孫輔機亡故於嶺南，其崇仁坊宅共八百畝被罰沒」。

「崇仁坊？那不是你家和英國公府嗎？怎的這裡面說長孫無忌住在那？」樊寧十足納悶地問薛訥道。

但此時薛訥已沉浸於深思，根本聽不見樊寧的問話，腦中飛速回溯著高敏所說的每一句話，求證著自己的推論：

「這裡的條件自然不能與薛府相比了，薛御史受罪了，高某一會兒找夥計再要兩床被褥，打個地鋪就得了……」

「這些物件，只能說此案有可能這般發生，而非一定會這般發生。高某只覺得，薛明府這些推論，皆是基於此女沒有罪過的基礎上，只是為此女脫罪的詭辯，若沒有人證，根本不能堵決決之口……」

「薛明府此言差矣，鬼市的不法之徒眾多，為了錢財殺人越貨的亦不在少數。這些人一向不尊王法，以為自己所做之事神不知、鬼不覺……」

「殿下，臣以為，薛明府所說的作案經過聳人聽聞，此案根本不需要第三方，也不需要大費周章搞什麼錫鏡之物，皆是由樊寧夥同鬼市那起子不法之徒共同完成。薛明府杜撰出的所謂賊首，既沒物證，又沒人證，純屬臆測而已……」

回憶戛然而止，薛訥睜開了澄澈雙眼，輕輕一笑，俊朗的面龐上滿是大徹大悟。

打從第一天相識，他一直莫名感覺高敏說話的方式有些奇怪，如今終於明白了這奇怪之處究竟何在。而這也解釋了，為何高敏對於朝中之事如此了若指掌，為何天皇身側尚有他的眼線，以及自己從未與任何人提起過的薛府地宮，為何會如此輕而易舉地被薛楚玉發現。

這永徽年間蔓延至今的漫天迷霧，所有一切的謎團，終於在這一瞬間被澈底擊穿了。

第五十一章　埋骨何處

塞門鎮蘆子關位於延州西北，緊鄰朔方，再往北便是茫茫大漠。儘管此地距洛陽尚有一千五百餘里，卻是塞外草原距兩京最近之所在。

前些時日，薛楚玉辭別了柳夫人，帶隨從一路離開長安，本說要回絳州龍門老家休息散心。哪知到了龍門後，他又藉故與舊友同去塞上打獵，背上弓刀，穿上胡服，一路快馬向西北而去，經過延州、罷交，直抵邊塞重鎮——塞門。

這幾年大唐國策對胡人胡商極為包容，鎮上胡漢雜居，其樂融融。眼下塞上寒冬尚未過去，許多塞外放羊的牧人棄了氈帳，住進了鎮上的瓦房，等待著寒冬過去，春風吹綠水草之時，再趕著牛羊出城。

是日天寒，街上百姓無論胡漢，皆是頭戴氈帽，身穿胡服，畢竟比起寬袍大袖的華夏霓裳，還是胡服的御寒效果更為出眾。

薛楚玉行至一處客棧前，翹起氈帽，看看匾額上所書，正是自己要找的地方，便翻身而下，將馬交給門口的牽馬小廝，而後信步走進客棧，點了份羊肉湯餅和炙小羊腿，逕自吃了起來。

趕路良久，說不餓是假的，盤乾碗淨後，薛楚玉示意小二結帳。未幾，店小二便將一張窄箋字條合著找回的銅板雙手遞給了薛楚玉。薛楚玉接過字條，揮揮手示意那些銅板算作賞錢，而後佯裝無事，步履輕鬆地走出了客棧，騎馬出了小鎮。

待到無人之處，薛楚玉悄悄展開那字條，偷眼一看，按照上面所述馳馬進入鎮外的白楊林中。

幾名胡商正坐在炭火堆旁取暖，背後停著幾輛大車，上面放著好大的幾個酒罈，為首之人身材魁梧，面上一道刀疤，正是史元年。

見薛楚玉如約而至，史元年咧嘴一笑，乜斜他一眼，滿臉戲謔道：「薛小郎君果然言出必行。事不宜遲，我們這便去拜訪你爹的舊部吧。」

薛楚玉本還想再問幾句，哪知那史元年兩步上前，一把摟住他的頸子，俯首在他耳畔道：「別指望那些守關的酒囊飯袋裡能有我的對手，如果你敢不聽從，或有任何奇怪舉動，明日無非便是大漠上多出一具無名屍體罷了！」

雖然早就知道對方並非善類，但聞聽史元年此語，薛楚玉還是不由得打了個寒戰。自那日因「誣告長兄」而被痛打板子，薛楚玉心口的氣一直順不下來，他發誓不惜一切代價，定要報復薛訥。

因此，當他再度應約來到觀音寺，見那所謂「擎雲會」的會長時，對方表示有個能夠在天皇、天后面前讓他力壓薛訥出風頭的機會時，他便立刻應承下來。

於是那會主向他面授機宜，告訴他有一批西域貢品需要緊急運往洛陽，來給天后祝壽。但為了不提前走漏風聲，須得在朝廷的批文下達之前先行入關。

駐守塞門的將領恰好是薛仁貴的舊部，故而只要薛楚玉能夠出面，令他們對入關的貢品睜一隻眼、閉一隻眼，他便讓薛楚玉帶隊將貢品一直運送至御前，屆時天皇、天后見到貢品龍顏大悅，直接給他封爵亦不在話下，他從此便無須再看他長兄的臉色行事。

面對如此可疑的說法，薛楚玉非但沒有質問，反而順水推舟，嬉皮笑臉地應承下來。在他看來，無論此人是何目的皆不要緊，若想真正壓薛訥一頭，不妨就勢捅個大婁子，先讓薛訥收拾不住，自己再在最關鍵的時刻出現，營救二聖，力挽狂瀾，從而將薛訥踩在腳下，在天皇、天后面前出盡風頭。

而當他真正來到此處，卻發現情況遠比他想像中複雜得多。但是眼下還不是示弱的時候，薛楚玉自詡將門出身，見過許多大場面，微微心驚仍強裝淡定，隨史元年和那些滿載酒罈的胡商一道，向不遠處的蘆子關下行去。

守衛蘆子關的將領姓嚴，約莫四十歲，是薛仁貴的同鄉，當初同薛仁貴一道參軍加入李世民部下，幾場仗下來，作為薛仁貴的裨將，其後因身受重傷，不能再橫刀立馬，故而被安排至蘆子關把手關隘。

這些年北方大定，此地安樂，往來多是商旅，故而平時在此守關無須擔心與敵軍短兵相接，士卒的操練也懶散得多，甚至會與常來往的胡漢商人勾結一處，幫對方少算一些行商報稅之品，令對方可得更高的利差，自己亦可中飽私囊。

見到這滿載酒罈的車隊，那將領方要呵斥將其攔下，薛楚玉快快上前兩步，摘下氈帽，對那嚴姓將領笑揖道：「嚴將軍，是我，楚玉啊。」

見來人是薛楚玉，那將領喜出望外道：「怎麼是薛小郎君來了？難不成薛小郎君也開始做起西域買賣了嗎？」

「嚴將軍說笑了。不日便是天后誕辰，我阿爺特命人從西域選了幾樣稀罕物作為貢品，只不過軍中多有想要借此機會攀附天后之人，到東都一路關卡又多，怕有眼線將消息走漏，便不能給天后驚喜了。嚴將軍乃是家父從小相識的玩伴，感情自然非同一般，故而特意囑咐楚玉打此入關……天寒地凍，兄弟們皆辛苦，楚玉特意從長安帶來了琥珀佳釀，不成敬意，姑且給嚴將軍與兄弟們驅驅寒吧。」

那將領聽說美酒是送給自己的，立馬樂開了花，招呼一眾守關士兵前來將酒罈從車上一一扛下，此時正值飯點，士兵們便起著哄直接將酒開了，倒入近百個水碗中，圍著火堆炙羊肉暢飲起來。

酒過三巡，趁薛楚玉與嚴姓將領周旋的工夫，史元年走上城樓，朝關外的草原發出如同大雁鳴叫般的聲音。太陽雖已落山，仍有天光殘留在穹廬，只見茫茫地平線盡頭，一群早已蟄伏良久的騎兵從四面八方彙聚而來，如壓頂黑雲般烏壓壓一片。而這廂守關的唐軍竟一個個直挺挺地昏倒在地，令薛楚玉瞠目結舌。一陣惡寒後，薛楚玉本能般地乾嘔起來。

原來，這酒並非尋常的酒，其中混入了大量隱而後發的迷藥。守軍將士們久居邊關，幾乎從未喝到如此高檔的酒，故而一個個都喝了不下三碗。而一旦超過三碗的量，迷藥在體內積聚便會發作，令人睡死過去，直到第二天大亮。

薛楚玉微微慶幸自己早留心眼，一直勸酒，幾乎未飲，但也不過眨眼的工夫，他心底的小慶幸便被強大的恐懼感悉數取代。

看著邊關迫近的草原騎兵，他終於意識到自己已經闖下大禍，方欲作色，卻見史元年大笑著從城樓上走下來；而薛楚玉身邊的那些「胡商」頃刻變了臉色，摘下氈帽，敞開皮襖，露出腰間明晃晃的刀劍來。

「你若不想死，便給老子老實點！」史元年沖薛楚玉大喝道。

話音剛落，薛楚玉就感覺腦後被鈍器猛地一砸，腦中「嗡」的一聲，登時栽倒在地。那幾個「胡商」拿出早已準備好的大麻袋來，將他裝了進去，直接拋在了馬背上。

史元年騎上馬，領著入關的大隊胡兵，高聲誦起了《推背圖》裡的讖語：「旌節滿我目，山川蹋我足。破關客乍來，陡令中原哭！」

打從開鑿了大運河，洛陽春夏的雨水較往年豐澤了許多，今年更是自打開春便細雨不斷，少見晴日，直將這中原腹地裝點得如氤氳江南。

是日一早，龍虎軍的車駕便駛來薛府門前，接薛訥與樊寧至廣化寺。為了出行方便，樊寧穿了薛訥請人新為她裁的衣裳，是眼下最為時興的閨閣女子改良胡服，雖仍是男裝款式，用料、刺繡、色澤卻與男裝截然不同，乃是嫩桃抽芽的淺碧，繡著點點細碎的花蕊，襯著樊寧嬌俏的小臉兒說不盡地俏麗美好。而薛訥今日為了勘查現場，未著寬大的官服，而是穿著窄袖襴衫，平添幾分少年人英挺精神。

甫一上車，薛訥就揉揉眼，靠在車廂上滿面困意，惹來樊寧嬌笑調侃道：「前幾日百般央求我多傳授武學於你，今日早起才練了半個時辰便人困馬乏的，難怪師父說你根本不是這塊材料。」

「李師父哪裡說我不是這塊材料，他是說我不是妳的對手。」薛訥憶起小時候，唇邊勾出一抹淺笑，「我方學武的時候，妳已經很厲害了，加之我小時候身子單薄，確實難以與妳匹敵。如今長成了，倒是覺得比小時候進益得多。只是練得有些猛，身子難免有些酸疼……」

話音未落，樊寧便一把擒住了薛訥的肩，用力一掰，惹得薛訥嘶的一聲，連忙躲開。樊寧叉著柳腰，一蹙黛眉，不悅道：「我好心幫你疏通筋骨，緩解疲勞，你怎的還不領情？」

見樊寧不高興，薛訥不敢再躲，眼一閉、心一橫，任由樊寧敲打。好一陣疾風暴雨後，薛訥拉過樊寧的小手，悅耳的聲音哄道：「妳怕是拍疼了，快歇歇……今日跟我一道前去，多少還是有些緊張的吧？」

「我相信你。」樊寧心頭湧動兩分惆悵，望著薛訥的目光卻依舊清亮篤信，「無論如何，我們知道了彼此的心意，此一生也不算白活了。不過……你確定公主遺骸就在那棺槨裡嗎？昨天我們跟狄法曹一直在後山轉悠，你晚上又在看陶沐謄抄的案卷。若是公主遺骸真不在那棺槨中，又要如何證明我不是安定公主，如何還天后清白？」

「待會子妳便知道了。」薛訥抬手一捏樊寧的小鼻子，避而不答，似是在刻意賣關子。他撩開車簾望向長街，只見行人稀少，偶有過路，不是懷揣著艾草，便是籃子裡拎著活雞，薛訥不覺納悶，問駕車的馬夫道：「敢問城中是否出現了時疫？」

「正是，前日裡各坊陸續通報，稱有人發病，故而今日城裡休市，這路上也比尋常好走了許多。」

薛訥覺察那馬夫居然戴了頂胡風氈帽，笑問道：「誒，你這帽子倒是好看，何處買的？」

馬夫有些不好意思，撓臉回道：「前幾日南市買的，今年冬天冷，故而胡帽流行，幾日前恰逢南市胡裝店讓利，全洛陽人都跑來搶購，下官亦購了一頂。這氈帽又大又厚，遮風擋雨頗為暖和，尋常都得五十個開元通寶一頂，那日竟只要一半，簡直太划算了。」

薛訥若有所思地點了點頭，若說在這春寒料峭之日，胡氈帽的確是極為暖和的，卻也十分容易遮擋人的面貌。加之突然間開始出現在洛陽各坊的時疫，不得不令人起了憂心。難道是史元年在背後唱中布局？那他此舉的目的究竟是什麼呢？

車行出城，至西山腳下，廣化寺的山門便出現在眼前。薛訥與樊寧捨車拾級而上，進寺後便直奔安定公主歸葬的墳塚。狄仁傑已先到一步，正撅著屁股查看著地面的土質。

薛訥立即走上前，與狄仁傑見禮道：「狄法曹果然勤謹，一大早便來查看。」

狄仁傑站起身，拍拍身上的灰塵，覷眼笑道：「十日之期既至，二聖已在來此處的路上，薛明府倒不著急，好似項上人頭是別人的似的。」

「昨日隨狄法曹走了那一遭，自然已有了猜想，一切只能等天皇、天后聖駕降臨時，賭上一把，有狄法曹相陪，薛某還有何遺憾呢？」

狄仁傑上下打量薛訥幾眼，捋著山羊鬍笑道：「看不出，薛明府竟是好賭之人？狄某昨日既答應了薛明府，自然會按照約定，向天皇、天后報稟。狄某不過區區一州法曹，大不了便是回老家撅著屁股種田，薛明府卻是不同了，將那匪夷所思的說辭說與二聖，難道不怕二聖震怒，牽連令尊嗎？」

「薛某相信這世上並無神鬼，如若此案唯剩下那一種可能，那麼即便再難以相信，也一定是事實。薛某不才，但也是個打破砂鍋問到底的性子，若真有負二聖所托，定言出必行，交出項上人頭，不會連累父母親族。」

「你們到底在說什麼啊？」樊寧在旁聽得一頭霧水，「一會子二聖就到了！」

「司刑太常伯李乾祐、司刑少常伯袁公瑜與刑部主事高敏到！」院門口負責通傳的御史朗聲道。

聽聞有人來了，薛訥、樊寧與狄仁傑忙站到一旁給劃定的接駕位上。李乾祐見到薛訥與狄仁傑，眼神中帶著幾分鄙夷，而他身後的袁公瑜則向二人投來安慰與期待的目光。

眾人的位置乃是御史按照品級依次劃定，高敏是正六品上，薛訥則是正七品上，兩人剛好毗鄰。

薛訥搓手不住，似是十分緊張，自言自語道：「知其白，守其黑，為、為天下式……為天下式……」

「『知其白，守其黑，為天下式。為天下式，常德不忒，復歸於虛極。』薛明府這是怎麼了？莫不會是緊張了吧？怎的背個《道德經》，竟也磕磕巴巴的？」

「實不相瞞，」薛訥靦腆一笑，回道，「薛某一緊張便會背書，《三字經》、《道德經》有什麼便背什麼，今日許是太緊張，竟連這也想不起來了。畢竟此案重大……不知高主事這幾日有何進展，有無找到樊寧便是安定公主的更多證據？」

「鐵證如山，還需要高某再證明什麼呢？」

「一本不知所謂的密冊，編者已然過世，能證明什麼呢？」薛訥依舊謙虛笑著，說出的話卻鏗然帶刺，「只怕是有人妄自揣度了天皇的忌諱，自行設計了這場戲吧？」

「呵。」高敏輕輕一笑，上下打量薛訥兩眼，「天皇的避諱，豈是他人可以輕易揣度？薛明府綿裡藏針，便是針對高某也沒用，還是好好想想待會子如何認罪，以求得天皇寬宥吧。」

薛訥眼中閃過一絲不經意的狡黠笑意，他點點頭，拱手一抱拳，不再與高敏爭辯。

未幾，門外御史高聲道：「本寺住持圓空法師與諸位道長比丘沙門到！」

在眾人目光注視下，一個身著紅色袈裟的老僧攜一眾高僧十餘人一道走入院中，只見那圓空法師個頭不足七尺，鬚髮盡白，眼窩深陷，看起來倒是十足有得道高僧之感，在他身後的則是幾個捲著袖口、手持鐵鏟的年輕僧眾。

眼見時辰將至，方才還在閒話攀談的幾位官員此時皆閉了口，翹首以待，隨著一聲「天皇、天后駕到！太子駕到！」，眾人立刻原地跪倒，叩首接駕。

在一眾宮廷侍衛和御史婢女的簇擁下，李弘攙扶著李治，與武則天一道踱入院中。今天的李治不似十日前那般精神，想必又開始犯頭風了，被李弘攙扶著坐在牌位偏右的長椅上後，李治擺手道：「眾位愛卿平身吧。」

眾人領旨站起，垂首立在旁側。李治的目光掃罷眾人，最終落在了武后身上，他輕拍自己身側的空位，示意她坐在自己身旁。

不必說，此事尚無定論，天皇即便對天后有懷疑，也不會令她太難堪。武則天屈身一禮，當仁不讓地坐在了李治身側，兩人交換罷神色，她輕啟朱唇道：「十日前，有人以安定公主之事再生波瀾，稱十六年前，本宮令公主假死，以陷害王氏，真正的公主被秘閣局丞李淳風收養。陛下命刑部徹查，本宮則從長安與並州召來薛慎言與狄懷英，如今十日之期已至，此案是否業已破獲？」

狄仁傑上前兩步，再拜道：「回稟二聖，臣與薛明府經過十日勘查，已窮盡所有手段探查墳塋週邊，已有一些收穫。但最為關鍵的，還在這土層之下的安定公主的棺槨之中。故而臣與薛明府請求陛下開挖墳塋並開棺驗證，臣與薛明府則在旁密切觀察。待開棺之後，一切便可見分曉。」

「薛卿，你也是如此意見嗎？」武則天又問薛訥道。

薛訥朝武則天恭敬一禮道：「臣附議。請天皇、天后准許。」

武則天看向李治，李治點了點頭，虛弱的面龐上擠出一絲微笑道：「安定之事，牽涉甚廣。朕雖愛女心切，但亦不願令朝堂因安定之事再起波瀾。故而今日我與眾人召眾卿來此，便是要讓諸卿見證，令此事塵埃落定……法師，開挖吧。」

圓空法師雙手合十，對李治深深一禮，隨即對那幾名手持鐵鏟的年輕僧人點了點頭。年輕僧眾們即刻圍上前，準備鏟土，其他僧眾便與圓空法師一道，立在墳塋旁誦經，企望不要驚動可能存在的公主亡魂。

樊寧遠遠看著這一切，神情恍惚，她心裡十分清楚，若開啟的棺中真無公主遺骸，那麼她是安定公主之事便十有八九會被坐實。一旦此事被坐實，天后必遭連累，甚至整個朝廷皆會發生異動，而她亦會身陷宮廷牢籠，不知能否再與李淳風和薛訥相見，更不知他們是否會因此事獲罪。

時光如雨，點點滴滴淌過，不知過了多久，安定公主墳塋處已被挖出個一人深的豎井，一名僧人手中的鐵鍬突然觸到了一個堅硬的物體，發出「鏘」的一響。幾名僧人立即加快了速度，將附近的浮土扒開後，露出了一只巨大的石棺。

圓空法師即刻轉身，向二聖請示，李治扶額頷首道：「開棺。」

兩名僧人矯健地跳下豎井，只見那棺槨以鐵鍊捆綁，側面還掛著石鎖，由於經年累月埋在土中，已經銹蝕不堪。一名僧人接過旁側遞來的手斧，奮力一揮，只聽鐵石鏗鳴，鐵鍊脆斷。地面上復躍下兩名僧人，四個人來到棺槨四角，大喝一聲，一齊咬牙用力，終於將棺蓋頂了起來。

眾人皆迫不及待地湊上前去，李治亦撐著虛弱的身子，在李弘的攙扶下走上前，他強攝心神，努力將混沌一片的雙目聚焦，往下看去，只見那即將朽壞的棺中竟然真的空空如也，並沒有任何遺骸在其中。

目睹這一切的李弘心頭大震，還未反應過來，便見李治一踉蹌，他忙上前將他扶住，急道：「父皇！父皇當心身子……」

李治顧不得身體的不適，轉身望向武則天，神情異常複雜，有震驚，有傷懷，有慰藉，有憤怒，種種情緒聚積混在一處，令他心口起伏不住，最終只道：「媚娘……妳還有何話要說？」

第五十二章 水落石出

「父皇，父皇切莫心急，安定下葬已有十六年之久，當年她太小，遺骸亦是嬰孩大小，且讓各位好好找一找……」

李弘的話有理，眾人又重新將目光移回了棺槨上，武則天的臉色雖蒼白了兩分，但眼眸依舊很堅定，透著強大的篤信決絕，令人簡直不知當相信親眼所見，還是應當相信她。

聽了李弘的吩咐，那些僧人將棺裡棺外的每一寸都摸了一遍，甚至將棺抬了起來，看看遺骸是否落入棺與槨的夾層中，卻仍然一無所獲。

到這一步，武則天終於坐不住了，霍地站起，快步上前，難以置信地看著空空如也的棺槨。眾人見武則天臉色不對，猜想這結果應當出乎她的意料，互使眼色，不知此事將會如何收場。

李弘攙扶著微微顫抖的李治，望著從未如此茫然過的母后，再看看人群盡頭面色煞白的樊寧，忽然不知自己一直堅持追尋真相究竟是對是錯。如若今日棺槨中真的沒有發現安定的遺骸，只怕自己的母親、薛訥與那狄仁傑皆會有災厄臨頭，更莫提大唐江山會因此案產生什麼樣的動盪，而他竟一點也想不出破局之法。

好一陣詭異的緘默後，高敏先開了口，語中帶著無法掩藏的興奮：「陛下，棺槨空空如也，十六年前的大案已是昭然若揭。當年的武昭儀，如今的天后設計令未滿周歲的安定公主假死，陷害王皇后，致其失寵被廢，藉機上位為正宮之主。人證、物證俱全，請陛下行為天下表率，廢黜惡婦，還當年因此事被牽累之人一方清白，方是清明盛世之君，萬民歸心之主，請陛下早作決斷！」

高敏這說辭難聽，但若是刑部上報御史臺，明日朝堂上諫臣的言辭必會更加激烈。打從太宗起，虛懷納諫便似流淌在大唐國君的血液中一般，此事一經坐實，李治即便有心也難以保住武則天的后位，更何況……若此事是真的，李治當真能原諒她嗎？

在眾人疑慮的目光下，武則天脫簪跪地，拜道：「陛下，此事臣妾百口莫辯，無論陛下如何懲處，臣妾皆甘願認罰。但永徽五年之事，臣妾問心無愧！臣妾不知究竟何人、何等勢力藉安定生事，今茲願賭服輸，並不代表臣妾認罪。天日昭昭，臣妾所作所為皆是為了大唐天下，千古功過，後人自有定論，臣妾無怨無憾！再拜謝君恩，天涯路遠，望陛下珍重。」

武則天說罷，示意御史將自己帶下。莫說那御史，在場諸人無有不茫然的，皆望向李治，不知當如何是好。

李治無聲嘆息，瞇著眼，沖人群盡頭的樊寧招招手，示意她到跟前來。

樊寧本能般地欲逃，卻被幾名內官簇擁著，趕鴨子上架般走上前去，她不敢看李治，亦不敢看李弘，頭腦懵然，整個世界萬籟俱寂，只能聽到自己粗重的呼吸聲，像是瀕死之人以這種方式強調著自己的存在。

李治內心經過劇烈的掙扎，抬起略顯渾濁的雙眼，幾分猶疑、踟躕褪去，盡是帝王的沉定。

李弘知道，李治這便是要做出決斷了，心登時揪作一團，哪知一直默不作聲的薛訥忽然高聲道：「啟稟二聖，臣有一嘗試，或可令真相大白，請二聖准臣發號施令！」

高敏與李乾祐互使眼色，雖未言聲，但兩人皆是一臉哂笑，似是暗語薛訥狗急跳牆。眾人原本鴉雀無聲，此時卻嗡嗡然議論起來，皆說薛訥真是送死，原本他與狄仁傑就有過失，天皇尚且未來得及追責，他便這般急不可待地送上門了。

李治深深望了武則天一眼，似是又陷入了權衡。旁側的李弘忙道：「父皇，事已至此，總要給天下百姓一個切實的交代，不妨讓慎言試試吧。」

李弘說的沒錯，越是到此時，越怕行差走錯，稍不留神，危及的可能是原本太平的天下。李治撐頭頷首，示意薛訥可以按自己的想法行事。

薛訥大拜謝恩，而後闊步走到那豎井邊，對那幾名僧人道：「如今天皇准本官發號施令，還請勞動各位大師，先將這棺槨從坑中抬出來。」

「這……」坑內眾僧面面相覷，原地站著未動。有僧人望向圓空法師，尋求意見，但圓空法師垂首冥神，不給任何回應。另一名稍稍年長的僧人見狀，忙道：「這棺槨重得很，當初是禮部向工部借了營建城牆用的吊索車來，才把棺槨吊進去的，光憑貧僧幾個，哪能抬得上來呀！」

李乾祐高聲附和道：「胡鬧！不過是垂死掙扎罷了。」

李弘接到李治示意，背手上前道：「方才父皇已應允薛明府，他所說便代父皇之令，爾等不肯聽從，可是意欲抗旨不遵？傳本宮口諭，命工部即刻送吊索車來此處，不得有誤！」

李乾祐鄙睨一笑，拱手對李治與李弘道：「陛下、殿下，安定公主遺骸丟失，茲事體大，如今讓本就不是專職查案的薛明府在此勞師動眾，越俎代庖，恐怕有損天威。薛明府先前信誓旦旦，如今看來不過是拖延時間，為了脫罪罷了。陛下身體不適，不妨還是將此事交與刑部徹查，也好全面查清此事的真相。」

薛訥一改方才謙和知禮的模樣，慷慨高聲道：「陛下、天后，方才狄法曹的話絕非妄語。臣薛慎言以項上人頭作保，已查清此案，且確定策劃此案，誣陷天后之幕後主使，就在刑部之中！請陛下立即命侍衛封鎖廣化寺，不許任何人外出，若待闡明事實後，仍認定臣有半句妄言，臣願請左右衛即刻將臣誅殺當下，以正視聽！」

此言一出，眾皆譁然。

狄仁傑斂袍上前，山羊鬍一翹，滿臉篤信堅定道：「陛下，薛明府之言，臣亦可以作證。接下來請准許臣與薛明府一道，稟明此案的真相！」

有狄仁傑背書，李弘心下亦多了幾分把握，他望向李治，見李治微微頷首，便說道：「請薛卿、狄卿據實說明。」

薛訥與狄仁傑雙雙叉手一禮，而後薛訥踱步至空棺正後方，面向眾人道：「此案看似簡單，其實背後經過縝密的算計，且作案過程橫跨十幾年之久，又有高僧做內應，故而依常理很難得出真相。方才二聖與諸位同僚皆看到了，公主棺槨以鎖鏈封存，而鎖埋於土中多年早已朽化，故而整個棺槨如同一個密室，是無法將裡面的東西取出的。」

狄仁傑接口道：「於是我與薛御史都不約而同想到，是否是有人將棺槨整個替換了，畢竟若是將整個空棺上鎖埋在別處的土中，也會得到同樣鎖具腐壞的效果，再利用這廣化寺建於龍門西山上的特點，從山體旁處橫著挖一個洞，來到這公主埋骨之處，將原本的棺槨盜出，換上空棺，亦非絕無可能。」

聽到如此大膽的作案設想，在場的眾人皆驚，忍不住開始議論這種可能。

「但是，」薛訥又將眾人的思緒重拉回來，「這十日來，經過我與狄法曹縝密的排查，將整個龍門西山轉了三兩圈，卻未發現這樣的盜洞。不僅如此，所到之處，所有的土層皆完好無損，沒有任何回填的跡象。而公主墳塋周遭的草木植被，亦沒有因為遭到挖掘而毀壞斷層的現象。這就相當於說，不僅是公主的棺槨，而是包括整個龍門西山的土在內，都形成了一個碩大無比的密室了。」

李乾祐哼笑一聲，瞥了瞥侍衛們腰間的劍，好似在盤算會是哪一柄割下薛訥俊俏的頭顱：「既然如此，豈不更證明，安定公主的棺槨中，從一開始便沒有遺骸嗎？當初王皇后因此而被廢黜，不就成了最大的冤屈了嗎？」

說著，李乾祐轉身一指樊寧，聲調提高了八度，激憤道：「諸位且看這個小娘子，與天后何其相似！這等的容貌氣度，一看便知出身不俗，她便是真正的安定公主！被我們刑部找了回來，而這一切的始作俑者，就是當今天后本人！是她為了自己的后位，對自己的親生骨肉下毒手，一直蒙敝天皇至今，難不成你們還要繼續視而不見，助紂為虐嗎！昨日倒楣的是太原王氏、蘭陵蕭氏，他日倒楣的焉知不是你我！這樣惡毒之人，怎配高居后位！」

聽了這僭越之語，眾人皆嚇得緘默不語，李乾祐說罷，對上武則天冷冷的目光，身子不爭氣地打了個寒戰。武則天卻只是輕蔑一笑，分毫未將他放在眼中。

薛訥忽然哈哈大笑了起來，少年人挺括的身子一抖一抖，似是怎麼也忍不住，許久他才竭力克制，沖李治一禮，語氣中還帶著難以遏制的笑意：「陛下恕罪，臣失禮了……」

回過神的樊寧頗為訝異，從小到大她從未見過薛訥在眾人面前表現得如此開朗過，若按往常，他當著這麼多人，應該早就開始支支吾吾了才是，怎的今日如此緊要關頭，他卻只顧著笑呢？

樊寧正不解，又聽薛訥偏頭對李乾祐道：「天日昭昭，二聖皆在，又豈能容你混淆視聽，指鹿為馬？李司刑究竟是為了大唐天下申斥天后，還是為了一己私欲，你自己心知肚明！」說著，他話音一轉，對眾人道，「沒錯，整個龍門山的確是個密室，安定公主的棺槨的確不可能被盜走。安定公主的棺槨，正躺在這厚厚的土層中！」

「難道……」司刑少常伯袁公瑜若有所悟，見眾人被自己吸引了目光，忙道，「陛下恕罪，臣是想到，若公主的棺槨不是被替換了，或許……正壓在這一方棺槨之下……」

薛訥沖著袁公瑜一頷首，清亮的眼眸裡滿是篤定，擎天辟地的氣魄與他英俊絕倫的臉兒相得益彰，「不愧是袁司刑，真相就是如此。接下來只等閻右相來後，一切便可見分曉！」

恰在此時，守在院門口的御史報導：「司平太常伯閻立本到！」

長長的雨幕盡頭，近古稀的閻立本穿著圓領官服、頂著襆頭走來，身後還跟著幾個官員和一大群工匠，但見他們或肩上扛著圓木，或背著繩索，向天皇、天后叩首行禮後，麻利地來到豎井邊，開始架設起吊繩車來。

閻立本顫顫巍巍地行至李治面前，跪道：「臣閻立本參見天皇、天后！」

「快快請起，」李治身子不適，卻還是屈身扶起了閻立本，訝異問道，「右相家在積善坊，怎麼如此快就趕來了？」

李弘從旁道：「前幾日慎言請求兒臣聯絡工部詢問廣化寺公主墓塚詳情，右相得知此事，堅持要親自來的。右相辛苦了，若非有此要案，實在不想勞動右相。」

閻立本回禮道：「太子殿下言重了，老臣人在朝堂，自然責無旁貸。此事儘管是老臣接手工部前發生的，但老臣亦有失察之過，未能及時發現和糾正，實在是罪該萬死，任憑二聖責罰。」

說話間，深坑那邊，工匠們已經利用架好的吊繩車將棺槨吊出了深坑，隨後幾名工匠抄起鐵鏟，三下五除二，不一會兒便從這一層土之下又挖出了一尊棺槨來，竟與方才挖出的那一個空棺一模一樣。

「啟稟陛下，土裡又挖出一個一模一樣的棺槨……」

聽了這通報聲，李治與許久不言聲的武后相視一眼，徐徐道：「開棺吧。」

「開棺！」一身形健碩的工匠手持板斧，用力一掄，斬斷了鎖住棺槨的鐵鎖，四名匠人麻利地將繩子繫在棺槨頂蓋的四周，操作吊繩車將棺蓋吊了起來。

李治探出手，一直跪在地上的武則天頓了一瞬，方牽住他的手，兩人相攜來到深坑旁，只見棺中靜靜躺著一具小小骸骨，腕骨和頸骨處還戴著安定公主當年穿戴過的玉佩、玉鐲。

貴為二聖，又何嘗不是尋常夫妻、普通父母，他兩人相攜的手握得極緊，縱隔十六年，仍忍不住心痛難當。

武則天黯然垂淚，李治亦紅了眼眶，許久方緩了情緒，看著人群中茫然的樊寧說道：「這孩子出現，便是讓妳我知道，若是我們的晴雪長大了會是什麼模樣。一場誤會，委屈了媚娘，勿要怪朕……」

武則天抬袖拭淚，轉過身，目光犀利地瞥了早已嚇傻的李乾祐一眼，復問薛訥與狄仁傑：「薛卿、狄卿，方才兩位卿家稱本案主謀便在刑部之內，究竟是何人？」

隨著武則天這一問，眾人立馬將目光對準了李乾祐，年逾半百的李乾祐嚇得腿一軟，直挺挺地跪在地上，告饒道：「二聖恕罪！臣不過是受人蒙蔽，聽信讒言，幕後主使，幕後主使是……」說著，他將目光轉向高敏所在的位置，卻意外發現那裡竟然空空如也，一時間張口結舌，一句話也說不下去了。

薛訥拱手道：「陛下、天后，容臣重新介紹刑部主事高敏，他還有另外一個名字，叫作長孫勝。」

話音剛落，一名侍衛飛跑而來通報道：「啟稟天后，方才有人從廣化寺後院翻牆逃跑了，還接連打傷了三名侍衛！剩下的侍衛們已經去追了！」

不僅高敏不見了，連同站在隊尾的樊寧亦沒了蹤影。方才眾人的目光皆被棺槨吸引，樊寧想必察覺到高敏欲趁亂遁逃，便跟著追了出去。薛訥大叫不好，高敏的功夫應當不弱於史元年，若是藉機會挾持了樊寧，他又該如何自處？然而此時武后尚在同自己問話，薛訥無法擅自離開，臉色驀地煞白了幾分。

「長孫勝？」武則天與李治交換了神色，驚訝裡帶著幾分了然。

薛訥見李弘示意張順跟上，略略寬心了幾分，回起話來卻仍不免有些磕絆：「正、正是如此，此前臣曾懷疑過高主事年幼時當過逃籍。高主事平素與人交談，經常不避其父『高青』之諱，卻會不自覺地避掉『無』這個字，卻苦於沒有證據。方才在院中等天皇、天后駕到時，臣詢問高主事《道德經》中的一句話，這才有了實證。當時狄法曹亦在旁聽到，可以作證。」

狄仁傑叉手道：「臣的確可以作證。薛明府問的是『知其白，守其黑，為天下式』的下一句，高主事回答是『為天下式，常德不忒，復歸於虛極』。想必在場之人都知道，《道德經》原文寫的是『復歸於無極』，而不是『虛極』。會將這個字念錯，唯有一種可能，就是幼時學《道德經》時家塾裡的先生為了避諱，而將帶『無』的字句都避掉，改為別的意思相近的字。」

武則天冷笑一聲，說道：「層層設局，差點害本宮百口莫辯，倒是比他爹聰明多了。」

此時一名侍衛快步衝進來，急稟道：「啟稟二聖，高姓主事有人接應，策馬逃奔。我等未能追上，已命畫工細畫其相貌，以便通緝之用。此外，後院有個小娘子昏倒了，應是被賊人擊昏的。」

話音未落，薛訥再也顧不得自己還在御前，快步跑了出去。

武則天眉間微蹙，對李治道：「陛下，真相雖然大白，凶嫌卻逃了，又有人因此受傷，此案怕是一時三刻無法完結。廣化寺何人內應，空棺何時布下，皆要詳細審問，這李乾祐究竟受了何等好處，長孫勝身後又是何人資助，亦要詳查，不妨將此案還交與狄卿、薛卿。陛下身子不適，早些起駕回宮吧。」

李治微微頷首答應，轉頭對李弘道：「命宮中疾醫去看看那孩子吧，長得與你母后那般相像，也算是一種緣分。」

「兒臣遵旨。」李弘插手一應，目送天皇、天后離去，長長舒了口氣，焦急轉身往後院找薛訥去了。

第五十三章　神都之危

今夜大雨傾盆，昏迷中的樊寧聽到雨珠落在瓦礫上的聲音，猶如短兵相接的鏗鳴，終於轉醒過來，見眼前朦朧人影晃動，她想也不想便一把擒了上去：「高賊往哪逃！」

薛訥正用調羹攪動著湯藥降溫，被樊寧這般一鬧，險些失手跌了，他趕忙一手將碗盞端遠，另一手摟住她纖細的腰肢，哄道：「哎，這裡沒有高賊，我們已經回家了。」

「回家？」樊寧怔怔望著薛訥，思緒仍留在廣化寺的圍牆內，彼時眾人的目光都集中在棺槨上，無人覺察高敏正悄然欲逃，只有心裡一直彆扭、不願上前的樊寧與三兩名小侍衛發現了他的異常，快步追去，才到院子，劍還沒來得及拔出來，便兩眼一黑，莫名昏倒在地，人事不知了。

看著已然漆黑的夜和薛府熟悉的物件，樊寧艱難接受了自己無知無覺便被高敏撂倒的事實，滿臉不甘地急問道：「人抓到了沒有？」

「還未有消息，他早有準備，有同夥接應，但是李乾祐同那老和尚已被大理寺帶走了，相信不日便會有詳細的卷宗……」

「這起子王八真是混帳！」樊寧憤憤然，罵得高聲，忽而發現薛訥一直摟著自己，語氣登時軟了，羞赧地掙開他，指著他左手的紅腫道，「方才燙著了吧？看著就疼……你這呆子，怎的不言聲啊？」

薛訥這才發覺左手隱隱傳來的痛感，笑道：「不妨事的，已經沒什麼感覺了。來，妳快把藥喝了，陛下特意命宮中奉御來為妳看了，雖然只是中了少量冥蓮散，但畢竟昏迷了有好幾個時辰，大夫說即便醒來也得靜養歇息，不然怕落下病根兒。妳感覺如何？有沒有什麼不舒服的地方？」

「沒有，我沒事。」樊寧搖了搖頭，從薛訥手中接過碗盞，仰頭以最快的速度將湯藥喝了，這是她自小的習慣。才將苦水吞下肚，薛訥便將蜜餞餵至她嘴邊，她偏頭用櫻唇銜住，輕輕咀嚼兩下，方覺得滿腔的蜜意將苦澀全部壓下，粲然一笑，小臉兒恢復了血色。

「今日找到了公主遺骸，天皇、天后應當不會再把我當安定公主了吧？只是我想不明白，高敏是長孫無忌的兒子，為何要翻當年王皇后的舊案呢？若是想打擊天后，那些作死的武家子弟不是更好入手嗎？」

天皇、天后究竟會如何看待如今的樊寧，薛訥並無把握，而高敏和史元年仍逍遙法外，更令薛訥難以置之不理。能夠謀劃如此大案，背後定有深厚的朝中勢力做支撐，在這些勢力都被揪出來之前，薛訥都無法真的放下心來。不過，薛訥之所以如是勉勵調查此事，除了報國之志外，自然也是為了讓樊寧安心。他壓下了這些煩心事，笑道：「高敏的心思可不單單在扳倒天后上，他想要的，是證明當年的一切皆是錯的，他爹是被冤枉逼殺，定要恢復他家趙國公的爵位，若是能讓他位列三公，像他爹一樣權傾朝野便更好了。所以他要從永徽五年，從關隴門閥失勢的導火索來翻盤。妳也知道，長孫無忌是當今陛下的親舅舅，又在立儲時建議先皇立尚是晉王的陛下為太子，而不立魏王，不單有擁立之恩，亦有母舅親情。所以高敏對陛下抱有不切實際的幻想，又將抄家流放之事多歸結於武后。妳與陛下有過幾次接觸，妳覺得他是那種單靠天后的枕頭風便能被左右，下令誅殺母舅的人嗎？」

樊寧回想一瞬，搖頭道：「看似天后強勢，天皇柔仁，但諸般大事最後還是天皇拿主意，只怕那長孫無忌也是拂了天皇的逆鱗，才會落得那般下場。」

「從長孫無忌黨同伐異，清洗朝堂那一日；從長孫無忌逼殺天皇親兄親妹，不顧陛下天威那一日；從長孫無忌與褚遂良悖逆天皇心意，堅持保王皇后之位，公然羞辱武后那一日……一切皆已是定局了。」

「高敏藏得深，你是如何知道那長孫勝的名字的？」

「長孫無忌自裁後，諸子流放或入獄，但陶沐輾轉查到，他曾有過一個外室，生了一個兒子，便是長孫勝，年紀各方面皆對得上，我便有如此揣測。這次得虧狄法曹也在，他經驗老到，助益良多。天后為了表示嘉獎，特准他從地方調入京中大理寺，也算是沒有屈才。」

「那你呢？」樊寧一聽這話，登時起了精神，「天后許你什麼官職？說好的正五品官銜呢？」

「妳倒是個官迷。」薛訥笑著，抬手一刮樊寧的尖鼻子，「天后還尚未安排我，我也不求這些，只要妳無恙，我便安心了。」

薛訥人如其名，最不善言談，能夠說出口的皆是肺腑之言，樊寧的心比口中的蜜餞還甜，含羞在薛訥俊朗的面龐上匆匆一吻，而後垂著長長的睫毛，輕聲道：「此番若沒有你，我真的要死一萬次了……」

「我不會讓妳有任何危險，」薛訥將樊寧瘦削的身子輕輕攬入懷中，「今夜開始，妳可以安安生生的，再也不必擔驚受怕了。」

話雖如此，但高敏與史元年一日不落網，他心裡便一日不得安生，只希望滿城的武侯與大理寺諸官能早日將其抓獲，免得節外生枝，再出禍端。

不單薛訥如是認為，時任大理寺卿亦是如此想的。尤其此案主犯竟是刑部主事，司刑太常伯李乾祐亦牽涉其中，若不勤謹，保不齊會被認定為從犯，故而即便今夜大雨，時近子時，他們依舊馬不停蹄地帶武侯搜查，與八街九坊的武侯一道，不肯放過任何蛛絲馬跡。

「那邊有可疑之人嗎？」

「沒有！」

「我們這邊也沒有！」

「混帳！我就不信他還能插翅膀飛了！繼續挨家挨戶地搜！」

很快，偌大的神都洛陽千街百陌俱貼滿了高敏的通緝令，只是只字未提他刑部主事的官職，更沒有提長孫無忌第十三子的身分。畢竟長孫無忌是天皇的母舅，亦是凌煙閣二十四功臣，他弄權朝堂、黨同伐異之事，民間並不知曉。若是貿然提及，反而會落入高敏設下的圈套，令當年事沉渣泛起，動搖天皇、天后的聲望。

廣化寺的密室內，高敏坐在正中的高椅上，把玩著手中那寫著「趙」字的面具。不消說，廣化寺住持圓空法師，亦是「擎雲會」成員，此處正是擎雲會在神都洛陽的據點。方才高敏逃命時，一念心慈竟沒捨得與樊寧交手，只是用袖間藏的冥蓮散粉末將她迷暈，又打傷三名守衛，做出已經逃出廣化寺的假象，實則趁眾人追出去後再度潛入寺內，躲進這只有他和圓空法師知道的密室裡。

長安觀音寺威壓眾人的會主，正是他高敏，而所有面具上刻的大字，皆是從「凌煙閣二十四功臣」的封號中得來。所謂的「擎雲會」，是他為了招攬朝中對武則天不服的權貴而一手創辦的，這些人手握大唐的諸多權力與人脈，大多也曾拜在長孫無忌門下，對眼前北門學士在朝中勢大十分不滿。

因此，高敏只要稍加利用，在關鍵時刻拿出他是長孫無忌之子的證據，再設法展示自己在朝中的影響，便可令這些人信服，毫不猶豫地加入進來，彼此之間提攜扶持，形成一股足以撼動朝堂的暗流，而這股勢力一旦形成，便會吸引一些身處大唐權力週邊、渴望攀附權勢的年輕人，薛楚玉便是其中之一。

此時，偌大的地宮內唯有他一人，其他二十三個坐墊上，面具則靜靜躺著，尚未派上用場便如是安歇了。高敏看著空蕩蕩的室內，仍憧憬著自己編織的飛黃宏圖，仍幻想著那一呼百應的畫面。憧憬與現實的差距，令他不自覺垂下了頭，他心中明澈如鏡，十分清楚隨著自己被通緝，「擎雲會」亦走到了盡頭。可他並不會輕易放棄，文鬥行不通，他還有旁的出路，誓要與武則天要拚個你死我活，再殺掉李弘，以「復興貞觀氣象」之名，逼宮李治，讓他以「頭風甚篤難堪國事」為由退位，將皇位移交給李旦或李顯等幼主。若成功，自己便會順理成章成為「顧命大臣」，正如當年他父親兩立新君，位列三公般顯赫，而「擎雲會」中人便會成為他在朝中的心腹。

想到這裡，高敏的手從「趙」字面具上挪開，不自覺攥起了拳，此番他絕不允許失敗，要讓大唐永遠在他長孫家的手心上運轉。

但若要起事，只有這些文臣言官哪裡夠，還需有能供自己驅使的武力，為此他才在數年前結交了史元年。當時史元年在長安街頭與惡霸鬥毆，他一眼就看出此子凶狠，可成大器，命人對其悉心栽培，為的就是有朝一日借他的手威逼長安洛陽。

在這李勣剛剛去世、薛仁貴率三十萬大軍仍在遼東的當下，大唐國內空虛，正是絕佳時機。而這一切亦並非偶然，李勣年事已高，讓他看起來像是壽終正寢一樣一命嗚呼並非難事。至於薛仁貴，高敏知道他從李世民在時便多次征戰遼東有功，若是遼東有事，李治必定會派他去征討，這幾年高麗國內爭鬥不休，薛仁貴會率兵征討不過是個時間問題。

高敏修長的右手不住敲擊著木案，盤算著可有算漏之處。如今史元年的騎兵已經入關，料想今夜便會突襲函谷關，而近千名遊騎已悄然混入洛陽城，隨時準備裡應外合。

這一切之所以能夠如此順利，皆是拜阿娜爾所賜，她設計的胡裝近兩年在兩京蔚然成風，這種胡裝最大的特點，就是氈帽寬大，足以覆蓋人臉，一旦京中武侯對此見怪不怪之後，想要混入城中又有何難？

然而僅僅讓他們混入洛陽城還不夠，洛陽有守軍八千，駐紮在城東的夾馬營，皇宮亦有守衛兩千，加在一起約有萬餘人，若不能先發制人，將他們一網打盡，待周邊節度使回師京畿便麻煩了。故而高敏早有準備，眼下他坐在這裡，便是在等一個消息傳來。

這時，頭戴「萊」字面具的人走了進來，對高敏叉手一禮。高敏瞥了他一眼，冷道：「此處只有你我二人，還戴著面具做什麼。」

那人將面具摘了下來，不是別人，正是李乾祐之子李元辰。他將面具收入寬袖中，對高敏一禮道：「少主，一切依你的吩咐，洛水上游的幾處木欄堤壩，均已經布置上塞滿芒硝與崑崙黃的木桶，到今夜子時便會一齊炸毀。」

「辛苦了，」高敏長嘆一聲，對李元辰頷首肯定道，「今日是我不是，未能將你父親一道救出，但你放心，待功成之日，我必親自去接他出來。自從先父被逼死抄家以來，你父親一直是我最忠貞的左膀右臂。當初若不是你父親在京兆尹的位子上未受牽連，替我變造手實，隱藏我逃籍的身分，我也不會有今天。長孫家不會忘記你們，待事成之後，若有什麼想要的，儘管跟我提。」

李元辰拱手道：「少主言重了，父親常說，當年若非長孫家的提攜，他根本做不成什麼京兆尹，更不會有今天。少主就權當我等是在報答當年趙國公的恩情，一定要將那妖婦拉下馬，替趙國公報仇雪恨！」

「殺父之仇，不共戴天。如今我已不是當年在長孫府的地窖裡只知道抱頭痛哭的小子了。沒有我們長孫家，哪有他們李唐的江山，待洪水決堤灌入，洛陽城化為一片澤國，我便立即帶兵殺進宮去，問問李雉奴，若無有舅父，可會有他如今的江山！」

第五十四章　兵臨應天

這廂薛訥看罷樊寧回房，只覺得面頰上被她櫻唇親過的位置溫溫熱熱的，再也兜不住，薄薄的唇一彎，滿臉說不出的歡愉。

若要羅列這世上最幸福的事，心悅之人恰好喜歡自己必在其列，薛訥澄明的雙目裡一片柔軟，眼下再回首前些時日，當真是否極泰來，正合小時候李淳風常與他們念叨的「福兮禍之所倚，禍兮福之所伏」。

他今年堪堪及冠，父親征伐高麗，尚未來得及給他定親，若是能順利娶樊寧為妻便好了。只是身分有異，地位有別，經過天皇認女這一道，薛仁貴與柳夫人定會有更多顧忌，貿然提及婚事必然無法如願。可他早已下定決心要與她在一起，又何懼多費幾番籌謀。

薛訥如是想著，打算寬衣洗漱後再看看書，忽聽小廝驚叫向後堂喊道：「來人哪！發水啦！」

薛訥反應奇快，推門而出，旁屋的樊寧聽到動靜亦趕了出來，後院的花草石階竟已被淹沒，後牆的出水口處，渾濁的河水泛著浪花以不可阻擋之勢倒灌入內，任憑小廝們怎麼堵也堵不住，眨眼間，水位不斷飆升，即將要沒過臺基，灌進屋裡了。

此情此景喚起了薛訥埋藏在心底多年的恐懼，在他三歲的永徽五年，渭河決堤，奔湧的洪水沖入長安城，幾乎所有民宅都被沒入了洪水之中，連身在太極宮中的李治都受到波及。無數百姓尚在睡夢之中便被洪水淹死，而薛訥與柳氏、薛楚玉則是被宮中執勤歸來的薛仁貴奮力托上屋頂，才撿回一命。

雖然只有三歲，但那無數屍體隨波逐流的慘像與老幼婦孺於水中掙扎哭喊的場景，依舊在他心頭打下了深深的烙印，薛訥猛然扶住身側的立柱，面色陡地蒼白。

「這水來的不正常，眼見是出事了。」樊寧未覺察薛訥的異常，急道，「雨再大也不至於這樣吧？哪裡來的水？你家這溝渠通往哪去啊？」

不待薛訥回答，風影忽然躍下雨幕中的閣樓，匆匆上前，拱手急道：「薛郎，出事了。不知為何，洛河忽然決堤，洪水奔湧入城，眼下約莫有一半的坊間已經遭了災……」

薛訥的面色越加難堪了幾分，眉頭凝成了疙瘩：「洛水上游有數個堤壩，水流導向各不相同，除非一齊被衝垮，否則洛陽絕不會一下子發這麼大的水，此事必定是高敏和史元年等人的陰謀。城中武侯呢？可有開始營救百姓與疏浚河流？」

「薛郎不必擔心，方才我見李敬業將軍率龍虎軍和守衛宮城兩千禁軍緊急集結，已開始在洛陽各處營救百姓，疏浚溝渠了。相比永徽五年，我們有了經驗，絕不會讓洪災重演。」

聽到風影此語，薛訥舒了口氣，微微點頭以示同意，但很快地，他的笑容逐漸變僵，一把拉住風影，急道：「宮城的護城河那邊如何？進入宮城的三道橋，黃道橋、天津橋和星津橋是否還在？」

風影從未見過薛訥如此激動，怔了一瞬方回道：「橋尚未被衝垮，但是水位大漲，漫過了橋洞頂端，已然走不成人了。」

薛訥心中大叫不好，立即對風影道：「快通知李敬業將軍，速速帶禁軍回城去！高敏要駕船入侵宮城了！」

薛訥所料不錯，由於洛河水位暴漲，紫微宮以東從通遠到承福的二十九坊幾乎被洪水完全淹沒，地勢較高的紫微宮完全成為廣闊水面上的孤島。大水漫過了宮城外廓的木板吊橋，沖走了阻擋外敵的拒馬，使得丈高的宮牆形同虛設，而禁軍出城救災更使得紫微宮內毫無防備，只需駕船而來便可輕易攻陷。

紫微宮內的天后御所內，武則天聽聞了洪水之事，忙起床更衣。十六年前，渭河發大水時，她正懷著李賢，若無薛仁貴前來救駕，她與李治不知會是何等下場。武后眉間顰顰，她善於保養，容色依舊，但眉梢眼角間的沉定決絕並非普通女子可以比擬。

洛陽此處有伊落瀍澗四水，又有前朝開鑿的大運河，水文複雜，但防汛機制極佳，若非有人作亂，絕不可能發生洪澇。

武后思忖著，神色越發冷了下來。正值此時，一名女官小步趕來，聲音帶著幾分顫抖：「啟稟天后，外面出現了成群結隊的叛……叛賊，已經殺到應天門內了！」

「什麼？賊人從何處來？」

「洪水漫過了宮城外的橋板，直抵應天門下，這些賊人不知道從哪里弄來許多小舟，從上游順流而下，就直接……直接駕舟進來了……」

「禁軍與龍虎軍呢？李敬業何在？神都守軍何時趕來？」

「回稟天后，守軍所在的夾馬營業已遭災，一時半刻只怕無法趕到。一個時辰前，河堤陡潰，工部請求支援，兵部依例調了禁軍與龍虎營前去幫忙拉運磚石，如今……唯有不到一千人，正在應天門與駕船登陸的反賊廝殺，只是如今敵眾我寡，也沒有將帥指揮，形勢恐怕……」

武則天沒有言聲，駐步細聽，果然隱隱能聽得刀劍相抵的鏗鳴與戰士浴血殺戮的叫喊，她長長嘆了口氣，語氣依舊平和：「有這等籌謀算計的心思，卻走這樣的歪路，真是連他父親都不如。」

女官見武則天披上風氅，欲向外走，忙道：「天后，外面危險，天后……」

武則天微微一笑，嫵媚的桃花眼中射出無畏的光芒：「長孫勝是個糊塗人，想要的不過是本宮的命而已。陛下今夜犯了頭風，正是不適，沒必要因為這起子爛汙人令他煩心。本宮去會會他，若能以本宮一人換天下安定，又有何妨。」言罷，武則天毫不遲疑，大步向外走去。

一名宮人匆忙趕進來稟報，差點與武則天撞個滿懷，她忙跪倒在地，奏道：「啟稟天后，太子殿下率薛慎言與樊寧前來覲見！」

武則天一怔，揮手示意將他們速速請進來。待李弘入殿，武則天難得顯出幾分焦急與薄怒，拉著他嗔道：「為何不好好待在東宮，你那裡地勢更高，又有六率守衛，只消守到守城軍來便萬事大吉，現下出來做什麼？」

「兒臣怎能只顧一己安危，置父皇、母后於不顧！」李弘已記不清，他有多久未與父皇、母后拉過手，平素裡總是先君臣、後父子，但此時此刻，他不過是個擔憂父母安危的孩子，懇切道，「母后不必擔心，東宮六率八百餘士兵已由張順帶領前來救駕，慎言稱自有破敵之法！」

武則天將目光轉向薛訥，只見他身著戎衣短褐，身後背著一張大弓，身量雖瘦削，人卻很精神。

李治用將向來不拘一格，武則天亦是如此，何況非常時期，非常之用，她轉身走回座旁，威儀落座，輕啟朱唇道：「薛慎言聽令，你將門虎子，本宮特命你為帥，率禁軍與東宮六率抗敵。務必擊殺賊首，守衛宮禁，保全陛下安危，你可明白？」

「臣領旨！只是……臣才略疏淺，不敢擅居帥位，斗膽舉薦一武藝高超之人，請天后玉成！」

武則天不知薛訥所說是何人，見他望向旁側，便順著他的目光看去，最終落在樊寧那張嬌媚清麗的小臉兒上。

樊寧朝著薛訥一挑長眉，語氣中難得有了情緒變化：「你？」

兩軍酣戰的應天門處，血水、雨水、洪水混攪，高敏與李元辰帶領著賊眾，與數百禁軍、龍虎軍酣戰不休。

內宮不似宮城那般，有一整圈城闕可以居高守之，故而禁軍與龍虎軍並未死守城池，而是希望集中兵力，趁對方駕船登陸立足未穩時聚眾殲之。這本是上乘之策，可由於高敏與李元辰武功高強，招式凌厲狠辣，普通士兵根本無法抵擋，導致禁軍與龍虎軍失了先機，被逼得步步後退，損兵折將，無限逼近內宮大門，形勢萬分危殆。

龍虎軍與禁軍皆是軍隊，比起單打獨鬥，更擅長以集團發揮戰鬥力，但在這無將無帥的情形之下，這支大唐最具戰力的軍隊顯得十分力不從心，難以組織進攻，可謂天不時、地不利、人不和。

「大唐的龍虎軍拿著那些餉銀，竟然只有這點能耐？」李元辰早年仕宦兵部，一直不得重用，鬱鬱寡歡，此時卯足十二萬分的氣力劈殺禁軍，他手握彎刀，將落下的雨滴猛地甩向靠前的一名龍虎軍士兵，趁其被水珠迷眼之際，一個箭步衝上前，手起刀落將其斬殺。

內宮大門近在眼前，高敏忍不住開始幻想，究竟要用何等酷刑處死武后方能解恨。誰知門樓上忽然響起了號角聲，禁軍與龍虎軍士兵聽到後，邊禦敵邊向一處集結。隨著內宮門訇然一聲響動，六率數百士兵披堅執銳衝出門來，一銀盔銀甲，身著帥袍之人壓軸而出，絳紅色的披風在雨夜狂風中搖曳起舞，英氣勃發不可抵擋。

高敏與李元辰忙示意自己麾下眾人不要盲目進攻，屏息凝神等待來人露出真容。

風蕭蕭，雨颯颯，雨幕裡，那人終於走上陣前，竟是紗帽罩嬋娟，銀盔下一張極度嬌俏的小臉兒，長睫上掛著幾絲雨珠，漆黑如夜的眸子裡帶著冷絕，櫻唇微微抿著，配合著手中的雙劍，不怒自威，颯爽英姿等詞彙也不過區區能描繪出此情此景之萬分之一。

李元辰看到樊寧，愣怔片刻後，分毫不留情面地哈哈大笑起來，「眼見大唐真是無人了，竟派個毛丫頭來做將帥，待會子打得妳滿地找牙，妳可別哭！」

樊寧冷笑一聲，不與此人打嘴官司，將長劍舉過頭頂，示意眾士兵準備與賊人死戰。

高敏抬眼望著雨幕盡頭的宮闕，只見武則天與李弘母子正站在最高處，俯視著酣戰的眾人。高敏的世界陡然一暗，彷彿天地之間唯剩下他與武后，他顧不得同夥正與禁軍交戰，收起長劍，扯過身後的大弓，欲一箭直射武則天心口。

說時遲那時快，應天門城樓上「嗖」地射來一支長箭，高敏箭未來得及射出，便被旁側的同夥推開。他抬起狼一樣的雙眼，只見城樓射箭之人，不是別個，正是手持大弓的薛訥。

高敏由不得大笑起來，對身側人道：「我當是誰，原來是崇文館生中箭術末流的薛明府！那日在鬼市外，你說自己射偏了，我還以為你在做作，今日這一箭倒真是出乎我的意料，即便不躲，你也射不下我的汗毛來！更何況，當初在玄武門，正是我父親藏在城樓之上，利用李建成的一時疏忽將其射殺，方有了先帝與李雉奴的江山！你這黃口小兒，班門弄斧也要有個限度！」說罷，高敏舉弓大力直射城樓，他的箭術果然十足精進，力道足、速度快，又極其精準，薛訥早有準備，偏身一躲，箭矢卻還是擦著他的耳邊鬢髮飛過，迫使他不得不屈身躲入箭道旁暫避。

張順見高敏欲對武后與李弘不利，立即仗劍上前，與高敏搏殺。高敏仍不肯收弓，邊與張順周旋，邊伺機行刺武后母子。

李元辰則使出渾身解數與樊寧纏鬥，樊寧橫劍相抵，卻不應戰，立即轉身退回到禁軍之中。只見眨眼的工夫，禁軍、六率與龍虎軍利用樊寧與薛訥爭取到的時間重整陣腳，築起了防守的步兵方陣。前排的士兵舉起一條條長長的陌刀，中間的士兵手持劍盾隨時準備接應，而後方則拿著陌刀或劍盾進行武器支援，一旦前排士兵的兵器折損，後方便會立即將手中兵器向前傳遞。

此方是大唐雄師之威，樊寧退到陣後，依照薛訥所授號令驅使軍隊步步向前。有了統一的號令，將士們終於找回了作戰的章法，八尺長的陌刀密密一排，齊齊揮動，以守為攻，寓攻於守，即便武功高強如李元辰等人，面對著這如同鋼刃築就的銅牆鐵壁，亦不得不連連後撤，找不到絲毫能夠發起進攻的空隙。

高敏見勢，自知唯有自己手中的弓能為同夥打開局面。他擺脫了張順的糾纏，將弓箭的指向由武后切換至唐軍前排正中的陌刀手，拉滿弓正準備射，樊寧立即喝令後排盾兵上前，替下陌刀手，築起了一道鋼鐵防線。

長箭擊打在鐵盾之上，發出令人耳鳴的鏗鏘聲，高敏鄙夷一笑，似是分毫不將這雕蟲小技放在心上，偏頭問身側人道：「史元年那廝何在？他的散騎也當趕過來了吧？」

「回少主，估摸著時辰應當差不多了……關外的部隊，也快逼近函谷關了。」

「好！」高敏尚算英俊的面龐起了幾分猙獰，轉頭覷眼盯著內宮中的武后與李弘，厲聲道，「蝦兵蟹將便交與史元年吧！飛陣，準備！」

眨眼間，幾名賊眾上前來，疊成人梯，高敏撤身回步，踏著他們的肩背而上，竟躍起數丈之高，凌駕過內宮牆，幾乎與武后、李弘面面平行，他彎弓搭箭，克制住雙手的微抖，正要鬆弦之際，整個人忽然不受控制地倒向前去，重重摔在了地上，錯失良機的苦悶此時超越了肉體的疼痛，他尚不及反應，又一個冰涼的物體插入了他的前胸，高敏低頭一看，只見自己大腿和胸前都直直地插著薛訥的黑羽箭矢，殷紅鮮血不住汩汩流出。

城樓上，薛訥迎風而立，手舉大弓，立身於城垛最高處，不消說，他等待的就是這一刻。

方才趕來之前，薛訥已經向樊寧詳細傳授了派兵布陣之法：「敵人駕船突入大內，固然鑽了洪水的空子，但也是我等最大的勝機。大內圍牆林立，地方狹窄，難以包抄，只需以陌刀兵陣列在前，齊砍而進，便可將其逼退；若敵方有弓手，則緊隨其後的盾兵立即上前抵擋，而我則趁此機會，從城樓對敵方弓手發起狙擊。」

什麼崇文館生裡最差的射御成績，薛訥只是不喜歡在眾人面前爭風而已。高敏只記得長孫無忌在城頭射殺李建成，卻大概忘了薛訥之父薛仁貴「三箭定天山」的傳奇，薛家傳承數百年的超遠距離射術又豈是浪得虛名？

正當此時，不知哪一方陣中，有人喊了一句「有軍隊來了！」，高敏本氣若游絲，此時以為是史元年率散兵前來營救，登時來了精神，掙扎欲起，哪知他瞪大沉沉暗暗的雙眼，看到冒著大雨駕船登岸的竟是夾馬營洛陽守軍的先頭部隊。

賊兵本就因利而聚，此時見所謂會主中箭倒地，援兵又已到達，丟盔卸甲，倉皇逃命，根本無人顧及高敏。那李元辰原本想上前救他，卻被樊寧一劍砍傷，吐血不止，自顧不暇。

與史元年約定的時間已過去了整整一個時辰，他卻依舊未有現身，莫說是他，就連那些遊騎散兵的分毫蹤影也未見到，高敏越加不支，癱倒在地，任由身體中的血噴薄流出，毫無阻擋之力，他忽然想起那日在觀音寺地宮，他踢踹史元年時，那廝的眼神。

史元年胡名「波黎」，便是狼的意思，這匹中山狼只怕早已脫離了自己的管控，可他一心只想報當年之仇，竟未覺察。識人不清，用人不明，想要恢復長孫家的權勢地位，不過是黃粱一夢，令他人徒增笑料罷了。

第五十五章　臨危之命

一輪血色夕陽掛在函谷關樓頭，映著滿地的鮮血與殘肢斷甲，令經過此處的鴉雀皆感心驚，咕咕鳴叫兩聲後，旋即飛不見了蹤影。

早在千年前的戰國，強秦便是依靠此關進退得宜，抗拒六國，最終橫掃天下。在如今的大唐盛世下，面對兩側突如其來的叛軍，八百守關士兵卻被打了個措手不及，忙據關死守。兩撥人馬從正午相遇激戰至夜半時分，由於史元年部下異常凶狠，守軍人數劣勢，不免被動，傷亡過半。為了保存有生力量，守關將領不得不下令撤離，退居十里再依山勢固守，而後派遣斥侯急向神都洛陽通報消息。就這樣，史元年部下付出了折損兩千餘人的代價，最終將這座雄關占據，如同毒瘤般卡在兩京的咽喉之上，情勢迫在眉睫。

神都東宮裡，李弘恢復了監國之權，召集閻立本、李敬業等人在洛陽的文臣武將商議對策，薛訥、樊寧與李媛嬡亦在其列。

「長安兵部為何仍遲遲不出兵？遷延觀望，罪同謀逆！」亂賊如鯁在喉，令一向老練沉定的李弘起了惱意，沉沉的目光望著身後輿圖上近在咫尺的函谷關，焦慮難掩。

「啟稟太子殿下，以老臣之見，叛軍攻克了函谷關，切斷了聯繫兩京的要道，兵部欲出兵救駕，卻難以得到二聖或殿下的首肯，只怕是一時間進退兩難呢。」閻立本答道。

「回稟殿下，臣附議右相之言，無論是兵部官員還是掌兵將帥，沒有天皇、天后詔令，是萬萬不敢擅動兵馬的。何況公主案結案與長孫勝生事皆發生在洛陽，兵部上下一頭霧水，一時反應不及也是有的。」李敬業附和道。

「此次叛軍起兵之機選得頗為微妙，左相兼司戎太常伯戍衛西涼，平陽郡公薛大將軍尚未從遼東回師，朝中唯二可以在危急時直接出兵之將，皆距洛陽千里之外。估摸賊人早有預謀，就是為了打我等一個措手不及……末將昨夜失職，還請太子殿下降罪！」守衛洛陽的主將陳侯上前一步，跪地向李弘請罰。

「正如你方才所說，賊人早有預謀，昨夜之事亦是如此，又何來降罪之說，」李弘一揮手，示意他快快起身，「昨夜諸卿皆有功勳，本宮知曉諸卿辛苦，但眼下尚不是論功之時。目前看來，長孫勝亦是被那賊貨利用，若不快快除之，只怕會釀成大禍，諸卿有何良策計謀，快快獻上來吧。」

「洛陽到長安不過區區八百里，難道就不能派個人走小路繞個道送信嗎？」見他們說了半晌，無一字在點上，樊寧起了焦躁，也顧不得什麼禮數，徑直插嘴道。

李媛嬡介面回道：「妳當旁人都傻？洛陽與長安皆是枕著龍脈的風水寶地，若不走兩京故道，便要繞遠走巴蜀再經漢中，方能轉行長安，當中許多路途馬匹不能行，只能徒步，還不知要耽誤多久，可不是比登天還難！」

洛陽守將陳侯點頭應和道：「且如今洪水方歇，軍士疲憊，之前又有軍中士卒染疫，若是貿然出動，非但不能取勝，反而還會造成時疫擴大，士氣低落，徒增我軍死傷……」

這確實是一局死棋，似乎無論如何皆找不到突破口，這天下繁華之盛的神都業已成為一座囚籠，而那史元年正如魑魅般窺視著他們，耐心十足地等著他們垂死掙扎，做困獸之鬥。

李弘沉沉的目光轉到了薛訥身上，見他一直蹙眉思索，很是認真，不知是否已有良策，便道：「慎言，你可想到了什麼主意？」

薛訥回過神來，拱手道：「殿下，臣以為，為今之計，雖然有諸般困窘，但我等絕不能固守洛陽，敵眾我寡，一旦固守便是坐以待斃，而必須在洛陽周邊妥善部署，否則一旦賊眾殺來，則二聖危殆。」

「詳細說來。」李弘極度重視薛訥的提議，身子不自覺地向前傾斜了幾分。

「列位可曾想過，史元年如今為何不即刻攻打洛陽？」薛訥站起身，依舊是恭敬有禮，眉眼間卻帶著平日裡少有的篤信堅決，「很簡單，因為他們還在積蓄力量，等待後援。若我所料不錯，這起子亂賊應當是自寧朔、靖邊一帶，經罷交、延州直插關中而來。占據了函谷關，無疑切斷了兩京之間的聯絡，各地情報不能互通有無，故而我大唐絕大多數地方還不知道已經有亂賊占據了函谷關，只能坐以待斃……」

薛訥所說，李敬業自然也明白，但他並不贊成薛訥的話，反駁道：「薛明府所說不錯，洛陽、長安之間無法傳遞消息，大唐便等同於全瞎全聾了一般。可前朝修築洛陽時頗費心思，城池固若金湯，城中糧庫充裕，一旦城門闔合，賊人便很難造次。我們現下根本不知亂賊人數，亦不知其動向，若是貿然放棄固守洛陽，賊人趁機攻來，不單聖駕危險，城中百萬百姓更是命懸一線，請殿下三思。」

李弘輕輕一笑，對李敬業道：「李將軍先不要著急，慎言既然敢說驚人之語，自然是有所籌劃，且聽他說完吧。」

薛訥拱手再是一禮，行至輿圖邊前停了下來，指著洛陽以東的官道，徐徐說道：「要避免洛陽被攻陷，關鍵是要守住洛陽以東，確保通往偃師、虎牢的補給要道不被包抄切斷。這條道是向東聯繫河南、河北、淮南的戰略要道，是確保洛陽不會孤立無援的關鍵。因此，我們絕不能緊閉城門，徒守孤城，否則就算洛陽城不被攻破，其他別懷異心的番邦亦會趁機生事，待情勢積重難返，則洛陽必危。故而以慎言之見，我等必須同時守好東面的官道，北邊的黃河渡口、河陽橋，以及南邊的壽安、伊闕一帶，同時派軍中飛毛腿連夜出城，向我父親軍中報信。」

「可薛大將軍遠在遼東，」陳侯本就覺得薛訥年輕文弱，不似武將，聽了這話，更覺得靠不住，「若要回師少則三個月時間，屆時危局已成，又有何用？我洛陽守軍只有數千人，要分兵別處，勢必城中虧虛，歹人若是強攻，又當如何是好？」

「何須真等我父親調兵？消息送出河南道，便可傳至河北道，繼而傳至全國，父親只消派出先頭部隊疾速回師，便可恫嚇別懷異心之人。更何況，我們不守洛陽城池，並非不守洛陽之地，而是要守這裡。」薛訥說著，將修長指節重重扣在了輿圖上洛陽的西側，靠近函谷關的黃河之濱。

「陝州？」眾人定睛看清薛訥所指的位置，異口同聲發出了疑問。

薛訥頷首一應，繼續說道：「此地地形獨特，瀕臨黃河，兩側山巒綿延，形成一個壺口，史元年的賊眾若要攻打洛陽，必要經過陝州。只消我等守住這得天獨厚的要地，洛陽必定無虞。不僅如此，陝州之北有座中條山，山間有條樵夫砍柴的隱祕小道，只消三兩日的腳程便可穿山抵達絳州。如若我們能夠聯合絳州守軍，便可向駐紮涼州的左相姜恪求援，而且能切斷史元年的退路。一旦時機成熟，更可以出兵直插函谷關之背，與陝州守軍兩面夾擊，屆時亂賊便被堵在這兩山之間的狹長地帶，成為甕中之鱉！」

聽了薛訥的計策，眾人面面相覷，都沒有言聲，李弘心下有了籌算，問道：「慎言此計，右相、李將軍與陳將軍以為如何？」

「這……」陳侯忍不住先開口道，「此計聽起來確實很不錯，只是薛明府年少，所知道的更多是兵書所記，而無實戰經驗。末將奉命守洛陽城近十年，對二聖安危與城中百姓責無旁貸，當拚死守之，絕不輕易外撤，請太子殿下三思。」

是了，薛訥年輕無戰功，說得再天花亂墜，亦難被這些將軍相信。李媛嬡望向父親，希望他能替薛訥說幾句話，可那李敬業垂頭思忖，根本沒有要接話的意思，似是亦對薛訥的計策有良多疑慮。

樊寧忍不住「嘁」的一聲，冷笑道：「這位將軍的意思，是說薛郎的計策猶如趙括，是紙上談兵嗎？昨夜我等拚死保衛二聖之時，你們可還在水裡晃晃悠悠泛舟呢！」

李弘一擺手，示意眾人不要齟齬，轉頭問閻立本道：「右相德高望重，乃我大唐柱石，方才慎言之計，右相以為如何？」

閻立本捋鬚瞇眼，看了看薛訥，徐徐說道：「老臣只會舞個文墨，兵家之事著實不大懂。但先帝曾有言『民為貴，社稷次之，君為輕』，將領若只知守二聖，而不守天下，則非忠臣良將……茲事體大，殿下若難以決斷，何不問問二聖的意思？」

閻立本說罷，沖李弘一擠眼。李弘一怔，方明白了他的意思。能身居右丞相之位，又哪裡是只會舞文弄墨。他悄然一笑，點頭道：「確如右相所說，此事太過重大，還請各位卿家隨本宮一道前去，等父皇、母后定奪吧！」

說罷，一行人等乘車從東宮出，往紫微宮去向二聖請示。

待李弘稟明前因後果後，李治與武后召眾人入殿來。頑疾纏身，令這方過不惑之年的帝王看起來面色不佳，但他的神情姿態依舊威嚴沉定，穿著天子服制，與武后並坐在高臺之上。看到他們，眾人心底莫名有了底氣，再不似方才那般慌張，齊齊上前拱手道：「拜見二聖！」

「免禮平身。」李治示意眾人起身，徐徐說道，「方才弘兒已將諸卿爭論之事，告訴了朕與皇后。皇后與朕所想一致，命書記官草擬詔書一份……弘兒，你讀與眾人聽吧。」

李弘躬身上前，雙手接過制書，薛訥一行忙再度跪地叩首。

李弘手捧制書，面對眾人念道：「賊首史元年集眾作亂，兵壓神都，情勢危急。我大唐戎馬立國，德服四海，朕與皇后自當以百姓為先，以天下為重，今茲授朕之兵符，以李敬業為主將，薛慎言為副將，權代戍衛東都統軍之職，除一千禁軍留守洛陽外，其餘部眾及援軍皆可自由調派。」

沒想到在如此短的時間內，二聖便決定放棄這固若金湯之城，將天下與百姓凌駕於個人安危之上，洛陽城守將陳侯急切拱手道：「陛下，這……」

李治示意陳侯少安毋躁：「非常之時，非常之將，陳卿莫要多思。薛慎言年少聰敏，將門虎子，昨夜守衛宮城，鞠躬盡瘁，又以智謀助禁軍退洪水，朕頗感欣慰……此番務必好好襄助李將軍，早退賊兵。」

「是，」得到了天皇的讚賞，薛訥心下說不出地澎湃，再拜道，「臣、臣願為大唐戰死，只是仍有一不情之請。求陛下授樊寧軍職，讓她與臣同在軍中，有她的聰明機慧在側，臣必能一舉擊破賊兵！」

薛訥這話，令一直跟在其後的樊寧臊了個大紅臉，但她也明白，唐軍治軍嚴格，若無軍銜根本不可能混入軍營。昨晚情勢非常，她已嶄露頭角，眼下薛訥在御前提出這要求應當不算過分，哪知李治咳喘了幾聲，面色十分難看，低道：「我大唐……尚未到需要婦孺上陣殺敵的地步吧？」

第五十六章　漢將辭家

「我不是婦孺……」見李治神情不悅，樊寧生怕他會怪罪薛訥，急道，「我打小便練武，師父說我是奇才，那史元年我也是交過手的，他臉上的刀疤便是我的袖劍所傷。若是我能跟著一起去，必定能對戰事有裨益。」

見樊寧忘了用敬語，薛訥急忙向二聖請罪：「樊寧長於深山，鮮少入宮，如今因為戰事心急，並非有意衝撞二聖，還請天皇、天后看在她是急於為國立功的份上，莫要與她計較……」

一直沉默的武后輕輕一笑，說道：「方才陛下說了，非常之時，用非常之將，又何必拘常禮。樊寧，妳有什麼話，只管說完吧。」

樊寧自知唐突，忙屈身向二聖一禮，定定神，用薛訥教過的敬語說道：「民女失禮，只是先前曾聽我師父說起，陛下的親姑母，先帝胞妹平陽公主曾鎮守葦澤縣，守衛雄關，為紀念其功績，當地改名娘子關，公主過世時，更是以軍禮舉喪……我大唐強盛，自然遠未到需要老弱婦孺上陣的地步。只是大唐女兒亦如男子，也想衛國殺敵。就像……就像這些女官一樣，蘭心蕙質，每日為宮廷運轉勞心出力，即便不能為官做宰，亦為大唐奉獻一生，又哪裡能說我大唐無人，要重用婦人呢？」

李治與武后聽罷，沒有立即回應，似是在權衡思忖。李弘見堂中氣氛有些微妙，打趣道：「方才聽樊寧提起平陽公主，兒臣心有戚戚，當年兒臣這位姑祖母，亦是與自己的夫君一道，鎮守雄關，留下佳話。無論樊寧能否上陣殺敵，皆彰顯了我大唐女兒之志，同仇敵愾，民心所向，又何愁賊人不死？」

李弘刻意將「夫君」兩字咬得很重，惹得在場宮人掩口竊笑不止，目光在薛訥與樊寧臉上逡巡，悄然議論他兩人著實看起來很相配。

樊寧被李弘臊得小臉兒漲紅，這些時日他們已經混得很熟，若非當著二聖，樊寧真想上去鑿他兩拳，眼下卻只能悄悄嗔他一眼。

「陛下，」武則天側身，對李治道，「陛下興科舉，廢門第，網羅賢才，還立了臣妾這非名門出身之人為后，又給了臣妾無上殊榮，得以與陛下同守天下，便是最敢為人先之君，審時度勢之主。昨夜賊人攻打紫微宮，臣妾與弘兒見他兩人配合十分默契，薛慎言聰敏有謀略，強弓善射，頗有大將之風；樊寧武藝高強，巾幗不讓鬚眉。他兩人珠聯璧合，必能早破賊軍，還天下百姓一方太平安定，陛下何不玉成大唐女兒之志，又何必拘泥舊禮呢？」

李治不願讓樊寧上陣，哪裡是因為面上的道理，但既然武后開了口，他便不好再反對。李治探出手，與武后十指交握，虛弱的面龐上幾分寵溺，幾分無奈，嘆道：「那便依皇后所說，且由皇后為樊寧加封吧。」

武則天垂眼頷首，示意謝過，站起身拖著長長的繡錦袍，上前幾步，嫵媚面龐上朱唇輕動，面靨似酒窩般俏麗可人：「樊寧，本宮授妳貞靜將軍之職，務必襄助李敬業與薛慎言，大破賊兵，揚我大唐女兒之志，你可明白？」

「民女謝二聖恩典！」樊寧沒想到，自己這一鬧竟還能掙揣個將軍回去，只恨不能馬上插翅飛去找到李淳風那老頭，跟他好好顯擺一番。但賊眾當前，戰事吃緊，到底不是玩笑的時候，樊寧謝恩後，隨薛訥、李敬業等一干人等拜別二聖，抓緊一切時間往軍中布防去了。

半日之內，駐紮洛陽的禁軍、太子左右衛、龍虎軍共八千人馬在城西集結，編為前後左右四軍，李敬業帥前軍，李媛嬡帥後軍，樊寧帥左軍，薛訥帥右軍。

四路人馬整編後，於翌日凌晨開拔，李敬業帶一千輕騎先於大部隊進擊，急行軍三百多里，於晌午到達陝州附近。

陝州是一個小城，扼守兩京古道上的戰略要地，北面是中條山，南面是秦嶺，當中的狹長谷地又有黃河穿流而過，可謂天險。陝州位於這狹長谷地的最東端，中段最窄處正是函谷關，最西端則是潼關。死守陝州，就等於堵死了從函谷關去神都洛陽的道路。那日戰敗的函谷關大唐守軍，此時就退守這裡，與史元年派出的賊眾殊死作戰，即將彈盡糧絕。

看到李敬業的軍旗，那守將以為自己出現了幻覺，待確定來人真是援軍，他差點哭出聲來。兩撥人馬策應配合，立即給予亂賊迎頭痛擊。

亂賊雖然人數占優，卻比不上唐軍訓練有素，很快被打了個落花流水，餘部退回了函谷關處。打退了叛軍的先頭部隊，李敬業立即率眾開始沿河布防，在狹長谷地河流南北兩岸派兵把守。其餘士兵則立即開始為營建衛戍營地出力，加之當地百姓自發前來幫忙，不過大半日的工夫，便紮起了數千頂行軍帳。

傍晚時分，薛訥終於率大部隊抵達陝州，看到黃河邊升起的點點篝火，他的心驀地安然，他深知自己的計畫中最大的風險便是怕史元年已趁機率賊兵占據了陝州城，若是如此，所有計劃都將化為泡影。薛訥立即命大軍在山口紮營，令士兵在山谷中布下拒馬陣，又在兩側的山脊上修建起箭垛，由弓兵輪流值夜把守。

約莫二更天，風影完成了偵查任務回來覆命，帳中的火爐上還給他留有餐飯，薛訥張羅他坐下，將飯食遞上，問道：「史元年有何動向？」

「賊人逃回去後，史元年大發雷霆，親自揮鞭狠狠抽打了他們，但是依舊按兵不動。」

「辛苦了，繼續緊盯叛軍動向，一旦史元年出兵立即來報。」

「是！」風影叉手一禮，吃著薛訥給他留的晚餐，欲言又止道，「薛郎……今日我在亂賊營附近聽說……薛、薛小郎君被俘了，現下亦在叛軍之中，不知生死。」

「什麼？」薛訥俊秀的面龐呆呆的，似是太過震驚，沒聽清風影的話，「你是說……楚玉？楚玉被俘了？」

「是，賊人中有如是說法，甚至還說是楚玉郎君到邊地去，將賊人放進了關來，但我還未探明真假。薛郎莫要太心急，或許是敵人放出的風頭，想讓你煩心罷了。」

先前聽說薛楚玉回絳州老家散心，薛訥便覺得有些狐疑，他性格張揚，一向離不開長安城的奢靡繁華，即便離開長安，也是與狐朋狗友來洛陽玩耍，怎會想起來回絳州老家呢？難道他當真是鬼迷心竅，做了史元年的策應，那又怎會被俘呢？

「薛郎……」帳外傳來樊寧的輕呼聲，眨眼間，俏麗非常的紅顏便轉進了帳來，手裡還拿著一串烤魚。看到風影，她含笑招呼道：「你正吃飯啊？我有烤魚，可要來點？」

樊寧性子可愛，分毫不似傳聞中的凶殘，人又漂亮大方，怎會不討人喜歡？風影面頰一熱，撓頭道：「啊……不必了，我吃好了，還有任務，你們慢聊，我先、先走一步。」說罷，風影沖薛訥抱拳一禮，匆匆走出了營帳。樊寧這便嬌笑著上前，作勢要餵薛訥吃魚。

薛訥面皮比她薄得多，靦腆地方要張口，卻見她忽又奪了，靈巧地轉個身，坐在桌案前，得意揚揚地吃了起來。

面對樊寧的逗弄，薛訥也不惱，上前坐在她身側，問道：「怎的夜裡想起來吃魚了？」

「李媛嬡說她餓了，巴巴地在河邊釣魚，三兩個時辰也釣不到，我就拿網幫她摟了幾下子，哪知撈上來好多，現下李將軍和李媛嬡都在吃呢……他們讓我跟你說，史元年應當還是在等漠北的增援，既然陝州防線已固，接下來便可繼續進行第二階段的計畫了。」

薛訥頷首應道：「方才聽風影來報，已經安排下去了，我們雖然失了先機，但守住了陝州，也算扳回一城，下一步如何走，方是此戰關鍵了。」

「方才我聽風影說起薛楚玉，你那敗家弟弟又怎的了？」

薛訥喉頭一哽，不知是否該告知樊寧。

方才短短的一瞬間，他想了許多，若當真是薛楚玉與史元年狼狽為奸反被利用，那麼他們薛家必然會受到牽連。加之先前薛楚玉莫名得知地宮之事，薛訥懷疑他與高敏、史元年等人早有瓜葛。

前些時日，拜訪閻立本後，薛訥已經確定，崇仁坊最早便是英國公李勣與趙國公長孫無府邸之所在，先前便是長孫無忌府邸之所在，長孫無忌死後，府邸分裂，數易其主，最後輾轉到薛仁貴手上，面積早已不復當年恢弘，這便是為何地宮比薛府大上許多的原因。

一旦薛楚玉結交了亂臣賊黨，自己即便斬殺賊首，只怕也難抵罪行，他又如何能在此時娶樊寧為妻？如是豈不要牽連禍害於她？

樊寧見薛訥不言語，便沒有再問。打從公主案結，長孫勝圖謀挫敗，她亦有了自己的煩惱，便是自己與薛訥的親事。先前薛訥說，若是家裡不同意，就帶著她與李淳風離開長安洛陽，去嶺南等地做個小官，橫豎能養活他們。

但眼見二聖對他越發器重信賴，此一役後必會獲得重用，而她只是秘閣局丞的小徒弟，門第相距何止千里，即便薛訥再喜歡她，薛仁貴夫婦也不會同意。

手中香氣撲鼻的烤魚忽然間沒了滋味，樊寧看著燭火照應下，竹席上兩人的影子發怔。那放大的人影湊得那般親近，好似曾經的他們，此情猶在，卻心結橫生。樊寧正發呆，薛訥忽然牽住她的小手，低道：「寧兒……」

樊寧回神望著他，見他眸中愁雲淡雨，不知是否也與自己是一樣的心思，正不知他有何肺腑之言要說，便聽門外傳來急促的鳴鑼聲，有士兵高聲喚道：「賊兵入侵！賊兵入侵！速速集結！速速集結！」

第五十七章 風雲莫測

聞聽叛軍前來夜襲，樊寧的心一下子提到了嗓子眼，薛訥卻一點也不慌張。史元年本就是卑鄙小人，能偷襲便絕不會光明正大地打，這些都在他的預料之內，故而他一直未褪明光鎧，此時提起劍，對樊寧囑咐了一句「妳先留在這裡，我去去就來」，便匆匆出了帳。但樊寧哪裡是那種等得住的性子，即刻跟了出去。

帳外，軍中的弩兵和弓箭兵各就各位，列於拒馬陣的最前沿。薛訥登上中軍後方高臺，見叛軍已推進至百步內，立即下令弓弩齊射。剎那間，鋪天蓋地的箭矢如雨般傾瀉而來，令敵方前鋒人仰馬翻。

然而這一波齊射並未全殲賊兵前鋒，後方的賊人立即向前補充上來。此時，手持八尺長陌刀的戰鋒隊、手持盾劍的跳蕩兵，以及手持長戈、腰挎馬刀的重裝騎兵已經在弓弩手後方就位，然而薛訥並未發令，只是靜靜地等待著叛軍的接近。

八十步、五十步、三十步……敵人已近在咫尺，然而號令不申，唐軍將士們也只能雙手端著兵刃，手臂不住地顫抖著，只待主帥一聲號令，便奮力刺入敵方胸膛。

薛訥冷眼觀察著叛軍迫來的速度，見對方已經迫近至十步之內，立即大手一揮，好聽的嗓音高喊道：「出擊！」

剎那間，唐軍的喊殺聲響徹山谷，攢動不休的鴉黑人群中，一俏麗的身影策馬持刀，衝在最前，絳紅色的披風隨風飛舞，不是樊寧是誰。

高臺上的薛訥見此，心跳陡然漏了一拍，他之所以懇求二聖讓樊寧入軍營，雖有看重她武藝高超的成分，但更多是為了將她護在身邊。不承想一個不留神，她竟身先士卒，領著最前列的戰鋒隊如潮水般衝出拒馬陣殺敵。

方才還無比沉著安定的薛訥此時心亂如麻，眼睛一眨也不眨地望著那人群中最瘦小卻也最靈活的身影。在樊寧的帶領下，戰鋒隊邁著整齊一致的步伐，揮舞著明晃晃的陌刀，剎那間便築起了一道橫貫整個山谷的鋼刃鐵壁，排山倒海般刺向眼前的賊兵，鋼刃所到之處，無論賊兵還是戰馬，皆被攔腰斬斷，不留絲毫餘地，甚至連鐵甲都被一分為二。

賊眾被眼前景象所震懾，登時亂了陣腳，開始紛紛後撤，有的為了逃命甚至連人帶馬跌入黃河，還有的全然不講道義，踏著摔倒在地的己方傷患撤退，哀鳴聲此起彼伏。然而敵軍還未調整過來，便見李敬業與李媛嫒各率一隊騎兵精銳從山谷一側包抄而至，衝入敵陣中砍殺。馬陣的巨大衝擊力將最前排的叛軍士兵幾乎齊齊地撞飛出去，賊人的軍陣徹底潰亂，失足落水的賊眾不計其數，賊兵再也無法維持陣腳，開始朝函谷關方向全線潰逃。李敬業又哪裡會讓他們輕易逃脫，手持長槍繼續率騎兵追殺出去，不給他們分毫喘息之機。

叛軍餘部已逃出視野，薛訥立即下令鳴金收兵，唐軍部眾仍保持著整齊的陣列漸次退回拒馬之內，駐兵則蜂擁而出清理戰場、俘獲傷兵。其結果，唐軍幾無傷亡，而賊眾被斬者八百，被俘三千，可謂大勝。

薛訥匆匆從高臺上走下，對迎上前來滿臉自得的樊寧道：「妳想讓我擔心死嗎？」

「我也是將軍，為何你們都能上陣，我卻要躲在屋裡？」

薛訥方要與樊寧講道理，便見李敬業父女從不遠處大步走來，他只好先將話頭壓下，轉身向李敬業一禮。

李敬業回了個微禮，笑道：「本將軍也算是看著慎言長大的，竟不知你有如此將才。今日一見，深感我大唐軍中後繼有人，二聖與令尊必定會十分欣慰。」

「李將軍過獎了，將軍是主帥，慎言是副帥，此戰本該由將軍指揮才是。只是慎言武藝不精，實在不擅長上陣殺敵，故此才委屈了將軍，還望將軍海涵。」

「這有什麼，我大唐軍中向來不論資排輩，只要能打勝仗，能退敵兵，人盡其才，又有何不可。」

李媛嬡方奮勇殺敵，滿臉汗汙，看到樊寧依舊清爽好看，不由有些不好意思，直往李敬業身後躲。

薛訥覺察到她的不自在，笑道：「按照風影的情報看來，今夜應當不會有攻勢了，將軍與郡主可以早做安歇。接下來我們便按照原計劃，有勞將軍代替我守住此處，我與樊寧帶善於攀山行路的士卒兩千人，越過中條山到絳州萬泉去，阻擊史元年的後援……」

「照如今之勢看來，那盃賊準備充分，若是他的後援人數眾多，你們這兩千人可怎麼辦啊？」李媛嬡顧不得羞，探出頭來問薛訥，看似是當真擔心。

「萬一真的形勢不利，我們可以率眾退過中條山來。敵人大都是騎兵，無法翻山越嶺，追不上我們的。」薛訥這話是對李媛嫒說的，目光卻仍停在樊寧的小臉兒上，樊寧自知理虧，倒是難得乖巧，抿唇笑得嬌，沒有一點方才上陣殺敵的戾氣，她本就生得十分漂亮，如此模樣更是說不出地動人。

李媛嫒看在眼裡，忽而想起小時候去觀星觀探望薛訥時，初見樊寧的模樣，才短短的一眼，她便感受到了薛訥待樊寧更親近，哪怕她與他相識得更早，還曾提議婚事，依然無法撼動這丫頭在他心中的位置，而眼下與那時更加不同，那小子癡癡的守望，終於換來了樊寧的回應。

李媛嫒亦是姑娘家，那種嬌憨可愛的神色，她也曾有過，只可惜無人能懂，唯有她自己對鏡時曾察覺。但她不再是那個妒恨橫生的刁蠻丫頭，將心思更多用在迫在眉睫的戰事而非兒女私情，點頭道：「我與父親這幾日都和衣歇息，你兩個多加留神，若有不虞，隨時命斥侯傳遞消息。」

趁著士兵收拾準備拔營的工夫，薛訥帶著樊寧回到了軍帳裡。樊寧如何看不出他不高興，拉著他的手，語氣雖然還賴，態度卻明顯軟了：「方才是我不對，未跟你商量就私自上陣了。可你看，連李媛嫒那等三腳貓立不穩的功夫，尚且殺敵去了，我怎能坐視不管呢？我知道你是擔心我會有危險，可你是否想過，若是你真有什麼好歹，我會獨活嗎……」

雖說早已彼此心意相通，但聽樊寧說如是露骨之語著實是破天荒頭一遭，薛訥好不容易冷下的面龐霎時瓦解，他再也繃不住，將她擁進懷裡，輕聲道：「妳的心思，我怎會不知道呢？可若是連自己心愛的女人都護不住，我還算得上什麼男人？」

「所以我們就一起殺敵，不好嗎？」樊寧眼中猶如閃著星星，清亮晶瑩，令人挪不開眼，「我一定會小心謹慎，以我的功夫，尋常人也奈何我不得，你應當相信我才是啊。」

確實了，以樊寧的功夫，尋常人莫提與她相抗，便是近身都很難，但薛訥仍舊不放心，猶豫再三方，鬆了口，「妳要上陣也不是不可以，但還是要聽從軍令指揮，切忌自己逞英雄……」

「好。」樊寧應得乖巧爽快，本想掙開薛訥去收拾東西，誰知他忽然俯身，重重吻上了她的唇。

樊寧一怔，心想定是方才自己盲目上陣將他嚇到了，便也青澀熱切地回應。帳中氣氛轉瞬旖旎，明明是劍影刀光的沙場，卻有了花前月下般的美好。

忽然間，不知何處傳來了一生極其輕微的笑聲，樊寧回過神，即刻抄起案上的鎮紙扔了過去，只聽「咚」的一聲巨響緊跟著一聲慘叫，一個身高不足五尺之人從壕溝裡爬出，顯出了身形，不是別個，竟然是遁地鼠。

樊寧既驚又喜還惱，走上前，抬手狠命拍打著遁地鼠頭上的大包：「居然是你小子？你何時來的？不出聲在那裡偷看？」

「哎哎，薛夫人饒命……一品誥命夫人饒命……」遁地鼠嘴上喊著饒命，話裡話外卻仍不知死活，他出溜躲開了樊寧的追打，上前對薛訥道，「薛郎，按照風影所說，我與紙鳶兄弟前去悄悄看了，小郎君現下確實在敵方營裡，被關在一個裝鬣狗的籠子裡，有三、五個人看著，給他丟吃的。但小郎君不吃不喝，好像是知道自己做錯了事，靠著籠子一言不發，任由他們取笑……」

「他怎麼不咬舌自盡啊？」樊寧氣不過，接嘴道，「從小到大捅了多少簍子，次次讓他兄長擦屁股，這一次又作大死！」

薛訥不似樊寧那般氣憤，眸子沉沉的，無奈卻拋不開親情羈絆，拱手對遁地鼠道：「楚玉有罪，上有天皇、天后發落，下有父親管教，落在賊人手裡到底不像話，還是按照先前所說，待大戰之際，史元年必定會放鬆對楚玉的看管，勞煩你們屆時將他接出來。」

雖然薛楚玉百般不好，但畢竟是薛訥的親弟弟，樊寧再討厭他，也不能反對救他，便不再多話，轉言問遁地鼠道：「你們幾個怎的都來了？畫皮仙呢？」

「薛郎派人接我們來的，畫皮仙也來了。」遁地鼠笑得很賊，沖樊寧一擠眼，嘴一噘，做出親吻般啾啾的聲響，「不過他們沒我有福氣，看不到這般好的戲，我先去忙活了，一品誥命夫人，回見！」說罷，不等樊寧動手，遁地鼠便以迅雷不及掩耳之勢出帳跳進了壕溝，一溜煙不見了蹤影。

樊寧又羞又氣，小臉兒紅得好似能滴出血來，望著遁地鼠逃命的方向，想罵卻也罵不出來。薛訥從身後環住她，吻著她的鬢髮輕道：「我會努力的，早日掙揣個一品官回來……」

「我不稀罕，」樊寧回過身，小臉兒依然鮮妍紅潤，低道，「只要……能跟你好好的，我便知足了。」

「報！二位將軍，我部已收拾妥當，可以準備出發了！」

聽到屬下來報，薛訥與樊寧不再耽擱，帶了兩千輕裝士卒從大陽橋渡過黃河，一路向北進入了大山之中。雖說是進山，但此處坡度較緩，行軍並未遇到大的阻礙。薛訥不失時機地令士兵原地休整，進食飲水。

翌日晌午，一眾人馬行至了真正的崇山峻嶺前，只見濃雲蔽日，高嶺之上風雲變幻，霧氣繚繞，令人不安。

「眾將莫慌，此地我自幼常往來，山間一向如此，雖然看似凶險，其實卻並無危殆之處，可放心通行。」薛訥朗聲對眾人說，並先行一步走至最前。

行動便是最好的鼓勵，眾士兵在薛訥的帶領下繼續出發，排成一列，沿著山間的羊腸小路攀山而上。約莫過了一個時辰，突如其來的大風吹散了雲霧，眾人不知何時已置身山巔，山下景色一覽無餘。俯瞰下去，絳州萬泉城矗立在原野上，已似近在眼前。

若是所料不錯，此處將會成為與史元年決一死戰之地。薛訥輕輕嘆了口氣，暗暗祈禱彼時的風向著自己，否則一旦漠北騎兵突破此地，二聖與兩京便會真的風雨飄搖，大唐危矣。

第五十八章 背水一戰

翻過中條山，地貌便與洛陽、陝州截然不同，西風遒勁，平添幾分蒼茫，萬泉城孤零零立在後山廣袤的平地上，雖無落日長煙，緊閉的城門卻仍充斥著孤絕冷傲之感。

薛訥見城樓唐軍大旗仍在，長長舒了口氣，想必萬泉城守軍已聽說有亂賊鬧事，卻還未接到朝廷剿匪的命令，便緊閉城門，堅守不出，以保護城中百姓的安全。

薛訥又將目光北望，窮極視線，未見史元年援軍的蹤跡，便繼續帶兵下山。

約莫半個時辰後，薛訥帶兵來到萬泉城下，亮出兵符，朝城樓高喊道：「我乃藍田縣令，平陽郡公薛仁貴之子薛慎言！奉二聖旨意，自洛陽發兵至此，請開城門！」

薛仁貴一家本就是絳州萬泉人，守城士兵中亦不乏薛家在當地的親屬和旁支，見是本家人來了，一改緊繃的心弦，立即打開了城門。安頓好進城的部眾後，薛訥與樊寧立即去萬泉府衙，迎接他們的是薛訥的族兄薛義明。

兩人見禮後，薛義明看著薛訥身側一身戎裝的漂亮姑娘，疑惑問道：「這位是……」

「天后親封的貞靜將軍樊寧，武藝超群，是我的副將，亦與我是總角之好，總之……是、是咱們自家人。」

這兩人男的俊、女的俏，容貌氣度皆是世間千百萬人裡難見一個的好，若說不是一對倒是稀罕，只是從沒見過自己這靦腆不愛說話的族弟竟有如此主動介紹的時候，可見對這姑娘用情至深。薛義明笑道：「幼時就曾聽慎言說起姑娘，真是百聞不如一見。」

薛訥一怔，旋即大窘，還記得小時候某次新年，父母親帶著他與薛楚玉回萬泉老家來，他沒有書看亦沒有玩伴，昏昏沉沉、迷迷糊糊睡著，醒了就找樊寧，惹得眾人哄堂大笑。憶起這一段，薛訥窘得直磕巴：「莫、莫說這些了，大敵當前，先說說敵情。從兄，你可有收到邊地的消息嗎？」

薛義明示意薛訥與樊寧進內堂說話，拿起桌案上的一卷密函遞了上去，薛、樊兩人打開一看，只見是安西四鎮發來的急報，稱有亂賊在邏娑起事，集眾二十餘萬北上，攻陷西域白州等十八個羈縻州，又聯合於闐貢獻陷龜茲撥換城，目前在朔方集結，似要東進直逼兩京，目前占領函谷關的是其先頭部隊，約莫三萬餘眾。左相姜恪已率安西都護駐軍從涼州回師，正嚴陣以待叛軍的到來。

「既然如此，」薛訥說著，拿出手中天皇親手交給的兵符道，「傳二聖口諭，史元年率眾起事，攻陷函谷關，威脅兩京，割據要道，其罪當誅。如今賊眾囤聚，導致政令不申，兩京要地信箋難通，朕特命平陽郡公薛仁貴長子薛慎言取道遠路，傳朕之令，命各州派兵增援長安洛陽兩地，交予兵部統一指揮，務必盡速剿滅此賊。」

薛義明跪地頓首道：「謹遵聖諭！」隨即命副官草擬一份文書，將薛訥所述謄抄，再將兵符拓印其上，由飛毛腿快馬加鞭發往長安。

薛訥又道：「不瞞從兄，今晨我倆方在陝州與亂賊交戰，賊人來勢洶洶，而兵部命各地馳援，至少還需三、五日才可抵達。為了阻斷賊眾，保護二聖與百姓，不留遺患，須得迅速占領函谷關背後的潼關，斷掉史元年撤退的後路。煩請堂兄從絳州守軍中抽出一隊人馬，為我增派兵員、武器與輜重，支援我等前去潼關阻截。」

「哎哎哎，等等，」樊寧打斷了薛訥的話，「出陝州時，並未告訴李媛嫒他們我們要去潼關啊，萬一亂賊狗急跳牆，回頭攻打我們，區區兩千人，能抵擋住三萬人的進攻嗎？」

薛訥胸有成竹道：「便是不能告訴他們，我們要去潼關，否則李敬業將軍多少會被牽扯精力，若是陝州出紕漏，我們豈不得不償失？衛公兵法有云：『如逢大敵而必鬥也者，彼將愚昧而政令不行，士馬雖多而眾心不一，鋒甲雖廣而眾力不堅，居地無固而糧運不繼。卒無攻戰之志，旁無車馬之援，此可襲而取之。』史元年部下得知其後路被阻斷，援軍將不至，必會軍心動搖，即便一心想突出重圍，棄函谷關而進攻潼關，我等居地利之優勢，何愁不能守？且若得知潼關被我等占據，進攻陝州亦會瞻前顧後，受到牽制，減輕陝州方面的防守壓力，看似兵行險著，卻是最善之守策。若放任其在關中作亂，使其得以掠奪關中物資而充實糧草，反而會令其苟延殘喘，難以剿滅。」

聽完薛訥的解釋，樊寧頷首道：「好吧，你腦子好使，那便聽你的。」

薛義明接話道：「慎言說的是。我萬泉及周邊各縣共有守軍三千，人數不算多，所幸兵器、戰馬、糧草等均不少。明日一早，便叫他們在城外集結，聽從你的號令。」

經過一夜休整，薛訥所率唐軍已在城外整裝待發，加上萬泉守軍與絳州各縣守軍，共計四千餘人。薛訥率領這四千之眾星夜兼程，於次日一早抵達潼關。

未料到四千唐軍突至，史元年留下看守潼關的三百餘人很快敗下陣來，向函谷關方向逃去。薛訥不費吹灰之力收復潼關，立即整頓軍備，布下天羅地網，他料定，決戰之時已經不遠了。

與此同時，陝州城外的唐軍陣地，李敬業與李媛嬡白天方又擊退了一批亂賊，此番亂賊的進攻相當疲軟，令李氏父女頗感困惑，剛要派斥侯前往查看，便有消息傳來：「啟稟將軍，函谷關的方向有火光！」

李氏父女立即出帳查看，果然見西邊的山谷中隱隱泛起紅色的天光。李敬業立即明白，白日的進攻不過是虛晃一槍，史元年打算放棄進攻陝州與洛陽，回攻潼關，故而火燒函谷關，以阻斷李氏父女攻其背部，與薛訥形成合圍之勢。

「快！快繞道，以最快速度前去查探薛將軍情況！」

李媛嬡早已聽不進父親的話，滿臉擔憂地盯著那團火光，口中不自覺地低喃道：「薛郎……」

潼關地處崤函走廊的最西端，南臨天下第一險峰西嶽華山，北臨中條山與黃河，同函谷關一樣自古乃兵家必爭之地。薛訥屯兵此處，澈底阻斷了史元年的後援，難怪會惹得他氣急敗壞，放棄函谷關轉頭攻打潼關。

此時此刻，四千守關唐軍依照薛訥的指揮各自部署到位，自關前形成扇形陣，將所有可能通往關內的道路都把守的水泄不通。

拂曉，初陽漸漸升起，地平線上出現了烏泱泱數萬亂賊，只見史元年全身戴甲，跨著汗血寶馬，手握長柄馬刀，一副躊躇滿志的模樣。在他之後，三萬遊騎如同洪水般湧來，逐漸逼近峽谷中唐軍把守的關隘。

行進到距離唐軍前鋒五百步左右，史元年抬手示意手下停駐，自己驅馬上前，高聲喝道：「前方可是薛家那小田舍漢？你不老老實實待在陝州城裡，像個野兔一樣到處亂竄，如今卻又送上門來，究竟何意？也罷，省卻了我找你的功夫，今日便讓我的鐵蹄從你那單薄的身板子上踏過去吧！」語罷，史元年身後的三萬騎兵如狼嚎般叫陣，聲音響徹整個山谷，而但守關唐軍皆冷顏肅立，不為所動。

叫過三遍後，史元年驅馬在唐軍陣前拍著馬屁股，挑釁道：「所謂大唐鐵騎，皆不過是些膽小鬼嗎？連個能上來與我單挑的人都沒有，只能如王八一般龜縮在城裡。哦、對了，我倒是忘了，你們的主將好像胳膊細白如女人，這馬刀這麼重，他怕是拿不起來呢！」

一眾叛軍登時哄然大笑起來，看著在陣前驅馬挑釁的史元年，薛訥始終不發一語，任憑史元年在陣前叫罵。

見唐軍並未上鉤，史元年「嘁」了一聲，將手高舉過頭頂道：「忽熱！」

「忽熱！」三萬遊騎齊聲高喊，隨即在史元年的帶領之下朝潼關發起了衝鋒，萬馬奔騰使得整個山谷皆為之陣陣作響。

城牆正下方，唐軍戰鋒隊手持陌刀巍然站立，面對洶湧而來的遊騎，戰鋒隊手中的陌刀是最為有力的武器。果然，亂賊遊騎雖然攻勢凶猛，但一到城樓下就立馬放緩了速度，隨著城樓上的薛訥一聲令下，無數柄陌刀如同城牆下突然長出的狼牙般，狠狠地將洶湧而來的遊騎兵連人帶馬吞下去。

史元年有賊眾三萬，哪裡會在意區區數百人的折損，他健壯的手臂高擎，示意眾人繼續進攻不要停下。

突然間，無數的木桶自城樓後方從天而降，落在遊騎兵陣中炸開，火苗四濺。與此同時，千名的弩箭自城樓上和峽谷兩側的高地射向敵人的軍陣。賊人抬眼四望，只見從絳州各城運來的數十輛礌石車整齊列於城牆之上，士兵們將塞滿芒硝與崑崙黃的木桶源源不斷地裝上礌石車，在工匠的操作下拋下城牆，重重砸向關前的敵軍。

然而史元年依舊萬夫難擋，率數百心腹突圍至陣前，與唐軍近身搏殺，就在這時，軍中忽然出現一熟悉面孔，竟是一張黝黑的臉兒，十足俊朗，不是高敏是誰。

史元年早聽聞高敏已死，怎的今日在這見到他，可不是活見鬼？就在他發愣的當口，一支長箭忽然從天而降，直朝心口而來，史元年一驚，立即勒馬，僥倖躲過，他抬起狼一樣雙眼，只見薛訥正迎風站在潼關三重簷的最頂端，彎弓如滿月，直指蒼穹。

從自己所在之處到那高聳的城樓，少說也有四、五百步遠，這看似手無縛雞之力的文弱少年竟有如此強弓？史元年冷哼一聲，隨即計上心來，將手中的馬刀舞得密不透風，策馬直朝城樓下衝去。薛訥見狀，趕忙又連射了三箭，可史元年要麼拉轉馬頭躲過，要麼用馬刀轉圈擋掉，竟讓薛訥的射術無法奏效。

「糟了！」一見史元年逼近陣前，薛訥立即收弓，欲躍下屋頂，卻只覺一陣頭暈目眩。此處距離地面有數百尺之高，方才爬上來時還不覺得，到了想下時卻顯得極其艱難，若是不小心失足跌落下去，絕對會摔得分身碎骨。

薛訥只好先躍至旁側的石階上，不過眨眼間，便聽馬背上的史元年一聲獅吼：「丫頭片子，莫要裝神弄鬼，妳那細胳膊細腿早就暴露了！」

原來那所謂的「高敏」正是頭配畫皮仙特製面皮的樊寧，隨著這一聲高喊，接近城樓下的史元年從馬背上騰空而起，凌空直取樊寧而去。樊寧不敢怠慢，立即將與自己交戰的敵兵踹飛出去，隨即一個閃身躲過了史元年這用上全身勁力的撼地一擊。

剎那間，地面煙塵四起，史元年從塵土中重踏走出，只見他身高九尺，虎背熊腰，全副武裝，比在弘文館別院時更似閻羅。城樓上的守軍礙於下方的唐軍戰鋒隊，不敢射箭支援。

歷來主將爭鋒，旁的士兵不得插手，眾人皆自覺讓出一塊空地來。在這城門前的方丈地內，一邊是身著銀鱗明光鎧，頭戴凌雲盔，背襟赤紅披風的樊寧，她嬌美絕倫的容顏分毫未露怯，反倒徒增幾分女性獨有的巾幗氣概；另一邊則是身著大秦環鎖甲，頭戴狼皮帽，身披玄黑大氅的史元年，他手持丈二長刀，明晃晃的刀刃挑向樊寧的腰間，兩腿成滿弓之狀。

兩人互相死死地盯著對方，緩緩地在場中走圈，明明還未出手卻已在意念中打了幾百個來回。

突然間，兩人同時一個箭步朝對方衝去，樊寧先聲奪人，虛刺一刀，隨即以借力打力，以刀身伏打擋開長刀，緊接著如同旋風般一轉身，刀尖便直取史元年的頭顱而去。史元年反應奇快，將長長的刀杆一橫，剎那間白刃相接，火花四濺。

擋下了樊寧這一擊，史元年猙獰一笑，右手以迅雷不及掩耳之勢朝樊寧擊出一掌。樊寧躲閃不及，被這一掌擊退四、五步，她咬緊牙關，卻仍覺得喉間一陣腥甜，嘴角淌出血來。

「耳朵被妳打掉一塊肉，這一下是還妳的！」史元年狂笑不止，頗有些大仇得報的快感。

樊寧抬手一揩嘴角，冷聲道：「少囉唆，那天在別院，你一言不發，今日屁話倒是真多！」說罷，樊寧將八尺長的陌刀刀尖一轉，拖在身後，雙足呈前弓步站立，準備捨棄防禦，對史元年發起攻擊。

自從那日在弘文館交手時，樊寧便深知，自己在力量和體力上均不可能勝過史元年，唯一能夠倚仗的便是速度。若是一邊進攻、一邊防禦，遷延拖累，勝算會更少。天下武功唯快不破，唯有利用自己的速度優勢在史元年來得及防禦之前將其一刀斃命，方有獲勝的可能。

見樊寧擺出全力進攻的架勢，史元年猙獰一笑，竟也捨棄防禦，將長刀拖於身後，準備一刀定勝負。

突然間，一個塞滿芒硝和崑崙黃的木桶從城樓上墜了下來，在距離兩人丈餘處爆炸。說時遲那時快，電光火石之間，兩人幾乎同時一個箭步前衝上來，只聽「鏗」的一聲巨響，塵埃四起，萬物皆不明晰，唯餘二人舉刀站立的側影。

待煙塵逐漸散去，史元年率先跪倒在地，手中的刀柄被樊寧的陌刀劈為兩半，腹部的盔甲被劃出一道大口來，鮮血慢慢地滲出，但除此之外並無大礙。而另一邊，樊寧手中的陌刀「咣啷」一聲掉落在地，只見她肩上的鎧甲被史元年的長刀劈開一個大口，鮮血噴濺而出，竟比那絳紅色的披風更加鮮紅，隨即她整個人重重倒向前，像一只支離破碎的布偶。

方才短短的一瞬，確實是樊寧抓住了史元年的片刻猶豫，率先將刀劈向了他的腹部。然而史元年所穿的鎖子甲，乃是專為抵擋陌刀長矛所制，故而樊寧雖然劈斷了他的刀柄，甚至將鎖甲劈開了一道縫，卻未能穿透史元年的身體。

史元年笑得猖狂得意，正欲掙扎起身，突然感到後心傳來一陣惡寒，他低頭一看，竟有個箭頭不知何時射穿了他巨大的身軀，他還來不及感覺到痛，便又有第二個、第三個穿身而來……史元年頓時感到全身發冷，他用盡力氣扭轉過頭，只見薛訥手持大弓，俊逸的身子半跪於地，姿勢極不自然，好似雙腿已然摔斷，咬牙強撐著。

方才見樊寧與史元年對壘，薛訥顧不得房頂之高，層層躍下，最後甚至直接躍下了數丈高的城樓，摔傷陷入了短暫的昏迷中。木桶爆炸那一瞬，他亦被震醒，看到樊寧與史元年火拚，薛訥只覺全身的血液衝向腦部，頭腦變得異常清醒，使得白刃相接的過程，在他看來竟如同慢動作一般。當看到樊寧的肩甲被擊中，他好似全然不知痛，條件反射似的從地上撐起身來，對史元年連放三箭。

鎖子甲雖然能夠對抗陌刀與長矛的劈刺，卻無法防禦尖鋒更小的矢鏃。隨著「咚」的一聲，史元年訇然倒下，成了一攤不會動的血肉。薛訥則瘋了似的撐著斷腿，連走帶爬至樊寧身側，將她拉至懷中，奮力撕毀衣衫，拆成布條，牢牢包紮住她的傷口，才終於止住了汩汩流出的鮮血。

「寧兒！寧兒！」殘兵仍在與唐軍交戰，身側箭雨如飛，薛訥卻如在無人之地，萬物皆虛，唯有懷裡的小人兒是真實的。

她的氣息越來越弱，開始時，長睫抖得厲害，現下卻漸漸平息，猶如在暴雨中精疲力竭的蝶，薛訥發狂般地高喊著：「來人哪！快來人救命！」聲嘶力竭，全然不似平時沉默寡言的樣子。

正當此時，東邊傳來一陣號角聲，只見地平線上疾馳而來的，不是別個，正是李敬業與李媛嬡所率的援軍。他們滿身黑灰，顯然是剛從函谷關的火場穿越而來的。史元年雖然縱火燒了函谷關，卻仍被唐軍找到了突破的路徑，經過一整夜的跋涉終於趕至潼關來。

唐軍增援已至，而己方大將已死，潼關仍屹立不倒，亂賊登時失去了戰意，紛紛下馬投降。李媛嬡見薛訥懷抱身負重傷的樊寧，滿身血汙，不覺大驚，立刻向軍中喝道：「軍醫何在？快快前來救人性命！」

第五十九章　只羨鴛鴦

「快！救人要緊！」犀利的叫喊聲劃破黛紫色的夜，戰事明明已經平定，軍營上下卻比戰時更加緊迫。

從日暮時分直至夜半星辰漫天，疾醫、奉御、江湖郎中穿梭不息，這方以少勝多的軍隊裡不見半分大獲全勝的快感，反而充斥著濃濃的蒼涼。

方才兩軍對陣之際，那姑娘不要命地與巨怪一般的史元年相搏，有如蚍蜉撼樹，悲壯且震撼。薛大郎君躍下數丈高的城樓，不顧斷腿三箭連發亦是英雄氣概。不消說，華夏數千年，綿延至此，靠的就是無數這般的英雄少年，可當親眼看到那血肉之軀赴湯蹈火，無人能不為之震撼。

更何況「流血犧牲」這樣的字眼對於旁人而言，多是生發崇敬之意，對於至親至愛，卻是切膚之痛。

此時薛訥便是如此，他顧不得斷腿，兩眼直勾勾盯著氣息奄奄的樊寧，不住喚道：「寧兒，寧兒……」

甲衣之下血肉模糊，旁人看著不免心驚，李敬業、李媛嬡與畫皮仙、遁地鼠等人皆勸他快去包紮治傷，他卻緊緊摟著樊寧，半步也不肯離開，惹得遁地鼠好氣又好笑，拍著大腿道：「我的薛大郎君，你那兩腿都什麼樣子了，怎的還能不去看傷，日後落下病根子，成了個瘸子、拐子可怎麼了得？」

「她不好，我哪也不去！」薛訥難得說出話來如此擲地有聲，「方才她命都不要了，我還在意這區區雙腿做什麼？」

昏迷中的樊寧萬事不知，那句「我還在意這區區雙腿做什麼」卻徑直鑽入了耳中。那是什麼時候的事？同樣的話，出自同一人口中，令她感覺渺遠又懷念。俶爾間，時光彷若倒退十載，晨靄流嵐裡，一個孩童顯出身形，極為清秀，正是小時候的薛訥，他抬手摸了摸樊寧的面龐，眸中滿是擔心，長舒一口氣道：「妳可算是醒了。」

樊寧怔怔的，終於想起這是她六歲時同薛訥在鐘南山迷路的那一日。明明前一刻還在與史元年廝殺，怎麼眼下卻突然回到了小時候？難道自己已處在彌留之際，將要魂飛魄散了嗎？

正愣神，小小的薛訥將身上的衣服解下，披在了樊寧身上，隨即朝她伸出手來。

樊寧遲疑一瞬，沒有牽住那隻手，而是盯著薛訥受傷的雙膝，看著那汩汩流出的鮮血，愧疚道：「你不怪我嗎……」

是日李淳風不在道觀，樊寧便自作主張，帶薛訥來山上採靈芝，她知道，若非是自己執意去採懸崖邊上那顆，斷不會害得薛訥為拉她而一道跌下山崖，所幸這小山不高，底部又有厚厚的灌木和草叢，才使他二人留住了小命，但薛訥為了護著她，雙膝被石壁撞擊破裂，血流不止，實在令人望之膽戰心驚。

薛訥來到道觀不過三兩日，她才搞清楚這俊秀的小人兒是男孩並非小姊妹，還遠遠談不上什麼情誼，為何此人這般待自己？

小小的薛訥看出樊寧疑惑，抿唇笑道：「所、所謂『士為知己者死』，我既然認定妳是知己，命……命都可以給妳，哪裡會在意區區雙腿。」

小樊寧聞之一怔，隨即「噗哧」一聲笑了出來：「阿姊……啊不是，薛郎與我相識才幾日，怎的就認定我是知己了？你知我什麼呀？」

樊寧的揶揄令薛訥羞紅了小臉兒，他輕笑著撓撓頭，訥道：「這世上唯有妳願意與我說話，長……長此以往，可不就是我的知己了？」

樊寧想起前幾日曾聽人對李淳風說，薛訥雖為嫡長子，在家卻一點也不受寵，沒承想他竟這般孤獨。樊寧看著那隻伸向自己的小手，探出了自己的手，與他拉鉤：「那便一言為定！」

小薛訥俊秀蒼白的面龐上堆滿了淺淺的笑意，將樊寧的小手握在手心裡，低道：「走吧，咱們先回道觀再說。」

記憶如洪水般湧來，樊寧不禁莞爾，但也不過一瞬間，她便好似被人當頭棒喝，整個身子飄飄然飛入鴻蒙，方才那小小少年的身影逐漸模糊，直至盡皆消散，腦中空空，將世間萬事皆渾然忘卻了。

所謂鴻蒙，便是一團霧氣，不知所起，不知所蹤，將世間萬物掩蓋，樊寧置身其間，只覺自己的身子很輕，隨風不知要吹到何處去。

方才史元年那一刀雖然沒有傷到要害，卻因傷口深令她失血過多，到底傷及了性命，魂歸鴻蒙，餘世牽掛全消，全然聽不見凡間那少年撕心裂肺的哭喊聲了。

就在這時，忽有一人攔住了她的去路，樊寧逆著奪目天光望去，只見來人滿頭華髮，一身白衣，氣韻浩然，一雙深目洞悉世事。

見樊寧不言聲，他好氣又好笑：「孽徒，才做了三兩日的什麼將軍，便將妳師父給忘了？」

樊寧搖搖頭，眼眶蓄滿淚，哽咽道：「師父……你也死了嗎？」

李淳風重重一哼，一副恨鐵不成鋼的模樣：「自然不是，只是因為妳這癡兒，害為師白來這裡跑一趟。妳還不到十八歲，人生在世這般短暫，難道就沒有什麼遺恨，何故早早放棄，到此間來？」

樊寧本已空空的腦中忽然閃過一道光，她偏頭喃喃道：「若說遺恨，便是不知生身父母吧。師父……我的父母親到底是何人？在何等情形下將我遺棄，我果然是那年洪水中的棄嬰嗎？」

「妳這孩子，為師這十幾年當真是白教妳了，憑妳爹娘是什麼天王老子，又有什麼可介懷的？人生短短數十載，不去思索究竟要往何處去，怎的總是在糾結自己是打哪裡來的？」

樊寧依舊不肯依，嘟囔道：「是師父問我有何遺恨，怎的倒是怪我糾結了？」

「那這小子呢？妳果真忘卻了？」李淳風一笑，一掃拂塵，混沌鴻蒙開裂，樊寧逆著光望去，只見朦朧光亮之後似有幻境，不知何處的營帳裡，她面色慘白躺在臥榻上，榻旁被圍得水泄不通，李媛嬡、李敬業與一眾軍醫、御奉皆在其列，看眾人的神情，便知她傷勢極重，性命不保。

一少年守在她身側，面色比她更加蒼白，薄薄的唇抖得厲害，雙眼通紅，不知是因為忍著淚還是因為數日未眠，看著懷中少女氣息減弱，他清澈的眼底滿是絕望，卻又閃著堅毅倔強的光芒。只聽他喝走了御奉與軍醫，用不大卻足以令所有人聽得真切的嗓音，一字一句道：「寧兒……寧兒，若當真天不假年，妳不必擔心，我薛慎言只比妳多活一日，等我親手……葬了妳，我便去陪妳……」

樊寧看到這一幕，心驀地揪痛，淚水陡然漫上眼眶，滿臉自責又困惑。

李淳風見她仍是懵懂，輕笑嘆道：「傻孩子，陰差索命時，會讓妳忘記塵世裡最愛的人，這樣便能毫不猶豫地離去。但餘事未了，妳命不該絕……不要再去計較自己的身世，回去，回去吧。」

說罷，不等樊寧回應，李淳風便抬手在她的印堂正中重重一擊，樊寧被他擊退數步，整個人瞬間退出這一團混沌，重重不知墜落至何處去了。

再度甦醒時，樊寧只覺眼皮異常沉重，肩胛處傳來令人寒戰的痛感，她費勁氣力睜開眼，只見自己身在幻境中所見的中軍帳裡，滿屋子說不出的藥氣，熏得人鼻尖發澀，她微微一動，方察覺榻旁有人，本以為是薛訥，沒承想竟是李媛嬡。

見樊寧醒了，李媛嬡「噗哧」一笑道：「薛郎守了妳四、五日，不吃不喝、不眠不休，被御奉勒令必須休息，才被風影他們幾個拖了出去，妳就醒了。」

樊寧嗓音沙啞，艱難地開口問道：「我睡了幾天？史元年是死了吧？」

「睡？妳活來死去的好幾回，折騰了五、六日，還不如那史元年，爛泥巴一樣死了乾脆。」嘴上雖然這般說，李媛嬡還是悉心扶樊寧起身，遞上溫水來，「不過說真的，我當真沒見過薛郎那個樣子，連哭帶喊的，跟平日裡判若兩人，看他那副模樣，我、我真是不知以前為何會看上他……」

樊寧知道，打從自己與薛訥相悅，李媛嬡一直在等著一個時機跟她說這句話，從小到大，雖說一見面就掐架，彼此間的情義確實不言而喻。樊寧心下感動，嘴上卻說著：「拉倒吧，妳這就是吃不著葡萄說葡萄酸……」

李媛嬡面頰一熱，啐道：「妳這人可真是討厭，旁人給妳個臺階下，妳不下便罷了，還順杆往上爬！」

樊寧忍笑道：「我不過是開玩笑，妳心虛什麼？對了，薛郎的腿……可有大礙嗎？」

李媛嬡逮到反駁的機會，自然不可錯過，焦急之下甚至也打起了磕巴，「他、他又不是因為我斷腿的，我哪裡知道！」

聽說薛訥的雙腿果然斷了，樊寧的心得一陣抽痛，鼻尖酸澀難耐，但她強力克制著，不讓自己滾下淚，回嘴道：「薛郎是為了大唐安危才受傷的，妳難道不是大唐子民嗎？」

樊寧傷得重，好不容易撿回一條命，李媛嬡再想與她拌嘴也不得不忍住，伸脖咽了氣，寬慰她道：「薛郎傷得雖然重，到底不傷性命，只消妳的命保住了，他便能安心醫治。太子殿下帶了擅長正骨的疾醫來，相信不會讓他落下病根的。」

聽聞李弘要來，樊寧十足意外問道：「賊眾已經退散了嗎？殿下就出城來了？」

「妳是不知道自己昏了多久吧？左丞相率兵在安西四鎮以西迎戰亂賊，或是俘虜或是殲滅，已經將賊寇蕩平了。兵部緊急調派四方節度使，前來勤王，中原的賊寇聞風四逃，加之薛大將軍疾馳回師，已至雲州，哪裡還有人敢造次？先前那史元年出言蠱惑，說先帝殺了頡利可汗，搞得歸順而來的胡人人心惶惶，誰承想人家好端端在長安城裡養老，這幾日也出來了，規勸胡人勿要聽信謠言，被人利用……總體來說，一切皆已塵埃落定，妳不必再懸心了。」

這些事聽起來皆是好消息，樊寧心裡卻不是那般舒快。長安、洛陽城裡，除了薛訥外，這個年紀的郎君無有未定親的，而他之所以拖到現在，不過是因為他父親一直征戰高麗未歸。眼下薛訥立下戰功，薛仁貴又是大勝而回，炙手可熱，即便薛仁貴仍不記得薛訥的婚事，城中趨之若鶩的達官顯貴也會將他提醒。

樊寧無聲嘆息，她知道無論薛仁貴夫婦如何挑選，都斷不會挑到她頭上來，只怕她與薛訥的一片癡心終究將要辜負了。

樊寧傷得重，自然無法下地，薛訥腿傷亦是嚴重，兩人雖相隔不遠，卻始終沒能相見，更令少女增添了無限心事。

是日，樊寧怔怔躺在榻上，看著杏花飄落，忽有不速之客到訪，正是太子李弘。

樊寧仗著身上有傷，也不起身，胡亂一禮道：「殿下怎的來了……」

李弘向來不拘小節，自然也不覺得她失禮，含笑坐在對側的小凳上：「來看看我們的巾幗英雄……妳兩個可真是一對，打仗皆是不要命的。眼下一個重傷、一個斷腿，搞得父皇、母后連如何封賞都拿捏不好分寸。」

樊寧知道李弘是在逗自己，卻礙於傷勢不敢開懷而笑：「天皇、天后什麼世面沒見過，怎會因為我們兩個小嘍囉煩心？倒是我自己，打小從未想過為國建功立業，只希望豐衣足食，不受凍，不挨餓……我只知道，若是大唐有難，我便不能像從前那般悠閒自在，我師父便更論不清生死了。所以我非巾幗英雄，只是像其他大唐子民一般，怕人破壞自己的小日子罷了。」

「所謂『家國』，無國便無家，本宮的家是國，你們亦是一樣。此一番妳二人確實立了大功，不必自謙。不過……說到這『家』，你們可有想過，何不一次為契機，求父皇、母后的賜婚呢？眼下薛仁貴大將軍即將還朝，慎言的婚事不可能拖得過這半年，若有父皇、母后的親點，即便不能做他的正妻，起碼也是上得了檯面的妾室啊。」

「這些話，是薛郎托殿下來說的嗎？」

「妳莫誤會，並非慎言的意思，」李弘怕他二人生嫌隙，忙解釋道，「慎言傷成那樣，疾醫讓靜養，本宮未與他說起這些，怕攪擾他的心神。只是……薛大將軍還未入京，就有許多達官貴人擠破頭想把女兒往平陽郡公府裡塞，就連李敬業都存著這樣的心思。即便李媛嬡想通了，不願意插足妳二人之間，只怕也耐不得她父親的威嚴。

本宮不想你們彼此錯過，但也知道，妳是個倔強的性子，所以才自作主張來說了這些話。其實妻妾之分，既重要，也不重要。妳也知道，母后初入宮時，只是九嬪之一的昭儀，父皇想封母后為宸妃尚且不能。如今蓮兒跟著我，亦是只能屈居承徽，不能作本宮的太子妃……男人的掣肘與無奈，有時候不願與心愛女子說起，但無法給心愛女子正妻之位，我們比任何人都難受自責。若是慎言……無法違背父命，妳可還會繼續陪著他？」

樊寧幾乎不假思索便答道：「我不願意，我只要想到薛郎會與別人成婚，心裡就說不出地不自在，若要我日日看著他與旁人舉案齊眉，保不齊哪日我一時氣不過，把他兩個殺了……殿下只怕覺得我矯情，連天后、紅蓮姐姐都願意為心愛之人委曲求全，我卻不能，確實是不識抬舉，可我就是這般的性子，請殿下恕罪。」

李弘笑得無奈又寵溺，垂眼道：「無論是母后還是蓮兒，做出犧牲都不是必需的。蓮兒為本宮付出的，本宮萬般感恩，但妳不願意，本宮亦覺得合情合理……只是，慎言待妳情深，無論最終妳如何抉擇，本宮皆希望妳不要輕易放棄，否則那傻小子註定煩擾一世，只怕整個人皆會不中用了。」

樊寧說不出心裡是何等滋味，忍著鼻尖的酸澀點頭應允，忙轉移了話頭，問道：「紅蓮姐姐近來可好？」

「好。」提起紅蓮，李弘一臉難掩的幸福，「她也很是惦記妳，前日聽聞妳重傷，著急落淚，若非不合禮數，定要跟著本宮來了。」

樊寧既豔羨，又實打實為他二人高興，賊笑著起哄道：「我這娘家人還未吃酒，殿下便抱得美人歸，可是太輕易了些！」

「酒妳要多少便有多少，還怕本宮請不起嗎？」

閒話片刻後，李弘叮囑樊寧好好歇息，而後便尋李敬業父女去了。

樊寧愁怨未了，輾轉反側許久，至深夜才陷入淺眠，但也不過眨眼的工夫，便聽得吭吭幾聲，惹得她倏爾驚醒，欲起身卻牽動了傷口，嗔道：「誰！」

「莫怕，是我……」薛訥悅耳的聲音傳來，緊接著，映入眼簾的便是他清秀俊逸的容顏。

樊寧見他拄拐而來，面色慘白，雙腿纏著醫布，百般情緒夾雜一處，思念非常又惱他不知心疼自己，連聲嗔道：「你來做什麼？腿不想要了？有什麼話讓人傳一句不行嗎？偏生這個時候逞能？」

薛訥笑得像個孩子，滿心滿眼唯有這個丫頭：「月餘不見了，實在惦記，旁人說的話，我總覺得是在敷衍，總要親眼看看妳才能安心……」

樊寧如何能不惦記薛訥，但她向來不是柔情繾綣的姑娘，不善於表達自己的思念，抬手鑿了薛訥一拳：「為了看著一眼，你若落下病根，往後一瘸一拐可別指望我伺候你。」

「怎會……」薛訥拉過樊寧的小手，無比珍惜地握在掌心裡，「我的腿沒有大礙，雖然骨頭挫傷很重，但都沒碎。加之天皇、天后召見，過幾日妳我得回洛陽覆命去了，各位軍醫也說讓我略略走動走動，好做恢復。畢竟大戰方休，總要給二聖一個交代……再、再說，這二年我們肯定就要成親了，我怎忍心讓妳嫁給一個瘸子。」

樊寧聞言一怔，心下登時五味雜陳。薛訥心思單純，只怕還沒考慮到父命難違這一層，樊寧對上他清澈赤誠的眼眸，差點滾下淚，壓抑良久方裝作害羞嗔道：「誰要與你成親，你自己過去吧……對了，天皇、天后何時要召見你我？」

「過兩日隨太子殿下的車駕一道回神都就是了，不必緊張，此一番妳我皆有功績，尤其是妳，以性命守護大唐，理應有所封賞。」

樊寧想起李弘的提議，又問道：「你爹……何時回來？」

「聽說史元年起亂，父親率部急行軍八百里，已過幽燕，但眼下事端平息，陛下便命他暫緩行軍，估摸還要月餘能回京。」

這也便是說，她與薛訥還有月餘時間可以這般相處，樊寧陡然傷感，不顧羞澀，探身將小腦袋倚在了薛訥的肩上。

薛訥滿臉說不出的歡愉，又擔心樊寧的身子，低問道：「妳的肩……還痛嗎？」

「偶時還有點，史元年的刀太利了，哪知道會留下這麼長一道傷……好在疾醫說不會留疤的。」

「留疤也沒事的，」薛訥漲紅了臉，好似是在玩笑，神情卻極其認真，「我不……不嫌棄。」

樊寧既心酸又好笑，桃花眼一嗔：「留疤也是在我身上，你嫌棄個屁！時候不早了，你回去休息吧，若不然腿長不好，怕是要在御前失禮。」

薛訥向來對樊寧的話言聽計從，條件反射般撐著拐站起了身，又覺得好似少了些什麼，屈身在樊寧的桃花靨上輕輕一吻，而後逃也似的匆匆離去了。

樊寧暗罵一聲「傻子」，眼眶則不爭氣地紅了。

其後幾日，樊寧皆過得渾渾噩噩，拖著傷病初癒的身子隨眾人回到了神都洛陽。在薛府不過三、五日，便接到聖旨應召入宮。

是日一早，樊寧梳洗停當，遲遲不見薛訥，聽管家說才知道薛訥竟先一步入紫微宮去了。樊寧丈二和尚摸不著頭腦，卻也還是老老實實在管家的安排下乘車向紫微宮趕去。

紫微宮恢復了往常的壯麗寧靜，不過相隔數月，樊寧卻有些憶不起那晚在此大戰高敏的情形。但她轉念一想，便也釋然，畢竟紫微宮屹立於此百年，所見的殺伐爭鬥不勝枚舉，但民心所向之大唐永不傾倒。

及至內宮，樊寧隨一女官趕往明堂，於此處接見他二人，可見二聖對此事之重視。殿中唯有武則天坐於高臺上，卻不見李治身影，想來估摸又犯了頭風。樊寧規規矩矩向武后一禮，而後跪在薛訥身側等聽吩咐。

武后身著華貴鳳袍，眉間花鈿圖畫江山，美麗莊重，慢慢開口道：「薛慎言、樊寧鏖戰潼關，守衛大唐有功，陛下與本宮之心甚慰。今酌情嘉獎，賜姓樊寧西涼李姓，歸於西涼王門下，以嫡女身分配平陽郡公薛仁貴長子薛慎言，於今夏完婚成禮。」

樊寧全然傻了眼，愣愣地張著小嘴，半晌說不出話來，薛訥倒是分毫不顯意外，歡愉叩首道：「謝二聖恩典！」

「樊寧，妳可是有何異議？」見樊寧半晌不語，武后問道。

樊寧這才回過神，叩首道：「民女……不敢，謝、謝二聖恩典！」

言罷，薛訥復將如何處理亂賊之事報知武后，樊寧則仍沉在驚訝之中，直至一切結束，薛訥帶她走出明堂，方恢復神思，偏頭嗔問道：「二聖為何會為你我賜婚，還給我找了個位高權重的爹來？難道是你……你一大早來，與天后說什麼了？」

薛訥連連擺手否認，「應是天皇、天后火眼金睛，看出妳我有情卻囿於身分吧……總之，妳的心事應當解除了，莫要再似前幾日那般悶悶不樂了。」

先前以為薛訥不知道她的心思，哪知他不單看得透，還言出必行，不論他是如何央動了天后賜婚，這樣的結局著實令她欣喜。

樊寧眼眶通紅，嘴上卻說著：「我才不要嫁給你……」

薛訥也顧不得尚在宮中，悄然握住了樊寧的小手，眉眼間盡是少年人的徜徉自得：「便是我如今腿腳尚未恢復，妳也跑不掉了。」

宮中石板路悠長，小兒女的嗔怪歡喜皆是那般可愛，他兩人不會知道，方才宣讀完聖旨的武后轉身而去，走出三兩步遠，卻驀地回身，立在明堂最高之處，俯瞰著那兩個漸行漸遠的身影。

正值盛春，視線盡頭，紫微宮的花海與宮外的錦繡世界連成一片，她的嘴角泛起一絲淺笑，又倏爾消弭，回轉過身，拖著織金連翠的長長裙裾，緩緩消失在了宮牆之上。

——永徽迷局（下）完

高寶書版集團
gobooks.com.tw

DN 281
永徽迷局（下）

作　　者　滿碧喬
責任編輯　高如玫
封面設計　林政嘉
內頁排版　賴姵均
特別策劃　趙建華
企　　劃　鍾慧鈞

發 行 人　朱凱蕾
出　　版　英屬維京群島商高寶國際有限公司台灣分公司
　　　　　Global Group Holdings, Ltd.
地　　址　台北市內湖區洲子街88號3樓
網　　址　gobooks.com.tw
電　　話　(02) 27992788
電　　郵　readers@gobooks.com.tw（讀者服務部）
傳　　真　出版部(02)27990909　行銷部 (02)27993088
郵政劃撥　19394552
戶　　名　英屬維京群島商高寶國際有限公司台灣分公司
發　　行　英屬維京群島商高寶國際有限公司台灣分公司
初版日期　2023年02月

國家圖書館出版品預行編目(CIP)資料

永徽迷局（下）/滿碧喬著. -- 初版. -- 臺北市：英屬維京群島商高寶國際有限公司臺灣分公司，2023.02
　面；　公分. --

ISBN 978-986-506-616-1（上冊：平裝）
ISBN 978-986-506-617-8（下冊：平裝）

857.7　　　　111020407